btb

Aus Freude am Lesen

Als die Russin Elena bei dem Neuropsychologen Thomas Nyström in München auftaucht und behauptet, dass Tschetschenen einen Anschlag auf einen russischen Supertanker planen, setzt er alle Hebel in Bewegung, um ihr zu helfen. Doch bei den Behörden stößt er nur auf Kopfschütteln. Zu vage erscheint der Verdacht, und zu dürftig sind die Beweise. Nyström versucht auf eigene Faust, das Attentat zu verhindern, und trifft dabei auf einen brutalen Feind aus seiner Vergangenheit, der entschlossen ist, alte Rechnungen zu begleichen.

LUKAS ERLER, Jahrgang 1953, studierte Soziologie, Philosophie und Sozialgeschichte in Marburg und absolvierte dort eine Ausbildung zum Logopäden. Er arbeitete als Soziologe in der Stadtentwicklungsplanung und ist seit über zwanzig Jahren als Logopäde in der neurologischen Rehabilitation tätig. Lukas Erler lebt mit seiner Frau und zwei Söhnen in Nordhessen.

Lukas Erler

Mörderische Fracht

Kriminalroman

btb

MIX
Papier aus verantwortungsvollen Quellen
FSC® C083411

Verlagsgruppe Random House FSC-DEU-0100
Das für dieses Buch verwendete
FSC®-zertifizierte Papier *Lux Cream*
liefert Stora Enso, Finnland.

1. Auflage
Genehmigte Taschenbuchaushabe April 2013,
btb Verlag in der Verlagsgruppe Random House GmbH, München

Umschlaggestaltung: semper smile, München
Umschlagmotiv: © plainpicture / Millennium / Jessica Robinson;
cg-textures / Thierry Hof
Druck und Einband: CPI – Clausen & Bosse, Leck
LW · Herstellung: sc
Printed in Germany
ISBN 978-3-442-74371-1

www.btb-verlag.de
www.facebook.com/btbverlag
Besuchen Sie auch unseren LiteraturBlog www.transatlantik.de

»Die unteilbaren Menschenrechte der amerikanischen Verfassung sind doch dreigeteilt: Menschenrechte ersten Grades gelten für die westliche Welt. Eine Halbfassung der human rights gilt in Ländern wie Russland. Gar nichts davon in Tschetschenien!«
Anna Politkowskaja (Russisches Tagebuch)

»And I hope that you die and your death will come soon,
I will follow your casket on a pale afternoon,
and I'll watch while you're lowered down to your deathbed,
and I'll stand over your grave till I'm sure that you are dead.«
Bob Dylan (Masters of War)

»Die Erinnerung ist wie ein Hund, der sich hinlegt, wo er will.«
Cees Nooteboom (Rituale)

Global Prelude

Mombasa – Grosny – München

Mombasa, im März

Rot. Alles, was sie sah, war Rot. Aber vielleicht war das Wort *sehen* nicht ganz richtig. Sie hatte die Augenlider um eine Winzigkeit angehoben, und das Rot war da. Nicht als Farbe *von* etwas, sondern einfach als Rot. Direkt vor ihrer Pupille. Und es war in Bewegung, es war ein fließendes Rot, das auf seinem Weg nach unten vor ihren Augen kurz Station machte und sich in Slow Motion zu ihren Wangenknochen weiter hinunterarbeitete.

Wie lange war sie bewusstlos gewesen?

Spielte das eine Rolle?

Nein, aber der Durst spielte eine Rolle. Ihre Mundhöhle, ihr Rachen und ihr Kehlkopf waren trocken wie das kenianische Grasland, das sie vor ein paar Tagen mit dem Landrover durchquert hatte. Sie versuchte, ihre Zunge nach vorn zu bewegen, um sich die Lippen zu lecken, doch ihr Mund ließ sich nicht öffnen. Sie würde ersticken. Eine jähe Panik überrollte die Reste ihres Verstandes, und beinahe hätte sie wieder das Bewusstsein verloren. Dann spürte sie, wie warme Luft durch ihre Nase strömte und sich etwas in ihren Augen mit dem Rot vermischte und es … verdünnte? Das Rot floss jetzt schneller, juckte auf ihren Wangen, und unwillkürlich wollte sie es wegwischen. Ihre Hand rührte sich allerdings ebenso wenig, wie sich ihre Lippen hatten öffnen lassen. Sie versuchte mit aller ihr noch verbliebenen Energie, beide Hände zu bewegen, und löste damit die durch den Schock hervorgerufene Blockade des Schmerzempfindens.

Eine Welle unbeschreiblicher Qual brandete über ihren Körper hinweg, nahm ihr den Atem und katapultierte ihren Verstand in die Tiefe. Doch er wollte nicht dort bleiben. Unerbittlich kämpfte er sich an die Oberfläche und beharrte darauf, bis zum Schluss dabei zu sein. Und er brachte die Erinnerung mit zurück.

Sie lag auf einem Bett, ihre Hände waren mit Handschellen an die Pfosten gefesselt, ihr Mund mit Klebeband verschlossen, und sie war sich bewusst, dass sie nur noch ein T-Shirt trug. Der Schmerz, der vorher unterschiedslos ihren gesamten Körper gequält hatte, konzentrierte sich jetzt auf den Brustkorb und ihren Unterleib. Sie hatte eine klaffende, stark blutende Kopfwunde. Das Blut war ihr in die Augen gelaufen und hatte sich mit ihren Tränen vermischt. Das Atmen tat unerträglich weh, weil eine ihrer Rippen gebrochen war.

Sie kniff die Augen zusammen und versuchte, die quälenden Bilder nicht zuzulassen, wieder abzutauchen in die Dunkelheit. Sie war nicht die Frau, der das passiert war. Das war völlig ausgeschlossen. Vielleicht gab es jemanden, der dumm genug war, sich am helllichten Tag in einem Fünf-Sterne-Hotel überfallen zu lassen. Aber nicht sie. Sie war eine vorsichtige Frau. Jemand, der auf sich aufpassen konnte, kein dummes Opferlamm. Schon lange nicht mehr.

»Er ist spät dran«, sagte einer der Männer.

Niemand antwortete ihm.

Die Stimme war von rechts gekommen. Es war die Stimme eines weißen Mannes, da war sie ganz sicher, und sie verstand, was er sagte, obwohl sie die Sprache nicht kannte. Wie war das möglich? Niederländisch war ihre Muttersprache. Falsch, dachte sie, Flämisch ist meine Muttersprache, und das war keines von beiden.

»Trink noch was und halt das Maul«, sagte eine zweite Stimme.

Sie konnte nicht hören, woher die Stimme kam, doch jetzt erkannte sie die Sprache. Es war Afrikaans, das merkwürdige Holländisch der Buren in Südafrika.

Drei Männer. Zwei Weiße und ein Farbiger. Das hatte sie in dem kurzen Augenblick sehen können, den der farbige Zimmerkellner gebraucht hatte, um das Tablett mit den Getränken fallen zu lassen und ihr mit etwas Schwerem auf den Kopf zu schlagen. Dann das Klebeband und die Handschellen. Die Lautlosigkeit und Geschwindigkeit, mit der die Männer sich bewegten, hatten ihr nicht den Hauch einer Chance zur Flucht gelassen.

Ein Raubüberfall mit Vergewaltigung. Nichts Besonderes in Kenia. Aberhunderte von Frauen wurden hier täglich vergewaltigt. Allerdings keine weißen Frauen. Und nicht im Indian Ocean Resort. Sie hatten bekommen, was sie wollten. Warum waren sie nicht geflohen? Mit ihrem Geld, den Kreditkarten und der Zehntausend-Dollar-Kameraausrüstung?

»Time's running out«, sagte eine tiefe, gutturale Männerstimme, »if you want, I can do it myself.«

Der falsche Zimmerkellner. Die Stimme kam vom Fußende des Bettes. Sie war so erschrocken, dass sie beinahe die Augen geöffnet hätte. *Oh bitte, lieber Gott, lass sie weggehen! Warum gehen sie nicht weg?*

Aus der rechten Zimmerecke kam ein leises, glucksendes Lachen.

»I'm sure you can, nigger! But this is a private party.«

Wieder hob sie die Augenlider einen Millimeter an. Das Zimmer war in ein warmes, nachmittägliches Dämmerlicht getaucht. Die Männer hatten die Jalousien heruntergelassen und waren nur als schattenhafte Umrisse zu erkennen. Plötzlich begriff sie, was der Mann gesagt hatte. Was es *bedeutete.* Sie waren nicht geflohen, weil es noch nicht zu Ende war. Weil der Höhepunkt der Party noch bevorstand, weil … *Saving the best for last,* dachte sie zusammenhanglos, so wie in dem alten Song von Marc Cohn. *This is a private party.* Sie fing an zu zittern. Ihre Muskeln verkrampften sich, und ihre Beine begannen wie von selbst um sich zu treten. Die Männer fluchten, und ihre Stimmen schienen nun weiter weg zu sein, klangen wie unter Wasser, dunkel und stark verzerrt.

Dann ein Geräusch an der Tür. Es war kein Klopfen, sondern es klang, als ob ein Zimmerkellner mit dem Servicewagen gegen die Tür gefahren wäre. Einer der Männer öffnete. Sie spürte den Luftzug auf ihrer Haut und hörte ein elektrisches Summen, das langsam heranglitt und an der linken Seite des Bettes stoppte. *Bitte, lieber Gott…?* Die Männer schwiegen. In der nachmittäglichen Stille waren ihr eigener keuchender Atem und das Surren der Klimaanlage die einzig wahrnehmbaren Geräusche.

Onze Vader Die in de Hemelen zijt, Uw Naam worde geheiligd … Sie wollte nicht wissen, was das war, wollte nicht wissen, was da hielt und sie … betrachtete? Die plötzlich durch ihr Gehirn treibenden Bibelworte schienen sie zu verhöhnen und ihr den winzigen Rest Hoffnung zu nehmen, der vielleicht … *Uw Koninkrjk kome; Uw wil geschiede, gelijk in de Hemel alzo ook op de aarde …*

Sie öffnete die Augen und drehte den Kopf leicht nach links. Direkt neben dem Bett stand ein großer, weißer Elektro-Rollstuhl. In Zeitlupe glitt ihr Blick hinauf zu dem Mann, der in dem Stuhl saß. Er sah nicht gefährlich aus, aber das hatte er auch nicht getan, als er noch laufen konnte. Nachdenklich sah er auf sie herab. Sein rechtes Augenlid war leicht abgesenkt, und fast schien er ihr zuzublinzeln. Die rechte Hand war auf merkwürdige Weise nach innen gedreht und ruhte locker auf den Knien. In der linken hielt er ein großes Buschmesser.

… en vergeef ons onze schulden.

Nein, dachte sie, das wird er nicht.

Grosny, im Juni

Er hätte um diese Zeit gar nicht da sein dürfen. Nicht in dem Haus, und schon gar nicht in der Wohnung. Obwohl es doch seine Wohnung war. Und die von Nadja natürlich. Falls sie zu ihm zurückkehrte.

Aber seinen Schwager kümmerte das einen Dreck. Schon als Nadja und er noch ein Paar waren, war ihr verdammter Bruder wie selbstverständlich in der Wohnung ein und aus gegangen, hatte auf ihrem Sofa seinen Rausch ausgeschlafen und das Klo vollgekotzt, wenn ihm danach war. Später hatte er dann immer in der Küche gesessen, mit Nadja getuschelt und gelacht und ihn verächtlich gemustert. Jeder seiner Blicke hatte die Botschaft so deutlich übermittelt, als wenn er sie herausgeschrien hätte: Wie konnte seine kleine Schwester diesen erbärmlichen Wicht heiraten? Schließlich hatte sich Nadja dem Urteil ihres Bruders angeschlossen. Dass sie weg war, ging allein auf das Konto von Wassily Jedmajew. *Er hat dir Arbeit gegeben*, hatte Nadja jedes Mal gefaucht, wenn er sich über Wassily beklagte, *wer hätte einen Versager wie dich denn sonst genommen?*

Er dachte an den lausigen Job in der stickigen Lagerhalle von Wassilys Export-Import-Firma, vor dem er sich heute Nachmittag heimlich gedrückt hatte. Niemand würde ihn dort vermissen. Eine Kanne süßer Tee, zwei, drei Gläschen Wodka und eine Stunde Schlaf, mehr wäre nicht nötig gewesen, um den Tag durchzustehen. Stattdessen lag er jetzt in seiner eigenen Wohnung unter dem Bett und lauschte den Stimmen der Männer aus dem Nebenraum.

Vor allem der Stimme, die er mehr hasste als alle anderen auf der Welt, und die er schon erkannt hatte, bevor die Tür tatsächlich aufgeschlossen wurde. Eisiger Schrecken und Wut zugleich hatten seine Kehle zugeschnürt, als er aus der Küche ins Schlafzimmer gehuscht und unter das muffige Bett gekrochen war.

Wassily hatte seine Freunde mitgebracht. Nicht genug, dass er Nadjas Wohnungsschlüssel einfach behalten hatte und in der Wohnung nach Belieben ein und aus ging, nein, er musste auch seine Freunde mitbringen. Elende Mistkerle. Konnten sie ihre dreckigen Geschäfte nicht woanders planen? Aber sie benutzten seine Wohnung, weil sie unauffällig war. Und warum war sie das? Weil sie einer unauffälligen, unwichtigen und erbärmlichen Kakerlake wie ihm gehörte.

Einen winzigen Augenblick verspürte er den verrückten Impuls, unter dem Bett hervorzukriechen, in das Wohnzimmer zu stürmen und sie alle rauszuschmeißen. Aber das war unmöglich. Ein einziges Mal hatte er es gewagt, sich gegen Wassily aufzulehnen, und das war eine sehr schmerzhafte Erfahrung gewesen. Sein Schwager hatte ihn nicht einfach nur verprügelt, sondern ihn mit System und handwerklicher Präzision so zusammengeschlagen, dass er eine Woche lang weder laufen noch essen konnte.

In der Küche wurde jetzt Tee gekocht und der Kühlschrank inspiziert. Selbstverständlich würden sie sich den letzten Wodka nehmen, der noch da war. Er konnte vier Stimmen unterscheiden, die alle durcheinander redeten, aber Wassily führte zweifellos das große Wort. Schließlich waren alle wieder im Wohnzimmer.

Er hörte das Klacken von Feuerzeugen und roch die würzigen Zigaretten. Dann das Klingen von Gläsern, die aneinandergestoßen wurden.

»Auf Schamil Bassajew«, sagte eine Stimme, »möge seine Seele jubilieren, wenn er uns zusieht.«

Natürlich wusste er, wer Schamil Bassajew war. Jeder Tschetschene wusste das. Der große Freiheitskämpfer des tschetschenischen Volkes war im Sommer 2006 getötet worden. Weil er für die Russen ein ganz gewöhnlicher Terrorist war, dachte er und schämte sich für diesen Gedanken.

»Und auf Ajsa Gasujewa«, sagte jetzt die Stimme seines Schwagers.

Auf die würde ich auch trinken.

Ajsa Gasujewa aus Urus-Martan hatte im Alter von zweiundzwanzig Jahren sich selbst und den russischen General Gadschijew sowie acht seiner Leibwächter in die Luft gesprengt. Sie war die erste Schahid gewesen, die erste tschetschenische Selbstmordattentäterin, deren Beispiel etliche andere »schwarze Witwen« folgen sollten.

»Weißt du jetzt etwas Genaueres?«, fragte einer der Männer.

Instinktiv wusste er, dass die Frage an seinen Schwager gerichtet war.

»Ja«, sagte Wassily, »es wird am Ende des Sommers geschehen, und es wird das Größte sein, was unser Volk jemals vollbracht hat. Größer als alle Taten der Schahid, größer als der Angriff auf das Musiktheater in Moskau und tausendmal verheerender als Beslan.«

Er fühlte eine aufsteigende Übelkeit und überlegte verzweifelt, was passieren würde, wenn er sich unter dem Bett übergeben musste. Vor vier Jahren hatte ein tschetschenisches Kommando in Beslan eine Schule überfallen und über tausend Männer, Frauen und Kinder als Geiseln genommen. Mehr als dreihundert von ihnen hatten die Befreiung durch das russische Militär nicht überlebt. Als er im Fernsehen live sehen musste, wie Tschetschenen auf fliehende Schulkinder schossen, hatte er sich die Seele aus dem Leib gekotzt.

»Bitte, Wassily«, sagte einer der Männer, und seine Stimme hatte einen beinahe flehenden Unterton, »erzähl uns, was du weißt, ich kann die Ungewissheit nicht mehr ertragen.«

»Wir werden sie ins Herz treffen. In ihr verdammtes, nach Erdöl stinkendes Herz. Erinnert ihr euch an 1989? Als Gorbatschow die Sowjetunion verschleuderte? Armselig haben sie dagestanden, wie die Verlierer der Weltgeschichte, und der Westen hat sich krankgelacht. Und heute? Heute lacht keiner mehr, und Putin lässt ganz Europa nach seiner Pfeife tanzen, wenn er ein bisschen am Gashahn dreht. Gas und Öl haben sie mächtiger denn je gemacht. Für das Gas haben sie die Pipeline, aber das Öl transportieren sie nach wie vor gerne auf Schiffen. Wir werden sie auf dem Meer angreifen. Und zwar an einer Stelle, wo der Schaden unermesslich ist.«

Die Männer schwiegen ehrfürchtig. Neue Zigaretten wurden angezündet.

»Allah sei gepriesen!«, sagte schließlich einer der Männer mit gepresster, vor Ungeduld bebender Stimme, »bitte, Wassily, wen wird es treffen?«

»Alle unsere Feinde. Russland vor allem und das schändliche kleine Land, das es wagte, den Propheten zu schmähen, aber auch das große, kalte, das dem Teufel Putin in den Arsch kriecht, damit der Gaspreis nicht steigt. Die Augen der Welt werden auf uns gerichtet sein.«

Er hatte jetzt seine Hand vor den Mund gepresst, um das Geräusch seines Atems zu dämpfen, doch die Angst setzte ihm so zu, dass er sowieso kaum Luft bekam. Wassily war ein Schläger und Kleinkrimineller, aber kein Freiheitskämpfer. Er entsprach auf perfide Weise dem Klischee des von Hause aus kriminellen Kaukasiers, das die russische Propaganda seit Jahrzehnten verbreitete. Hehlerei, Waffenschmuggel und Schwarzmarktgeschäfte, das war seine Welt. Aber Terrorismus?

Wenn sie mich entdecken, werden sie mich auf der Stelle töten.

»Neun – elf – vierundfünfzig – zwölf, merkt euch diese Zahlen!«, sagte Wassily jetzt, »alle großen militärischen Unternehmungen haben einen Namen, und dieser Zahlencode ist unser Name.«

»Was bedeutet er?«

Wassily schnaubte unwillig.

»Keine Ahnung.«

»Wirst du dabei sein?«

Sein Schwager holte scharf Luft. Die Frage schien ihm unangenehm zu sein.

»Nein«, sagte er schließlich mit gepresster Stimme, »doch ich kenne jemanden, der dabei sein wird. Er wird der erste Mann sein, der von einem Öltanker aus direkt ins Paradies hinüberwechselt. Allah sei gepriesen.«

Als die Männer eine Viertelstunde später die Wohnung verließen, blieb Ediew Chasimikow einfach unter dem Bett liegen. Was er gehört hatte, war von so ungeheurer Tragweite, dass sein Kopf zu platzen drohte. Als er später darüber nachdachte, wurde ihm klar, dass er von Anfang an entschlossen gewesen war, den Plan zu verraten. Die Frage war nur, an wen? Wer würde ihm glauben? Was wusste er wirklich? Und was war es wert? Die letzte Frage war zweifellos die interessanteste. Einen winzigen Augenblick dachte er daran, sich an die Behörden zu wenden, an die von Moskau eingesetzten Schergen des Präsidenten Kadyro – aber so dumm war er nicht. Denen konnte man nicht trauen, und den Russen schon gar nicht. Die würden ihn entweder auslachen oder einfach mal zusammenschlagen, um festzustellen, welche Informationen er zurückhielt. Und zum Schluss würden sie ihn mit großem Tamtam vor die Tür setzen, sodass jeder Tschetschene in Grosny wusste, dass er mit den Föderalen zusammenarbeitete. Wenn Wassily und seine Freunde davon erfuhren, kam das einem Todesurteil ziemlich nahe.

Er war sicher, etwas gehört zu haben, das Geld wert war. Viel Geld. Der Gedanke, sich an seinem Schwager zu rächen und gleichzeitig ein reicher Mann zu werden, erzeugte in seinem Kopf ein angenehmes Achterbahngefühl. Was hätte sein Vater getan? Der alte Aslan Chasimikow war ein schlauer

Fuchs gewesen. Solange *er* noch lebte, hatte Ediew niemals selbst nachdenken müssen, und irgendwie verhalf er ihm auch dieses Mal zu einer Idee.

Sein Vater hatte einen Freund gehabt, damals in den glorreichen Zeiten der Sowjetunion. Sie hatten in den siebziger Jahren zusammen in der sowjetischen Kriegsmarine gedient und über die Jahre hinweg Kontakt gehalten. »Ein guter Mann, dieser Bakarov«, hatte sein Vater stets gesagt, »der beste Kamerad, den ich je hatte. Obwohl er Russe ist. Hat nie auf uns Kaukasier herabgesehen. Versteht was von Menschen und von Schiffen. Vor allem von Schiffen.«

Dieser Sergej Bakarov war nach seiner Militärzeit nach Lettland gegangen und war in Ventspils ein großes Tier bei der Hafenverwaltung geworden. Wie alt mochte er jetzt sein? Egal! Er würde ihm helfen, mit den richtigen Leuten zu sprechen. Bestimmt hatte er noch Kontakte zu westlichen Behörden. Die Letten hatten stets mit dem Westen geliebäugelt. Nur im Westen würde man ihn für seine Informationen bezahlen. Und in Lettland konnte man sich mit Russisch immer noch verständlich machen, oder?

Er rollte sich unter dem Bett hervor, ging in die Küche und trank etwas Wasser. Der Blick aus dem Küchenfenster seiner Plattenbauwohnung im fünften Stock bot ihm auf der anderen Straßenseite eine schicke, futuristisch anmutende Hochhausfassade. Es ging aufwärts in Grosny, keine Frage, aber er wusste, dass einhundert Meter weiter die Straße hinauf Ruinen hinter hohen Bauzäunen versteckt wurden. In der von zwei Kriegen zerstörten Hauptstadt kündeten nur noch die Überreste zerschossener Gebäude von den Schrecken der Vergangenheit. Die Bauzäune waren mit großen Postern von Achmat Kadyrow gepflastert. Der Vater des heutigen Präsidenten war im Jahre 2004 ermordet worden, und sein Sohn ließ ihn wie einen Märtyrer feiern. Scheißkerl, dachte Chasimikow.

Er fand in einer Küchenschublade einen schmuddeligen Notizblock und schrieb auf, was er gehört hatte.

München, im Juli

»Die Erinnerung ist wie ein Hund, der sich hinlegt, wo er will.« Dieser Satz ist nicht von mir. Er ist ein Zitat, paradoxerweise habe ich vergessen, von wem. Aber wer immer es gesagt hat, wusste, wovon er redet.

Das menschliche Gedächtnis ist so faszinierend wie das Gehirn selbst. In all den Jahren, die ich damit verbracht habe, herauszufinden, wie Erinnerung und Vergessen funktionieren, hat es für mich nichts von dieser Faszination verloren. Wie existenziell notwendig es ist, merkt man, wenn man es verliert, und die Neurologen kennen eine Menge Möglichkeiten, wie es einem abhandenkommen kann. Ein paar davon kenne ich auch, denn die Behandlung von Menschen mit Gedächtnisstörungen ist mein Beruf.

Die Amnesie nimmt einem alles. Job, Partnerschaft und insbesondere das, was man Erfahrung nennt. Das Wissen um all die Dummheiten, die man überlebt hat. Das Leben eines Menschen ohne Gedächtnis spielt sich dauerhaft innerhalb eines Zeitraumes von wenigen Minuten ab, ohne eine bewusste Vergangenheit und ohne das Gefühl einer persönlichen Kontinuität. Es ist zum Verzweifeln – vorausgesetzt, man erinnert sich daran.

In letzter Zeit ertappe ich mich dabei, dass ich anfange, meine Patienten zu beneiden – ich glaube nicht, dass das ein gutes Zeichen ist. Mein Gedächtnis ist exzellent, und das ist mein Problem.

Als ich vor etwa zwei Jahren in einem Brüsseler Café den Plan fasste, den Mörder von Helen Jonas zu töten, war Helens Stimme in meinem Kopf dagegen gewesen: *Du weißt schon, dass du völlig verrückt bist, oder? – Nein,* dachte ich damals, *was ich vorhabe, wird meiner geistigen Gesundheit sehr förderlich sein.* Das war ein Irrtum.

Natürlich war mir klar, dass ich nichts vergessen würde, dennoch habe ich versucht, meine Erinnerungen zum Schweigen zu bringen. Die Möglichkeiten sind vielfältig. Man kann es mit Single Malt probieren, mit Rotwein und Tabletten oder gleich mit dem ganzen Trio. Mit stundenlangen Waldläufen oder zahllosen Überstunden – egal, ich habe es sehr ernsthaft versucht, doch es hat nicht funktioniert.

Ich erinnere mich.

»Die Vergangenheit ist nicht tot. Sie ist nicht einmal vergangen.« Kluger Kopf, dieser Mr Faulkner. Helen Jonas ist tot, aber nicht vergangen, denn nach wie vor höre ich ihre Stimme. Der Mann, der sie getötet hat, sitzt schwerbehindert in einem Pflegeheim, weil ich ihm aus Rache eine Überdosis Insulin gespritzt habe. Er wird nie wieder etwas sagen. Hoffe ich. Aber auch er ist nicht vergangen.

Außerdem war da noch ein Mann, dem ich mit einem Schrotgewehr aus kurzer Distanz durch die Brust geschossen habe. Wenn ich von ihm träume, sehe ich ihn fliegen. Ich sehe, wie er richtig vom Boden abhebt und durch die offene Tür fliegt.

Diesen Traum habe ich immer zwei Stunden nach Mitternacht. Er beginnt damit, dass Helen und ich miteinander schlafen, und nur Sekunden später sehe ich ihren Leichnam auf einer Bahre in der Hamburger Gerichtsmedizin. Plötzlich bricht der Mann mit dem riesigen Revolver durch die Tür, die Waffe schwenkt in meine Richtung, und ich drücke ab. Wenn ich in den frühen Morgenstunden aufwache, bilde ich mir ein, den Widerhall des Schusses in meiner Brusthöhle zu spüren.

Dann liege ich reglos da und starre in die Dunkelheit.

Eins

16. August

Ich hatte Anna Jonas seit ein paar Wochen nicht mehr gesehen und freute mich auf sie. Wir trafen uns im Englischen Garten. Als sie fröhlich grinsend auf mich zutänzelte, musste ich amüsiert daran denken, dass sie meine Schwägerin geworden wäre, wenn ihre Schwester mich geheiratet hätte. Aber das war natürlich kompletter Blödsinn. Helen hätte mich niemals geheiratet, und es gab wohl kaum jemanden, auf den das biedere Wort Schwägerin weniger passte als auf Anna.

»Hi!«, sagte sie, gab mir einen flüchtigen Kuss und hockte sich neben mich auf die Parkbank.

Sie sah blendend aus. Schlank, aber nicht mehr so spindeldürr wie vor zwei Jahren, weiße Jeans, rotes Poloshirt und die

Haare kurz geraspelt wie Sinead O'Connor in ihren besten Jahren.

Sie ließ ihren Blick über die zahlreichen Kinder, Hunde, halbnackten Studenten und japanischen Touristen schweifen, die den Park bevölkerten, und gab ein behagliches Knurren von sich.

»München im Sommer ist spitze. Ich verstehe gar nicht, warum die Eingeborenen um diese Zeit verreisen, wenn sie hier sein könnten.«

Ich musste daran denken, wie viel Mühe es mich vor zwei Jahren gekostet hatte, Anna dazu zu überreden, nach München zu ziehen. Ich hatte sie in meiner Nähe haben und irgendwie für sie sorgen wollen, was ihr ganz und gar nicht behagte. *Du lieber Himmel, ich bin ein Nordlicht! Was soll ich im Land der Lederhosen?* Letztendlich hatte ich sie mit der bayerischen Küche und dem Versprechen geködert, regelmäßig mit ihr essen zu gehen. Und ich hatte ihr einen Job besorgt.

»Schön, dass es dir in Bayern gefällt«, sagte ich.

»Mir gefällt es in München«, sagte sie, »das ist nicht ganz dasselbe. Komm lass uns was trinken!«

Wir schlenderten ein paar hundert Meter durch den Park und fanden in einem Biergarten einen schattigen Tisch. Anna ging zum Ausschank und kam mit zwei Krügen zurück. Sie nahm einen kräftigen Zug, wischte sich den Schaum vom Mund und sah mich aufmerksam an.

»Also, Herr Dr. Nyström, was ist los mit dir?«

»Wie kommst du darauf?«

»Du hast mir mal gesagt, für einen Punk gäbe ich eine gute Psychologin ab. Weißt du noch?«

»Ja, und du hast geantwortet, die Psychologie werde allgemein überschätzt.«

»Stimmt«, sagte Anna, »ich bin viel besser. Weil ich zur Psycho-Logik noch etwas normale Logik hinzufüge. Die Mischung machts. Deine Augen sind leicht blutunterlaufen, und deine Gesichtshaut ist ausgetrocknet und gerötet. Ich denke, dass du sehr wenig schläfst und viel trinkst. Du hast einen Haufen mehr Falten im Gesicht als noch vor einem halben Jahr und an Gewicht verloren. Wie viele Kilo sind es? Fünf?«

»Acht.«

Anna nickte.

»Und du arbeitest auch zu viel. Du kommst keinen Abend vor acht Uhr aus deinem blöden Institut heraus.«

»Ich mache mir Sorgen um meinen Job. Mein Fünf-Jahres-Vertrag läuft im Herbst aus, und ich bin nicht mehr sicher, ob sie ihn verlängern.«

»Kein Problem. Wenn du dich weiter so ruinierst, brauchst du ihn nicht mehr!«

»Ich überlege, ob ich mich in Martinsried bewerbe.«

»Was gibt es da?«

»Das Max-Planck-Institut für Neurobiologie. Die machen dort Forschung auf höchstem Niveau. Sie haben es zum Beispiel geschafft, mit einem speziellen Mikroskop live zu beobachten, wie das Gehirn beim Lernen seine Verschaltungen ändert. Weißt du, wenn eine Nervenzelle angeregt wird, dann sprießen auf ihrer Oberfläche winzig kleine Dornen, wachsen zu anderen Nervenzellen hinüber und docken dort an. Sobald die Reize nachlassen, bilden sich diese Dörnchen wieder zurück.«

»Ja«, sagte Anna, »das ist alles ganz toll, nur darum gehts hier nicht, oder?«

Ich schwieg.

»Es geht um Helen. Um Helen und um das, was passiert ist. Du wirst nicht fertig damit.«

Helen Jonas, Annas Schwester und meine langjährige Freundin und Geliebte, war vor zwei Jahren, vier Monaten und zwölf Tagen in einer Hamburger Saunakabine ermordet worden. Was genau bedeutete: damit fertig werden?

Ich schüttelte benommen den Kopf.

»Im ersten Jahr ging es. Ich habe mich wieder in meine Arbeit gestürzt. Wir bekamen die Forschungsgelder bewilligt, und alles lief auf Hochtouren. Die Träume wurden weniger, auch deshalb, weil ich jeden Abend so lange gejoggt bin, dass ich hinterher wie ein Stein schlief. Irgendwann ließ der Schmerz nach. Ich konnte ihr Bild auf meinem Schreibtisch ansehen und mit Wehmut und Liebe an sie denken. Ohne diese bleierne Traurigkeit und ohne das Gefühl des Abstürzens. Seit einem halben Jahr hat alles wieder angefangen. Die Träume, die Panikattacken und die Erinnerung an das, was ich getan habe.«

Anna schwieg eine Weile.

»Was du getan hast, war richtig«, sagte sie schließlich. »*Wir* waren die Opfer. Sie haben dich bedroht, zusammengeschlagen und mich entführt. Ich bin dir verdammt dankbar dafür, dass du versucht hast, mich da rauszuholen!«

»Was ich im Grunde nie richtig begreifen konnte, war die Tatsache, dass wir nicht nur lebend, sondern auch ganz ohne Strafverfolgung aus der Sache herausgekommen sind. Verstehst du, ich habe einen Menschen getötet und zwei andere lebensgefährlich verletzt, und der zuständige Bulle sagt am Ende ›Scheiß drauf‹ und geht in Pension.«

»Ja, und?«, sagte Anna, die langsam wütend wurde. »Das war wahrscheinlich das Korrekteste, was dieser Geldorf in seinem ganzen Leben gemacht hat. Und ich bin diese Gewissensfummelei jetzt leid. Der Mann, der deinetwegen im Rollstuhl sitzt, ist ein bezahlter Mörder und Kriegsverbrecher. Und wenn du mich fragst, ist er mit dem Rollstuhl noch gut bedient.«

»Ich habe überlegt, eine Psychotherapie zu machen.«

»Ach du meine Güte«, sagte Anna. Ihre Stimme hatte jetzt den vor Sarkasmus triefenden Tonfall, den ich auch bei ihrer Schwester gefürchtet hatte. »Psychotherapeuten. Ich hasse diese Brut. Statt Antworten immer nur Gegenfragen. Sie stellen einfach deine Frage auf den Kopf und stopfen sie dir in den Hals zurück. Und dafür willst du Geld ausgeben?«

So wie früher Helen schaffte Anna das kleine Wunder und holte mich mit ihrem beißenden Spott aus dem Stimmungstief heraus. Es war keines der Wunder, wie der Vatikan sie liebte, doch für meine Ansprüche reichte es. Ich musste so lachen, dass ich mich verschluckte.

»Woher weißt du das?«, fragte ich hustend.

»Drei Jahre«, sagte Anna, »habe ich damit zugebracht. Von meinem dreizehnten bis zum sechzehnten Lebensjahr. Unsere Eltern starben, als ich fünfzehn war, und Helen bestand darauf, dass ich noch ein Jahr weitermachte. Gott, was hab ich diesen Typen gehasst!«

»Und es war für gar nichts gut?«

»Doch, doch«, sagte Anna nachdenklich, »es hat mich in die Punker-Szene gebracht. Der Mensch muss sich weiterentwickeln!«

»Trauerst du der Szene nach?«

Anna schüttelte grinsend den Kopf.

»Alles im Leben hat seine Zeit«, sagte sie weise, »du weißt schon, jedes Ding hat seine Stunde unter dem Himmel und so weiter …«

An dieser Stelle war es mit meiner Selbstbeherrschung vorbei. Ihre Weisheiten über die Psychotherapie hatten mir schon gutgetan, aber Anna aus dem Alten Testament zitieren zu hören, gab mir endgültig den Rest. Unser hysteriches Gelächter brachte uns staunende Blicke der japanischen Touristen am Nachbartisch und die besorgte Aufmerksamkeit der Kellnerin ein, die uns vorher konsequent ignoriert hatte.

»Noch zwei Obstler, bitte«, sagte Anna und wischte sich die Tränen aus den Augen. Als die Kellnerin weg war, nahm sie meine Hand und beruhigte sich langsam wieder.

»Ich habe auch ein Problem«, sagte sie schließlich, »ich brauche zweitausend Euro.«

»Wofür?«

»Für einen neuen Zahn.«

»Zweitausend Euro für einen Zahn?«

»Für ein Implantat. Und zwar genau hier!«

Sie öffnete den Mund und zog mit einem Finger den rechten Mundwinkel zur Seite. Einer ihrer unteren Schneidezähne war sauber etwa in der Mitte abgebrochen.

»Wie ist das passiert?«

»Das möchte ich lieber nicht sagen.«

»Wieso, wenn ich es bezahlen soll ...«

»Ich habe versucht, eine Milchtüte mit den Zähnen aufzureißen, okay? Jetzt weißt du es! Ich hatte früher Freunde, die mit den Zähnen ihre Bierflaschen geöffnet haben!«

»Ja«, sagte ich fröhlich, »alles im Leben hat seine Zeit. Es gibt eine Zeit zum Flaschenaufbeißen und eine, wo man sich einen Öffner besorgen sollte.«

Ich versprach ihr das Geld und gab ihr die Adresse meiner Zahnarztpraxis in Bogenhausen. Ein toller Laden. Dr. med.

dent. Kleinschmidt war nicht einfach nur Zahnarzt, sondern Facharzt für Oralchirurgie. Ein Künstler. Sehr schick, sündhaft teuer und jeden Cent wert. In mehrfacher Hinsicht.

Zwei

6. September

Sie haben seit zwei Jahren nichts mehr veröffentlicht«, sagte Colmar. Seine schwarzen Knopfaugen starrten mich über den Rand seiner Brille verächtlich an, während er geistesabwesend in meiner Personalakte blätterte.

»Ich habe einen Artikel im *New England Journal of Medicine* für Januar nächsten Jahres«, sagte ich, »und das wissen Sie!«

Dr. Colmar war der Verwaltungschef des Instituts und das, was Anna einen Kotzbrocken nannte. Er hatte mich am frühen Vormittag überraschend zu sich bestellt, und natürlich wusste ich, dass es um meine Vertragsverlängerung ging. Ich hatte nur nicht gedacht, dass es so unangenehm werden würde.

»Ja«, sagte er, »ich hab es gesehen: eine Zusammenfassung des aktuellen Forschungsstandes der Neuropsychologie hinsichtlich der cerebralen Codierung von Gedächtnisinhalten. Klingt gut, ist aber nichts Neues, nichts Eigenständiges. Sie kennen doch das Sprichwort: ›Getretener Quark wird breit, nicht stark!‹ Also, was ist los mit Ihnen?«

Ich schwieg. Nicht weil mir nichts einfiel, sondern weil das, was mir im Kopf herumging, unbedingt dort bleiben musste, wenn ich meinen Job behalten wollte. Als ich vor knapp fünf Jahren am Institut angefangen hatte, galt ich als eine Art Shootingstar, ein Hoffnungsträger, der Mann, der die Forschungsgelder an Land zieht. Nun war ich kurz davor, mich ins Heer der arbeitslosen Akademiker einzureihen.

»Ich verlängere Ihren Vertrag um drei Jahre«, sagte Colmar jetzt, »allerdings nur aus einem einzigen Grund: Max Althaus hat durchblicken lassen, dass er das Institut verlässt, wenn ich es nicht tue. Keine Ahnung, was da zwischen Ihnen läuft, nur, Althaus wollen wir behalten!«

In dem Moment klingelte mein Handy. Colmar starrte mich ungläubig an. Offenbar konnte er es nicht fassen, dass ich zur Papst-Audienz mit Telefon erschienen war. Ich zog das Handy aus der Hosentasche und schaute auf das Display. Es war eine SMS von Anna: 12 Uhr bei dir. Dringend.

Ich sah auf meine Uhr. Es war erst kurz nach zehn, und eigentlich hatte ich in meiner Mittagspause etwas anderes vorgehabt, doch ich kannte Anna. Sie war nicht der Typ, der »dringend« schrieb, wenn es nicht dringend war. Colmar guckte immer noch giftig. Er schien auf eine Entschuldigung oder Erklärung zu warten, eben auf eine der üblichen Demutsbezeugungen, und plötzlich hatte ich es satt.

»Wars das?«, fragte ich und stand auf.

Colmar war jetzt sehr blass, schluckte aber seine Wut hinunter.

»Für heute!«, sagte er.

Ich ging hinaus und machte leise die Tür hinter mir zu.

Die nächste Stunde verbrachte ich mit einer Internet-Recherche und dem vergeblichen Versuch, Max Althaus ans Telefon zu bekommen, um mich bei ihm zu bedanken. Ich war in gehobener Stimmung. Um Viertel vor zwölf fuhr ich in meine Wohnung. Anna stand auf dem oberen Treppenabsatz und wartete. Sie war bleich und angespannt und hielt mit beiden Händen eine zusammengerollte Zeitschrift.

»Hallo«, sagte ich aufgeräumt, »was gibts denn so dringend?«

Anna schüttelte den Kopf und deutete mit der Zeitungsrolle auf die Wohnungstür.

»Rein da!«, sagte sie.

Ich schloss die Tür auf, und wir gingen in die Küche. Anna hockte sich rittlings auf einen der Stühle.

»Soll ich Kaffee machen?«

»Nein«, sagte sie, »du sollst dich hinsetzen und mir zuhören!«

»Komm, jetzt machs nicht so spannend.«

»Verdammte Scheiße«, sagte sie, und in ihrer Stimme war ein Ton, der mir unmittelbar Angst machte. »Du setzt dich jetzt da hin!«

Also setzte ich mich hin, während Anna versuchte, ihre Stimme unter Kontrolle zu bringen.

»Ich war heute Morgen bei diesem Zahnarzt. Du erinnerst dich? Vor drei Wochen hast du mir seine Adresse gegeben.«

Ich nickte.

»Du kennst das Wartezimmer?«

»Natürlich.«

»Ich war so eingeschüchtert von der Pracht, dass ich mich kaum getraut habe, mich hinzusetzen. Die verchromten Möbel und Glastische, der Teppichboden, die Bilder an der Wand und erst der Springbrunnen! Große Güte. Alles hypermodern. Wie in einer Kunstgalerie.«

»Ja«, sagte ich ungeduldig, »der Mann hat Geld. Und weiter?«

»In dem ganzen Schickimicki-Laden gabs nicht eine einzige vernünftige Zeitung. Nur dieses Zeug.«

Sie reichte mir das zusammengerollte Hochglanzmagazin rüber, das sie mitgebracht hatte. Es war ein Exemplar von *Modern Art*. »Seite fünf«, sagte Anna.

Ich schlug die Zeitschrift auf und erstarrte. Zu sehen war das Porträt einer schönen jungen Frau mit Lippen wie Angelina Jolie. Darunter folgender Artikel:

Gedenkausstellung für Jaqueline van t'Hoff

In Antwerpen ist für den Herbst eine Ausstellung mit Bildern der unter grausamen Umständen in Mombasa ums Leben gekommenen flämischen Künstlerin geplant. Zu ihren Lebzeiten relativ unbekannt, galt die avantgardistische Malerin mit ihrer gewagten Verknüpfung von Kubismus und Surrealismus in Insider-Kreisen als eines der kommenden Talente der modernen europäischen Kunstszene. Jaqueline van t'Hoff war im März in einem Hotel der kenianischen Metropole mit durchgeschnittener Kehle aufgefunden worden. Das Indian Ocean Resort gilt als das Hotel mit den höchsten Sicherheitsstandards in Mombasa, dennoch konnten die näheren Umstände des brutalen Mordes bis heute nicht geklärt werden.

Anna weinte, ihre Stimme war ein heiseres Krächzen.

»Ich will von dir hören, dass es nicht das ist, was ich denke.«

»Das ist es auch nicht. Weil es einfach unmöglich ist. Wenn du ihn gesehen hättest, wüsstest du das!«

Anna führte ihren rechten Daumen zum Mund und betrachtete ihn sehnsüchtig. Vor zwei Jahren hatte sie sich das Nägelkauen abgewöhnt. Als sie sah, dass ich sie beobachtete, steckte sie die Hand in die Tasche.

»Du rufst da jetzt an!«, sagte sie.

»Was für ein Quatsch!«

Anna sprang so schnell auf, dass der Küchenstuhl nach vorne kippte und ich einen Augenblick lang dachte, sie wolle auf mich losgehen.

»Okay, was immer dich glücklich macht!«

Ich suchte die Nummer der Klinik in Antwerpen heraus, wählte sie und stellte auf »mithören«.

»Centre neurologique et de réadaptation fonctionnelle, bonjour!«, sagte eine perlende Frauenstimme, welche die komplizierte Wortfolge derart schnell aussprach, dass sie sich wie ein einziges Wort anhörte.

»Bonjour Madame, parlez-vous allemand? «

»Natürlich, Monsieur! Was kann ich für Sie tun?«

»Hier ist Dr. Nyström aus München. Ich möchte mich erkundigen, wie es Monsieur Morisaitte geht. Er ist Patient in Ihrem Haus.«

Die Dame am Telefon schaffte es, die Temperatur ihrer Stimme in Sekundenbruchteilen um mindestens fünfzehn Grad abzusenken.

»Sind Sie ein Verwandter, Monsieur?«

»Ich bin sein Cousin.«

»Pardon, Monsieur, wir geben am Telefon prinzipiell keine Auskünfte über unsere Patienten. Ich glaube, das ist in Deutschland auch so!«

Sie legte auf.

»Arrogante Kuh«, schimpfte Anna.

«Das hätte ich dir gleich sagen können!«

»Ach ja? Und warum hast du nicht?«

»Jetzt reichts! Du wolltest doch, dass ich da anrufe!«

»Scheiß drauf, dann müssen wir eben hinfahren!«

»Sonst noch was? Glaubst du wirklich, ich lasse hier jetzt alles stehen und liegen und schau mal eben in Antwerpen nach, ob ein schwerbehinderter Rollstuhlfahrer mit seinem Urinbeutel auch schön an Ort und Stelle ist?«

Anna bückte sich und stellte den Küchenstuhl, den sie umgeworfen hatte, wieder auf. Steifbeinig ging sie zum Kühlschrank und holte eine Flasche Aquavit heraus. Sie betrachtete die Flasche nachdenklich, stellte sie wieder zurück, setzte sich hinter den Küchentisch und sah mich durchdringend an.

»Du bist ein großer Schlaukopf, nicht wahr? Doktortitel, Forschungsgelder, Lehrauftrag, alles super! Leider kannst du nicht klar denken. Seit Jahren beschäftigst du dich mit Rehabilitation. Du bist stolz, wenn Patienten wieder laufen und sprechen lernen und du etwas dazu beitragen konntest. Und du wirst fuchsteufelswild, wenn irgendein blöder Ignorant behauptet, bei diesem oder jenem Patienten sei sowieso nichts mehr zu machen. Nur bei diesem einen, bei dem du dir sehnlichst wünschst, er möge in seinem Rollstuhl verrotten, da bist du dir ganz sicher, dass er das auch brav tut.«

Ich schwieg betroffen. Obwohl ich tatsächlich absolut sicher war, dass Anna nicht recht haben konnte, hatte sie mich mit sieben Sätzen matt gesetzt und war mir bereits wieder einen Zug voraus.

»Am besten, du fliegst«, sagte sie, »ich habe das vorhin schon gecheckt. Wenn du morgen früh um 9.25 Uhr vom Franz-Josef-Strauß-Flughafen abfliegst, bist du um kurz vor zwei in Antwerpen. Du kannst am frühen Abend zurückfliegen und bist um 22 Uhr wieder hier. Keine große Sache.«

»Natürlich nicht. Im Grunde der reinste Spaziergang, vor allem mitten in der Woche! Und hast du auch schon gebucht?«

»Nein«, sagte Anna bissig, »ich wollte dich nicht übergehen. Ich versuch es jetzt gleich mal online.«

Während sie sich an meinem PC zu schaffen machte, rief ich im Institut an und nahm mir für den nächsten Tag frei. Ich dachte daran, wie oft ich früher Helens Sturheit verflucht hatte. Da kannte ich die kleine Schwester noch nicht.

Drei

7. September

Das Wetter in Antwerpen war erheblich schlechter als in München. Als ich am nächsten Tag nach der Landung am Flughafen in ein Taxi stieg, hatte sich der Himmel verdunkelt, und ein wolkenbruchartiger Sommerregen machte den Scheibenwischern derartig zu schaffen, dass der Fahrer für die Fahrt zur Klinik beinahe dreißig Minuten benötigte. Als ich ausstieg, hatte der Regen zwar etwas nachgelassen, doch auf dem kurzen Weg durch den Park zum Hauptportal wurde ich trotzdem innerhalb von zwanzig Sekunden bis auf die Haut durchnässt.

Die elegante Mittvierzigerin an der Rezeption war die

gleiche Dame, die mir vor über zwei Jahren den Weg gewiesen hatte, nur dass sie ihr ehemals hochgestecktes Haar jetzt offen trug. Ihr missbilligender Blick wanderte von der Spur, die ich auf dem Weg von der Tür zum Empfang hinterlassen hatte, zu meinen klatschnassen Haaren und dann hinunter zu den Pfützen, die sich um meine Schuhe bildeten. Nach einem kurzen Zögern riss sie sich zusammen und brachte ein sparsames Lächeln zustande.

»Goedemiddag«, sagte sie.

»Hallo«, sagte ich fröhlich, »hoe gaat het met u?«

Sie lächelte überrascht. »Prima. En met u?«

»Dank u wel. Kunt u mij alstublieft helpen? Mijn naam is Nyström. Ik spreek alleen maar'n beetje Nederlands. Waar vind ik …?«

Sie strahlte mich jetzt förmlich an. Mein halbstündiger Blick in den Sprachführer während des Fluges hatte sich gelohnt.

»Das war schon sehr gut«, sagte sie auf Deutsch, »ein wirklich netter Versuch. An der Aussprache müssen Sie noch feilen. Was kann ich für Sie tun, Herr Nyström?«

»Ich möchte gerne Monsieur Morisaitte besuchen. Yves Morisaitte.«

»Oh«, sagte sie erschrocken, und das strahlende Lächeln erlosch, »einen Moment, bitte!«

Sie drückte auf einen Knopf ihrer Gegensprechanlage und sagte: »Dokter Brugmann, alsjeblieft!«

Sie sah mich aus ernsten Augen an.

»Es kommt jemand, der Ihnen weiterhilft.«

Wenige Augenblicke später erschien ein groß gewachsener Mann mit grauen Schläfen, der in einen schicken, blendend weißen Kittel gehüllt war. Er sah aus wie ein Model aus einem Katalog für medizinische Berufskleidung. Auf seiner

Brust war ein Schild mit dem Namen Jean-Félix Brugmann. Er gab mir die Hand und winkte mir, ihm zu folgen. Wir gingen ein paar Meter den Flur hinunter in ein kleines Arztzimmer, das nur mit einem Schreibtisch, zwei Stühlen und einer Untersuchungsliege möbliert war. An den weißen Wänden hingen großformatige Abbildungen von japanischen Kalligraphien, die den spartanischen Charakter des Raumes zusätzlich betonten. Brugmann deutete mit einer vagen Handbewegung auf einen der Stühle, setzte sich und betrachtete aufmerksam meine Visitenkarte. Schließlich sah er mich misstrauisch an.

»Was wollen Sie denn von Monsieur Morisaitte?«, fragte er.

Wie viele Flamen sprach er ein passables Deutsch mit einem starken niederländischen Akzent, und ich erkannte seine Stimme wieder. Brugmann war der freundliche Oberarzt, der mir zwei Jahre zuvor, vor meinem ersten Besuch in der Klinik, ohne es zu wissen, telefonisch versichert hatte, dass meine Rache funktionieren würde: *Doch, doch*, hatte er damals gesagt, *er versteht jedes Wort, das haben wir getestet. Aber er kann sich nicht äußern, auch nicht schriftlich.*

»Dies ist ein privater Krankenbesuch«, sagte ich, nicht übermäßig freundlich, »ich glaube nicht, dass Sie das etwas angeht, was ich von ihm will!«

»Ich erkenne Sie wieder«, sagte Dr. Brugmann, »Sie haben ihn schon einmal besucht, und danach war er in absoluter Lebensgefahr. Ihr Besuch hat ihn so aufgeregt, dass er um ein Haar einen zweiten Schlaganfall erlitten hätte. Er war vollständig dekompensiert. Was haben Sie zu ihm gesagt?«

»Nichts Besonderes. Reiner Smalltalk. Als ich ihn verlassen habe, ist mir nichts Ungewöhnliches aufgefallen.«

»Was haben Sie denn überhaupt mit ihm zu tun? Sind Sie verwandt?«

Ich war auf diese Frage vorbereitet, und die Lüge ging mir glatt von den Lippen.

»Yves Morisaitte hat früher in Frankfurt als Krankenpfleger gearbeitet. Ich war als Psychologe eine Zeitlang in der gleichen Klinik wie er. Ich hatte zufällig erfahren, was ihm zugestoßen war, deshalb habe ich ihn damals besucht. Das würde ich auch jetzt gerne tun, wenn Sie gestatten.«

»Tut mir leid, aber das geht nicht«, sagte Brugmann.

»Was soll das? Wir sind alte Bekannte! Und er ist doch noch hier bei Ihnen, oder?«

»Eben nicht!«

Ich spürte, wie ungläubiges Entsetzen meine Stimmbänder blockierte, riss mich zusammen und räusperte mich ausgiebig.

»Wohin haben Sie ihn verlegt?«

»Wir haben ihn gar nicht verlegt. Monsieur Morisaitte hat unsere Klinik im Februar dieses Jahres auf eigenen Wunsch verlassen. Und zwar mit einem guten Rehabilitationsergebnis, wie ich betonen möchte.«

»Was heißt das?«

»Nun, zunächst einmal war er ja rein kognitiv nicht betroffen, das heißt, er kann ohne jede Einschränkung klar denken. Das Sprachverständnis ist ebenfalls in Ordnung. Unsere Physiotherapeuten konnten die Halbseitenlähmung so weit bessern, dass er wieder laufen kann. Er ist noch nicht wirklich unabhängig vom Rollstuhl, doch seine Gehstrecke betrug am Entlassungstag mit Vierpunktstock immerhin etwa einhundert Meter. Die Aphasie wurde ebenfalls erfolgreich behandelt. Er kann wieder sprechen, wenn auch nicht wie Sie und ich. Es ist eine Art Telegrammstil. Die Sprachtherapie fand zunächst in Französisch und Flämisch statt und kam nicht recht voran. Einen Durchbruch erzielten wir, als eine unserer Kolleginnen ihn zufällig auf Deutsch ansprach. Er reagierte, als ob das seine Muttersprache wäre.«

»Ja, er sprach perfekt Deutsch«, sagte ich und dachte daran, wie weit sie wohl gekommen wären, wenn Sie es auf Serbokroatisch probiert hätten.

Dr. Brugmann nickte bedächtig. Er war jetzt nicht mehr so misstrauisch, aber immer noch wachsam.

»Egal«, sagte er, »was zählt, ist der Erfolg, nicht wahr? Sie möchten wahrscheinlich wissen, warum ich Sie überhaupt sprechen wollte?«

Ich nickte.

Brugmann räusperte sich unbehaglich und schien nicht recht zu wissen, wie er anfangen sollte.

»Schauen Sie«, sagte er schließlich, »die Vorschriften über die ärztliche Schweigepflicht sind in Belgien genauso streng wie in Deutschland, es gibt jedoch gewisse Umstände, die ... es rechtfertigen, dass ich mit Ihnen rede. Wie Sie wissen, sind wir eine Privatklinik. Teuer und gut. Es ist uns egal, wie lange ein Patient stationär bei uns ist, wenn jemand dafür bezahlt. Trotzdem war die Verweildauer von Monsieur Morisaitte mit beinahe zwei Jahren ungewöhnlich lang, und wir haben uns nicht wohl gefühlt dabei.«

»Worüber beklagen Sie sich?«, fragte ich absichtlich zynisch. »Stammkunden sind die Seele jedes Geschäfts! Oder floss das Geld nicht mehr gescheit?«

Brugmann zuckte etwas zusammen, blieb aber ruhig.

»Doch«, sagte er, »von einer Liechtensteiner Bank, regelmäßig, jeden Monat. Es war etwas anderes. Monsieur Morisaitte war hier im Hause nicht beliebt.«

Ich sah ihn erstaunt an.

»Seit wann ist das denn ein Kriterium?«

»Wenn jemand zwei Jahre lang hier ist, kann es eines werden. Der Patient war sehr affektlabil, sehr schwierig und sehr zornig. Er hat unseren Mitarbeitern das Leben schwer gemacht, und er war ihnen unheimlich.«

»Er war ein kranker Mann in einem Rollstuhl.«

»Die Leute, die ihn besucht haben, waren nicht krank! Zumindest nicht körperlich!«

Bis zu diesem Zeitpunkt war es mir gelungen, relativ gelassen zu bleiben. Die Tatsache, dass Morisaitte nicht mehr in der Klinik war, hatte mir zwar ein mulmiges Gefühl beschert, weil ich mich an den beruhigenden Gedanken gewöhnt hatte, genau zu wissen, wo er war. Aber schließlich konnte ich nicht erwarten, dass er den Rest seines Lebens hier zubrachte.

Die letzten Worte Brugmanns ließen meinen Magen zu einem pulsierenden Klumpen zusammenschnurren. Er muss die jähe Angst in meinen Augen gesehen haben, zumindest nahm sein Gesicht sofort einen ärztlich besorgten Ausdruck an.

»Ist Ihnen nicht gut?«

»Was für Leute waren das?«, fragte ich, obwohl ich eine ziemlich genaue Vorstellung hatte.

»Im ersten Jahr waren es Anwälte, ich nehme an, von der Firma, für die er mal gearbeitet hat. Leute in dunklen Anzügen, mit Laptop und Aktenkoffer. Morisaitte hatte gerade gelernt, seine Unterschrift mit der linken Hand zu leisten. Davon haben sie reichlich Gebrauch gemacht. Im zweiten Jahr kam eine andere Sorte Männer.«

»Welche Sorte?«

»Haben Sie schon einmal Männer kennengelernt, die bei der Fremdenlegion waren? Hier in Belgien haben Sie öfter Gelegenheit dazu. Sie sehen die sonnenverbrannten Gesichter, die rasierten Schädel und die Tätowierungen, und Sie wissen, dass die für die Welt der Bausparverträge verloren sind. Solche Männer haben ihn abgeholt, an einem Samstag im Februar. Lassen Sie mich eines klarstellen: Ich mag Sie nicht besonders! Weil ich nämlich das Gefühl habe, dass Sie mich belügen, heute – und vor zwei Jahren auch schon! Aber der entscheidende Punkt ist folgender: Ich glaube, dass Yves Morisaitte ein außerordentlich gefährlicher Mensch ist, und deshalb erzähle ich Ihnen das alles.«

»Danke.«

»Sie waren zu viert, als sie ihn abholten. Drei von ihnen sahen sehr osteuropäisch aus. Morisaitte saß in seinem Rollstuhl, eine Wolldecke über den Knien, und hat uns zugewinkt, bevor sie ihn in einen VW-Bus geschoben haben. Wir hatten eine kleine Abordnung von Ärzten, Schwestern und Therapeuten gebildet, um ihn zu verabschieden, und alle gaben sich redliche Mühe, ihre Erleichterung zu verbergen. Als er schon halb im Bus war, hat er mit einem seiner Leute getuschelt, und der ist noch einmal ausgestiegen und zu mir zurückgekommen. ›Sie müssen etwas ausrichten‹, hat er gesagt. Ich habe ihn erst gar nicht verstanden. Er hat Brusseleir gesprochen, das verdammte Kauderwelsch der Leute aus dem Marollenviertel, Flämisch, Wallonisch und Spanisch, alles durcheinander. ›Wenn der Schwede kommt, der lange Blonde, sagen Sie ihm: Auf Wiedersehen!‹«

Ich bekam kaum Luft.

Brugmann betrachtete versonnen meine Visitenkarte.

»Ich weiß nicht, wie gut Sie als Psychologe sind, aber wenn

Sie denken, dass der Mann Ihr Freund ist, sind Sie noch beschränkter als der Rest Ihrer Kollegen.«

»In Ihnen habe ich mich auch getäuscht. Sie sind gar kein Model für Berufskleidung, sondern ein richtig guter Arzt«, erwiderte ich.

Brugmann schwieg und sah mich ausdruckslos an. Schließlich machte er mit dem ausgestreckten Zeigefinger eine unmissverständliche Geste in Richtung Tür.

Also stand ich auf und ging.

Vier

Ich trat durch das Hauptportal hinaus ins Freie, wandte mich nach rechts und stolperte wie betäubt in den Park. Der Wolkenbruch war von strahlendem Sonnenschein abgelöst worden, der bereits zahlreiche Patienten wieder herausgelockt hatte. Es war die gleiche Szenerie wie vor zwei Jahren. Gepflegte, kurz geschnittene Rasenflächen, auf denen Rollstühle und geschmackvolle Rattansessel standen, in welchen reiche, aber unzweifelhaft kranke Menschen saßen. Man unterhielt sich, las oder döste vor sich hin. Die weiße Kleidung des Pflegepersonals bildete einen wunderbaren Kontrast zum satten Grün des Rasens und zum intensiven Rot der Sonnenschirme. Es war eine teure, farbenfrohe Idylle des Siechtums.

Morisaitte musste es gehasst haben.

Nach ein paar hundert Metern auf den Kieswegen erreichte ich die von hohen Bäumen überschattete Parkbank, auf der ich vor zwei Jahren mit Kommissar Geldorf von der Hamburger Polizei gesessen hatte. Ich hockte mich auf die Kante der Sitzfläche, schloss die Augen und versuchte, meine Nerven zu beruhigen. Aber es funktionierte nicht. Das überwältigende Gefühl der Schuld nahm mir den Atem und erstickte jeden klaren Gedanken. Meine Erinnerungen überschlugen sich.

Yves Morisaitte hatte Helen Jonas getötet – und dafür bezahlt. Für eine große Geldsumme war seine Freundin bereit gewesen, ihn zu verraten und mir die Tür zu seinem Appartement zu öffnen. Leider war er an der Überdosis Insulin, die ich ihm spritzte, nicht gestorben. Aber als er aus dem Koma erwachte und gelähmt und sprachlos in seinem Rollstuhl saß, war ich mit dem Ergebnis trotzdem zufrieden gewesen. Es war eine Form von »lebenslänglich«, der ich durchaus etwas abgewinnen konnte.

Doch das hatte mir nicht gereicht. Ich Idiot musste unbedingt in die Klink fahren, um ihm zu *erzählen*, was geschehen war. Ich hatte ihn verhöhnt, seine Hilflosigkeit genossen und den Hass in seinen Augen gesehen, als ich ihm von dem Verrat erzählte.

Hat Jaqueline Sie besucht? Ich darf sie doch Jaqueline nennen, oder? Wahrscheinlich haben Sie in jeder verdammten Nacht darüber nachgegrübelt, warum sie nicht kommt. Wie sie es wagen kann, nicht zu kommen. Sie kommt nicht, weil sie weg ist. Weg aus Belgien und weg aus Europa. Richtung Indischer Ozean, vielleicht Sansibar. Wo es warm ist und die Farben leuchten. Genau das richtige für eine Malerin.

Wie weit war Sansibar von Kenia entfernt? Hatte ich Morisaitte nicht nur erzählt, wer ihn verraten hatte, sondern ihm auch gleich mitgeteilt, wo er sie suchen musste? Verzweifelt versuchte ich mich daran zu erinnern, ob Jaqueline van t'Hoff Sansibar erwähnt oder ob ich die Insel einfach aus dem Stegreif genannt hatte, um ihn zu verhöhnen. Ich wusste es nicht mehr. Dafür wusste ich etwas anderes: Meine Rachsucht, mein Hass und meine Überheblichkeit hatten Jaqueline van t'Hoff das Leben gekostet.

Du bist ein großer Schlaukopf, nicht wahr? Doktortitel, Forschungsgelder, Lehrauftrag, alles super. Leider kannst du nicht klar denken!

Anna hatte recht, ich war ein exzellent ausgebildeter Vollidiot.

Was hatte ich mir bloß gedacht? Dass eine schwere Krankheit so etwas wie Läuterung bewirkt? Dass ein Mensch sich irgendwie bessert, nur weil er im Rollstuhl sitzt? Dass Hass und kriminelle Energie quasi versanden, wenn jemand nicht mehr laufen kann?

Ich sah auf meine Uhr. Es war kurz nach vier, noch beinahe zwei Stunden bis zu meinem Rückflug nach München. Ich holte mein Handy heraus und wählte Annas Nummer. Es klingelte mindestens zehn Mal, bevor sie ranging.

»Ja?«, sagte sie unfreundlich. Ihre Stimme war dunkel vor Aufregung.

»Du hast recht gehabt. Seine Freunde haben ihn abgeholt. Schon im Februar. Ich glaube, dass der Mord in Mombasa auf sein Konto geht!«

»Scheiße, Scheiße, Scheiße«, sagte Anna und schien Probleme mit dem Atmen zu haben. Sie gab ein merkwürdiges Japsen von sich, das mich sofort beunruhigte.

»Bei dir alles in Ordnung?«

»Nein«, sagte sie, »ich brauche dich hier.«

»Was ist los?«

»Du hast Besuch«, sagte Anna. »Elena Bakarova aus Lettland. Wir waren vor zwei Jahren bei ihr in Ventspils. Du weißt schon, die Schwiegertochter vom alten Sergej. Sie saß auf der Treppe vor deiner Wohnungstür, als ich heute Mittag noch mal vorbeikam.«

»Ja, gut«, sagte ich perplex, »ich bin heute Abend um zehn Uhr da. Lad sie zum Essen ein oder zeig ihr die Stadt. Irgendwas in der Art.«

»Geht nicht«, sagte Anna, deren Stimme jetzt nur noch ein heiseres Flüstern war, »sie ist verletzt. Wir sind hier im Klinikum Großhadern. Jemand hat versucht, sie zu erstechen.«

Fünf

Wenn ich Anna und Elena ansah, hatte ich das Gefühl, dass nur ich in den letzten zwei Jahren älter geworden war. Elena Bakarova jedenfalls war noch genauso schön, wie ich sie in Erinnerung hatte.

Nach der Landung in München hatte ich Anna angerufen und erfahren, dass sie das Klinikum verlassen hatten und inzwischen in meiner Wohnung waren. Anna hatte mir die Tür geöffnet und stumm mit dem Daumen hinter sich gedeutet. Elena lag auf meiner Couch und sah sich die Nachrichten im Fernsehen an.

Als ich ins Wohnzimmer kam, schaltete sie den Apparat aus und lächelte. Es war ein schüchternes, schmerzverzehrtes und absolut hinreißendes Lächeln. Sie hatte sehr blasse Haut, schwarz glänzende Haare und meergrüne Augen. Unter ihrem weißen T-Shirt war der dicke Verband um ihren Brustkorb deutlich zu erkennen. Ich ging zu ihr und gab ihr die Hand.

»Challo«, sagte sie mit ihrem leichten russischen Akzent.

»Wie geht es Ihnen?«

»Ist nicht so schlimm, eine oberflächliche Verletzung an den Rippen. Und bitte: Nennen Sie mich Elena.«

Ich war von der Situation völlig überfordert. Anna und ich hatten Elena und ihren Schwiegervater vor zwei Jahren in Lettland kennengelernt, als wir versuchten, in Ventspils einen korrupten Beamten des Freihafens zu treffen. Von ihr hatten wir erfahren, dass dieser Beamte entführt und vermutlich getötet worden war, was unsere lettische Spur im Sande verlaufen ließ. Aber ich hatte sie nicht vergessen. Nicht ihre strahlende Schönheit und nicht den Klang ihrer Stimme. *Habe ich das richtig verstanden, dass Sie von Kriminellen verfolgt werden und trotzdem hierher gekommen sind?*, hatte sie gefragt. *Damit wären wir quitt, meine Schöne.* Ich hatte in den vergangenen zwei Jahren oft überlegt, sie anzurufen, jedoch nie den Mut dazu gehabt, und letztendlich hatte die Trauer um Helen jeden Gedanken an eine andere Frau verdrängt.

Anna warf erst mir und dann Elena einen prüfenden Blick zu und seufzte resigniert.

»Tja, ich freue mich auch, dich wiederzusehen. Willst du ein Bier?«

Ohne auf meine Antwort zu warten, ging sie in die Küche und kam mit drei Flaschen Paulaner zurück. Elena schüttelte stumm den Kopf. Anna deutete auf einen der Sessel und schob eine Bierflasche zu mir.

»Wir müssen reden«, entschied sie, »worüber zuerst? Antwerpen oder München?«

»München!«

»Gut, dann fange ich an. Heute Nachmittag, etwa gegen halb drei, wollte ich noch einmal in deine Wohnung. Ich hatte mir überlegt, den Redakteur von diesem Kunstmagazin anzurufen, um vielleicht etwas Näheres über den Mord in Mombasa zu erfahren. War nur so eine Idee. Die Zeitschrift lag hier bei dir auf dem Tisch. Also bin ich hierher gefahren, und als ich die Treppe hochkam, saß Elena auf der obersten Stufe direkt vor deiner Wohnung – zusammengekauert, die Arme um ihren Oberkörper geschlungen – und weinte. Sie sah völlig fertig aus, doch ich habe zunächst nicht gesehen, dass sie verletzt war. Erst als sie mich erkannte und die Arme sinken ließ, habe ich das Blut gesehen. Unmengen von Blut.«

Annas Stimme klang gefasst und kontrolliert. Ich wusste, dass sie sich so anhörte, wenn sie Angst hatte.

»Seid ihr mit deinem Auto ins Krankenhaus gefahren?«

»Nein, ich war zu aufgeregt. Ich habe einen Krankenwagen gerufen, und die haben uns nach Großhadern gebracht. Die Verletzung ist tatsächlich nicht schwer. Eine Stichwunde genau zwischen zwei Rippenbögen, außen an der linken Körperseite, etwa einen Zentimeter tief, hat der Arzt gesagt. Die Messerklinge ist abgeglitten, und das Heft des Messers beziehungsweise die Faust des Täters hat ihre Rippen getroffen und eine Prellung verursacht. Sie hat Schmerzen beim Luftholen, aber sie ist okay.«

Ich warf einen fragenden Blick zu Elena hinüber.

»Ja, die wollten mich nicht einmal im Krankenhaus behalten. Sie haben mich verbunden und gesagt, ich soll in fünf

Tagen wiederkommen. Anschließend haben sie die Polizei angerufen und die Stichverletzung gemeldet.«

»Waren die bei euch?«

»Nein«, sagte Elena, »wir sind von der Klinik aus mit dem Taxi hingefahren. Sie haben ein Protokoll aufgenommen, und ich habe ihnen alles erzählt, was passiert ist.«

»Gut, dann musst du es jetzt noch mal erzählen.«

Elena lächelte gequält.

»Es ist mir ein bisschen peinlich, ich habe überhaupt nicht viel mitbekommen. Als ich in München gelandet bin, wollte ich eigentlich mit dem Taxi zu dir fahren. Doch ich befürchtete, dass mein Geld vielleicht für die Taxifahrt nicht reicht. Also habe ich mir einen Stadtplan gekauft und festgestellt, dass deine Wohnung ganz in der Nähe einer S-Bahn-Station liegt. Auf dem Bahnsteig habe ich einen Augenblick gebraucht, um mich zu orientieren. Mit dem Stadtplan in der Hand stand ich da und schaute abwechselnd auf die Karte und auf die Straßenschilder. Plötzlich hat mich jemand sehr kräftig angerempelt, und ich bin nach vorn auf die Knie gefallen.«

»Und du hast überhaupt niemanden gesehen?«, fragte Anna.

»Ich sah kurz einen großen Mann mit schwarzen Haaren und einer Lederjacke. Er ging schnell davon und kümmerte sich nicht um den kleinen Auflauf, der sich um mich herum gebildet hatte. Ich habe sein Gesicht nicht erkennen können. Zwei alte Männer haben mir aufgeholfen. Meine Rippen auf der linken Seite haben zwar geschmerzt, doch es war zunächst nicht weiter schlimm, und deshalb bin ich einfach losgegangen. Ich trug eine dunkle Bluse, und offenbar fiel das Blut niemandem auf. Ich selbst habe es erst bei deinem Haus bemerkt. Meine Kraft hat gerade noch gereicht, um die Treppe hinaufzukommen. Da hat es schon stark geblutet.«

»Okay, und wie fühlst du dich jetzt?«

»Gut«, sagte sie, sah aber nicht gut aus. Sie war noch blasser geworden und lehnte sich erschöpft zurück. Das Sprechen hatte sie ganz offensichtlich angestrengt.

»Sie muss sich ausruhen«, meinte Anna zu mir gewandt, »und in der Zwischenzeit erzählst du mir, was in Antwerpen los war.«

Ich gab ihr eine knappe, ungeschönte Zusammenfassung über Morisaittes Zustand und die Männer, die ihn abgeholt hatten.

»Oh, verdammt«, knurrte Anna, »das ist noch schlimmer, als ich dachte. Erstens hat er offenbar immer noch jede Menge Geld zur Verfügung, denn was immer die Anwälte ihn linkshändig haben unterschreiben lassen, wird nicht umsonst gewesen sein. Zweitens, wenn Brugmanns Beschreibung zutrifft, waren diese Männer keine bezahlten Helfer, sondern alte Kameraden von ihm. Vielleicht Leute aus Serbien. Die ihn womöglich lieben und bewundern! Scheiße!«

»Glaubst du, dass er den Mord in Mombasa begangen hat? Wie hat er das gemacht?«, fragte ich.

Anna nickte nachdrücklich.

»Es ist keineswegs so schwierig, wie du es dir vorstellst. Wenn du genug Geld hast, kannst du heutzutage als Rollstuhlfahrer sehr komfortabel in jeden Winkel der Welt fliegen. Die wirklich guten Hotels haben behindertengerechte Zimmer und häufig schon barrierefreie Einrichtungen, und wenn du deine Muskelprotze in Krankenpflegeruniformen steckst, sieht man nicht mal ihre Tattoos. Du fällst nirgendwo auf, weil du nur ein Krüppel mit Pflegepersonal bist. Niemand misstraut dir, weil dir niemand etwas zutraut.«

»Trotzdem, es fällt mir einfach schwer, mir vorzustellen, dass …«

»Ach, du lieber Himmel«, sagte Anna müde, »was soll denn schwer daran sein, jemandem mit links die Kehle durchzuschneiden, wenn vier Leute ihn für dich festhalten.«

Sechs

Elena, die auf dem Sofa eingenickt war, schreckte bei Annas letztem Satz hoch und starrte uns ungläubig an.

»Wie hast du das gemeint?«, fragte sie Anna.

»Erzähl ich dir morgen. Eine alte Geschichte, die zunächst nur Thomas und mich betrifft. Es ist schon spät, wir sind alle müde. Eine Frage ist allerdings noch offen. Versteh mich nicht falsch, ich freue mich, dich wiederzusehen, und selbstverständlich kannst du bei uns wohnen. Wir werden eine gute Zeit in München haben. Nur, nach dem, was heute passiert ist, glaube ich nicht, dass dies ein Höflichkeitsbesuch ist. Also Elena: Warum bist du gekommen?«

»Hilf mir hoch, bitte«, antwortete Elena, »ich glaube, jetzt möchte ich doch etwas trinken.«

Anna brachte sie vorsichtig in eine aufrechte Sitzposition. Elena nahm sich ein Bier und nippte daran. Sie schien intensiv nachzudenken.

»Ich bin gekommen«, sagte sie schließlich, »weil ich nicht

wusste, was ich tun sollte. Wenn man von Ole Petersen in Hamburg, der vor allem ein Freund meines Schwiegervaters ist, einmal absieht, seid ihr die einzigen Menschen in Westeuropa, die ich persönlich kenne und denen ich vertraue. Ich hatte Angst. Natürlich hätte ich auch schreiben oder anrufen können, doch ich habe gedacht, dass es … nun ja, glaubwürdiger ist, wenn ich alles selbst erzähle. Die ganze Sache ist schon verrückt genug.«

»Gut«, verkündete Anna, »das klingt nach einer längeren Geschichte. Da brauche ich noch was zu essen.«

Sie ging in die Küche und kam nach einer Minute mit Kümmelbrot, gesalzener Butter, Schinken, Käse und noch mehr Bier auf einem Tablett zurück. Nach einer einladenden Geste in unsere Richtung belegte sie sich eine Brotscheibe daumendick mit Bavaria Blue, öffnete eine neue Flasche Bier und lächelte Elena erwartungsvoll an.

»Ich wär dann so weit.«

»Es ist jetzt genau zehn Tage her«, begann Elena, »dass ich Ediew Chasimikow getroffen habe. Ich wollte abends nach der Arbeit noch nach Sergej schauen. Es ging ihm nicht besonders gut. Das Laufen ist schlechter geworden, und im Frühjahr hatte er eine Lungenentzündung. Sein alter Jazzfreund Ole Petersen ist dreimal bei ihm gewesen und hat ihm die CDs von Keith Jarrett mitgebracht, die ihr ihm versprochen hattet. Er hat sich unglaublich gefreut. Dass ihr das Versprechen gegenüber dem Alten gehalten habt, hat mir letztendlich Mut gemacht, hierher zu kommen.«

»Woher hattest du meine Adresse?«, fragte ich.

»Ole Petersen hat sie mir besorgt. Von deinem Freund in Hamburg.«

»Mischka«, warf Anna ein.

Ich nickte und forderte Elena mit einer Handbewegung auf, weiterzusprechen.

»Als ich also an diesem Abend vor Sergejs Haus gehalten habe, saß Chasimikow auf der Bordsteinkante und wartete. Er sprach russisch mit einem kaukasischen Akzent, war etwa vierzig Jahre alt, mager und schlecht gekleidet. Ich mochte ihn nicht. Er hatte im Hafen nach meinem Schwiegervater gefragt, und irgendjemand dort hatte ihm die Adresse in Ostgals gegeben. Sergej hatte ihm nicht aufgemacht, weil ich es ihm verboten habe, deshalb hatte er den ganzen Nachmittag vor dem Haus gewartet. Chasimikow war sehr aufgeregt, er wollte sofort mit Sergej sprechen. Als er dann gesehen hat, in welchem Zustand der ist, ist er völlig zusammengebrochen.«

»Was meinst du mit zusammengebrochen?«, fragte Anna überrascht.

»Er hat da gesessen, das Gesicht in den Händen, und hat geweint und gezittert.«

»Kannte Sergej ihn denn?«

»Nicht persönlich, aber er konnte mit dem Namen etwas anfangen. Nachdem Chasimikow sich so weit erholt hatte, dass er wieder deutlich sprechen konnte, hat er mir erzählt, dass er der Sohn eines alten Freundes meines Schwiegervaters ist. Sergej und der alte Aslan Chasimikow waren Kameraden in der sowjetischen Kriegsmarine, und tatsächlich erinnerte ich mich, dass auch Sergej in seinen zahllosen Anekdoten davon erzählt hatte.«

»Gut. Woher kam jetzt dieser Chasimikow?«

»Aus Tschetschenien, genauer gesagt aus Grosny. Es war sehr schwer, sich mit ihm zu unterhalten, weil er so verzweifelt und enttäuscht war. Er war gekommen, um meinen Schwiegervater in einer wichtigen Sache um Hilfe zu bitten.

Als Sohn eines alten Freundes. Doch nachdem er den langen und gefährlichen Weg von Grosny nach Ventspils hinter sich gebracht hatte, musste er feststellen, dass Sergej Bakarov ein hilfloser, gebrechlicher alter Mann war, der zudem nicht mehr richtig sprechen konnte.«

»Hast du herausbekommen, was er eigentlich wollte?«, fragte ich.

»Ja. Nach einiger Zeit hat er sich beruhigt. Sergej hat seine Hand gehalten, ich habe Tee gekocht, und eine halbe Stunde später ging es dann wieder. Er war nach Ventspils gekommen, um Sergej ein Geheimnis mitzuteilen. Ein sehr großes, gefährliches und kostbares Geheimnis. Er hatte sich vorgestellt, dass Sergej ihm sagen sollte, wem er dieses Geheimnis für Geld verraten konnte.«

»Das war alles?«, fragte Anna, »er wollte eine Information verkaufen und um Rat bitten? Da hätte er doch auch telefonieren oder mailen können.«

Elena schüttelte den Kopf.

»Wer in Russland ein Geheimnis weitergeben will, benutzt nicht das Telefon oder das Internet, vor allem nicht, wenn er Tschetschene ist. Die Tschetschenen stehen da unter Generalverdacht. In den Augen der Russen handelt es sich um ein ganzes Volk von Schmugglern, Schwarzhändlern, Zuhältern und Terroristen.«

»Jetzt hätte ich aber doch gerne gewusst, um was für ein kostbares Geheimnis es sich handelt«, sagte Anna.

»Natürlich.« Elena sah müde und etwas gekränkt aus. »Also, ich weiß, wie verrückt das klingt. Er hat behauptet, er habe ein Gespräch von Landsleuten belauscht, in dem ein Anschlag in Westeuropa geplant wurde. Tschetschenische Terroristen wollen einen russischen Öltanker auf dem Meer angreifen. Chasimikow wollte diese Information im Westen verkaufen und hatte gehofft, dass Sergej ihm half, einen interessierten Käufer zu finden. Er war eine Ratte.«

»Wusste er, wann und wo das Attentat stattfinden soll?«, fragte ich.

»Er hatte so einen schmuddeligen Zettel dabei, von dem er abgelesen hat, und ich hatte große Probleme mit seinem Russisch. Sinngemäß hat er etwa Folgendes gesagt: Es wird am Ende des Sommers geschehen. Und es wird das elende, kleine Land treffen, das es gewagt hat, den Propheten zu schmähen, und das große, kalte, das dem Teufel Putin in den Arsch kriecht. Schließlich hat er noch ein paar Zahlen genannt: Neun – elf – vierundfünfzig – zwölf.«

»Warum hat er dir das überhaupt erzählt, wenn er die Informationen doch verkaufen wollte?«, fragte Anna.

»Ich glaube, nachdem er so weit gereist war, konnte er nicht einfach nach Grosny zurückfahren, ohne mit jemandem darüber gesprochen zu haben. Außerdem habe ich ihn mit meiner Skepsis wohl provoziert.«

»Du hast ihm nicht geglaubt?«

»Am Anfang nicht, später schon.«

Anna schüttelte den Kopf.

»Das ist Quatsch. Es gibt so viele lohnende Ziele für Terroristen. Was soll das bringen, einen Öltanker auf dem Meer anzugreifen? Und ausgerechnet Tschetschenen! Traut ihr denen das zu? Waren das nicht die Irren, die das Blutbad in der Schule angerichtet haben?«

»Na ja«, erwiderte Elena düster, »für das Blutbad haben zum Schluss die russischen Befreier gesorgt. Doch du hast recht, ich habe noch nie gehört, dass die Tschetschenen außerhalb von Russland operierten.«

»Traust du denen das technisch und logistisch zu?«, wunderte sich Anna. »Wenn ich die Kerle auf Bildern gesehen habe, schienen sie mir immer wie aus einem Karl-May-Film entsprungen.«

»Wer ist Karl May?«, wollte Elena wissen.

»Spielt jetzt keine Rolle. Ihr wisst schon, was ich meine. Orientalische Machos in Angeber-Pose, Männer mit dicken Bärten und alten Flinten.«

Elena schüttelte den Kopf.

»Die Zeiten sind vorbei. Bei den Geiselnehmern von Beslan hat man die neuesten Waffen und Gerätschaften aus russischen Armeebeständen gefunden, was Putin besonders empört hat. Die russische Armee ist genauso korrupt wie der Rest des Landes.«

»Eigentlich weiß ich überhaupt nichts über Tschetschenien«, sagte Anna.

Elena nickte. Ihr Gesicht hatte sich gerötet, und sie schien langsam wütend zu werden.

»Genau, kaum jemand im Westen weiß etwas darüber, und es interessiert auch niemanden. Ich habe die lettische Staatsbürgerschaft, und ich bin sehr froh darüber, doch im Herzen bin ich Russin. Und jeden Abend, wenn ich den Fernseher anstelle, schäme ich mich für das, was mein Land in Tschetschenien anrichtet. Klar, oberflächlich hat sich vieles zum Besseren verändert. Es gibt wieder Schulen und funktionierende Krankenhäuser in Grosny. Sogar die Universität ist wieder geöffnet. Die Trümmer sind beseitigt, und Menschen, die noch vor wenigen Jahren in ihren zerstörten Häusern vegetierten, haben heute ein Handy. Nur, die Ruhe ist trügerisch. Die Leute sind kriegsmüde und haben Angst, das ist alles. Putin und seine Handlanger haben in den letzten zwei Jahrzehnten in diesem Land so viel Hass gesät, dass die Rebellen, die es noch gibt, zu allem bereit sind. Wenn man einschätzen will, wozu sie wirklich in der Lage sind, muss man bedenken, dass es unter ihnen viele potenzielle Selbstmordattentäter gibt.«

»Die begreife ich überhaupt nicht«, warf Anna ein, »wie kann man sich umbringen, um ein Ziel zu erreichen, von dem man definitiv nichts mehr hat?«

»Das verstehen die Russen auch nicht. Weil sie sich weigern, die Hintergründe zur Kenntnis zu nehmen!«

»Und du kennst diese Hintergründe?«

»Ein paar schon. Wollt ihr einen hören? Im Sommer 2000 zum Beispiel geschah im Nordkaukasus etwas noch nie Dagewesenes. Eine junge Frau mit dunklen Haaren und grünen Augen zupfte den russischen General Gadschijew am Ärmel, damit er sie ansah, und sprengte sich dann mit ihm und acht seiner Leibwächter in die Luft. Das war Ajsa Gasujewa, die erste Schahid. Grausam? Sicher! Unverständlich? Nicht unbedingt! In dem Jahr vor dem Attentat waren sechzehn nahe Familienangehörige der Gasujewa von russischen Militärs getötet worden. Onkel, Tanten, Geschwister, Cousins, es war einfach niemand mehr übrig. General Gadschijew war zu der Zeit Militärkommandant von Urus-Martan. Als nun der Ehemann von Ajsa Gasujewa, der als Separatist galt, verletzt in ein Hospital eingeliefert wurde, machte der General einen Krankenbesuch. Er trat nahe ans Bett heran und rammte dem Verwundeten höchstpersönlich ein Bajonett in die Brust. Vielleicht hätte die Frau auch dies noch hingenommen, doch man erlaubte ihr nicht, ihren Mann zu bestatten. Mehrmals bat sie in der Kommandantur um die Herausgabe des Leichnams. So lange, bis Gadschijew ihr vor Zeugen drohte, sie lebendig begraben zu lassen. In den Wochen danach besorgte sie sich den Sprengstoff, und der Tschetschenienkonflikt bekam eine ganz neue Dimension.«

»Mein Gott«, sagte Anna, »was für eine fürchterliche Geschichte.«

Elena drehte ihre Bierflasche unzufrieden in den Händen und starrte zu Boden.

»Davon kenne ich hundert. Habt ihr noch etwas Stärkeres als Bier?«

Ich holte eine Flasche Single Malt und musste mit Entsetzen zusehen, wie Elena ein ansehnliches Quantum achtzehn Jahre alten Highland Park auf gut russische Art in einem Zug herunterkippte. Sie war jetzt wieder so bleich wie vorher und sah eingefallen und müde aus. Ich blickte zu Anna und klopfte mit dem Zeigefinger auf meine Armbanduhr.

»Gleich«, antwortete sie, »wie ging es denn nun weiter mit Chasimikow?«

»Ich habe den ganzen Abend mit ihm geredet, und irgendwann hat er verstanden, dass aus dem großen Geld nichts wird. Er hat eingewilligt, mit mir zu den lettischen Behörden zu gehen, und ich habe ihm ausgemalt, dass er vielleicht doch eine Belohnung bekäme, wenn durch seine Hilfe ein großes Unglück verhindert würde. Als er ging, haben wir uns für den nächsten Tag in einem Café in Ventspils verabredet und wollten von dort gemeinsam zur Polizei und zur Hafenverwaltung.«

»Und?«

»Ich habe zwei Stunden auf ihn gewartet«, erklärte Elena, die plötzlich Tränen in den Augen hatte, »aber er ist nicht gekommen. Ich habe ihn nicht mehr wiedergesehen.«

»Glaubst du, dass er kalte Füße bekommen hat und nach Grosny zurückgekehrt ist?«

»Nein, ich glaube, dass er getötet wurde, und zwar von dem Mann, der mich heute Nachmittag angegriffen hat.«

Anna warf mir einen erstaunten Blick zu und reichte Elena ein Papiertaschentuch.

»Du kannst gar nicht wissen, ob er umgebracht worden ist, und er hat dir doch überhaupt nicht nahegestanden.«

»Ich weine nicht seinetwegen.« Elena wischte sich die Tränen ab und schniefte geräuschvoll in das Taschentuch. »Seit Chasimikow mir diese Irrsinnsgeschichte erzählt hat, muss ich dauernd an Jewgeni denken!«

»Gütiger Himmel!«, rief Anna und gab sich keine Mühe mehr, ihre Ungeduld zu verbergen, »wer ist jetzt schon wieder Jewgeni?«

»Mein Bruder«, sagte Elena, und wieder schossen ihr die Tränen in die Augen. »Jewgeni Kasjanenko. Er ist der wirkliche Grund, warum ich nach Deutschland gekommen bin. Jewgeni arbeitet als Zweiter Offizier auf einem Öltanker. Einem sehr großen Tanker. Ich bin krank vor Sorge, dass sein Schiff das Ziel der Attentäter sein könnte. Als Chasimikow nicht gekommen ist, habe ich Jew sofort angerufen. Sein Schiff, die Ulan, lag zu dem Zeitpunkt in Primorsk, einem der neuen Ölverladehäfen. Ich habe ihm von Chasimikow und den Attentatsplänen erzählt.«

»Und, was hat er gesagt?«, fragte Anna.

»Er hat mich ausgelacht!«

Sieben

8. September

Als ich am nächsten Morgen erwachte, hörte ich aus der Küche leise Frauenstimmen, erst Gemurmel, kurz darauf ein verhaltenes Lachen. Anna hatte am Abend zu viel Bier getrunken, um noch nach Hause fahren zu können, und sich mit Elena mein Bett geteilt. Für mich war die Couch geblieben. Ich öffnete meine Augen einen Spaltbreit und ließ den Blick durch das von einer strahlenden Sommersonne ausgeleuchtete Wohnzimmer wandern. Ich fühlte mich auf eine merkwürdige Weise behaglich. Die Morgensonne, das leise Stimmengewirr und der Geruch von Kaffee und Toast erzeugten ein Gefühl von Geborgenheit, das mich irritierte. Beinahe wie in einer Familie, dachte ich. *Glaub mir,* sagte Helens Stimme in meinem Kopf, *das wäre nichts für dich!*

Ich zuckte zusammen und schloss die Augen wieder. Es war geradezu beängstigend, wie gut sie mich kannte. Seit mehreren Monaten hatte ich ihre Stimme nicht mehr gehört. Sie klang wie immer, cool und melancholisch, und doch bildete ich mir ein, einen brüchigen Unterton herauszuhören, der vorher nicht da gewesen war. In die Gerüche aus der Küche mischte sich jetzt das Aroma von Spiegeleiern und Speck. Außer Anna kannte ich niemanden, der es fertigbrachte, morgens um halb sieben gebratene Eier zu essen. Sie öffnete geräuschvoll die Zimmertür und steckte ihren Kopf herein.

»Bist du wach?«

»Ja«, sagte ich, »jetzt ja.«

»Du bist spät dran. Frühstück ist fertig und das Bad ist frei, also auf gehts! Wir haben einiges zu bereden!«

Auf dem Weg ins Badezimmer dachte ich an Helen. Sie hatte den Münchner Sommer geliebt und war, wann immer sie es einrichten konnte, in den Sommermonaten hier gewesen. Leider war sie auch immer wieder weggefahren.

Und ich dachte an Morisaitte. An den Hass in seinem gesunden Auge und an die Männer, die bei ihm waren. *Wenn der Schwede kommt, sagen Sie ihm: Auf Wiedersehen!* Ich hatte nicht den geringsten Zweifel, wie das gemeint war.

In der Küche hatten die beiden Frauen unterdessen schon mit dem Frühstück begonnen. Während Anna sich mit der üblichen Entschlossenheit ihren Spiegeleiern widmete, knabberte Elena an einem Stück Toast herum und sah immer noch sehr blass, elend und gleichzeitig wunderschön aus. Sie schenkte mir ein vages Lächeln und richtete ihren Blick wieder auf Anna.

»Was ist das für ein Mann im Rollstuhl, von dem ihr gestern gesprochen habt?«

Anna unterbrach ihr gleichmäßiges Kauen und warf mir einen fragenden Blick zu. Als ich nickte, schluckte sie den Bissen hinunter und schob den Teller von sich. Sie hatte Schinken und Spiegeleier noch mit einer großzügigen Portion Tabasco verfeinert, sodass ich meinen Blick schnell abwandte und mich auf Elena konzentrierte.

»Er ist ein Mörder«, sagte Anna. »Er hat meine Schwester Helen getötet, und er hat dafür bezahlt. Thomas ist mit Hilfe von Morisaittes Freundin in sein Appartement eingedrungen und hat ihn mit Insulin vergiftet. Wir haben gedacht, dass er den Rest seines Lebens in einem Pflegeheim vor sich hinvegetiert, aber das war offenbar ein frommer Wunsch.«

Elena hatte während Annas Erzählung ihre Hand mit der Toastscheibe sinken lassen und begonnen, das Brot zwischen Daumen und Zeigefinger zu zerkrümeln. Über ihrer Nase hatten sich zwei steile, konzentrierte Falten gebildet, und ihre grünen Augen zwinkerten ungläubig. Nachdenklich betrachtete sie jetzt den kleinen Krümelhaufen auf der Tischdecke.

»Ihr denkt, dass er in Kenia einen Menschen getötet hat?«

Anna nickte.

»Er hat im Februar dieses Jahres die Klinik mit unbekanntem Ziel verlassen. Im März wurde seine Exfreundin, die Thomas geholfen hatte, mit durchgeschnittener Kehle aufgefunden.«

»Komisch«, überlegte ich, »dass bei uns in den Medien überhaupt nichts über den Mord berichtet wurde.«

»Wieso«, meinte Anna, »so berühmt war sie nun auch wieder nicht, und Kenia ist weit weg. Unsere Mordfälle stehen ja in Mombasa auch nicht in der Zeitung. Vielleicht haben die flämischen Medien darüber berichtet. Ich frage mich nur, wie er sie so verdammt schnell finden konnte.«

Ich schwieg und biss mir auf die Lippe. Ohne Appetit goss ich mir eine Tasse schwarzen Kaffee ein und beschloss, nach einem Blick auf Annas Teller, es dabei zu belassen. Nach mehr als dreieinhalb Jahren Abstinenz hatte ich irrsinnige Sehnsucht nach einer Zigarette. Anna schien weiter nachzugrübeln.

»Er hat dir also etwas ausrichten lassen«, sagte sie langsam, »durch diesen Dr. Brugmann. Eine persönliche Botschaft. *Wenn der Schwede kommt, der lange Blonde …* Das heißt, er hat gewusst, dass du früher oder später in der Klinik in Antwerpen auftauchen würdest. Wie konnte er sicher sein, dass du davon … oh, verdammt, diese Ausstellung!«

Sie sprang auf, lief ins Wohnzimmer und kam mit dem Kunstmagazin zurück. Mit fahrigen Händen schlug sie die entsprechende Seite auf.

»Ich hab da eine Idee. *Museum van Hedendaagse Kunst* in der *Leuvenstraat 32*, mit Telefonnummer!«

Anna legte ihr Handy auf den Küchentisch, wischte sich die schweißnassen Hände an ihrer Jeans ab und wählte die Nummer des Museums. Es dauerte ein wenig, bis sie jemanden an den Apparat bekam, der Deutsch sprach, aber das *Museum van Hedendaagse Kunst* war schließlich eine international renommierte Galerie.

»Hallo«, meldete sich Anna, »ich rufe an wegen der Van-t'Hoff-Ausstellung im Oktober. … Ich bin eine große Verehrerin und werde auf jeden Fall kommen. … Ist das nicht schrecklich? Ich war außer mir, als ich von ihrem Tod gehört habe. Wer tut so etwas? … Doch, ich finde es wunderbar, dass Sie diese Ausstellung arrangiert haben. Ich meine heutzutage, in Zeiten knapper Kassen, das stelle ich mir auch schwierig vor. Wer ist der offizielle Veranstalter? Ja, ich verstehe. Sie hatten einen Sponsor, der die ganze Ausstellung finanziert hat? Darf ich fragen …? Oh, eine große Brüsseler Firma! Sehen Sie, wie kommt es nur, dass mich das nicht überrascht?«

Anna beendete das Gespräch und starrte mich an.

»Du weißt, wer diese verdammte Ausstellung organisiert hat?«

»Nun weiß ich es: *International Maritime Solid Solutions Limited.*«

»Ach, du heilige Scheiße«, rief Anna, »verstehst du, was das bedeutet? Er hat die Ausstellung benutzt, um allen mitzuteilen, was er getan hat. *To whom it may concern.* Dieser elende Schweinehund!«

»War es nicht ein Zufall, dass wir es erfahren haben? Ich meine, wenn du nicht bei diesem komischen Zahnarzt gewesen wärst ...«

»Dann hätte wahrscheinlich einfach ein Prospekt oder eine Einladung zu der Ausstellung in deinem Briefkasten gelegen. Vielleicht kommt das noch. Wenn er die Klinik in Antwerpen beobachten lässt, weiß er bereits, dass wir Bescheid wissen.«

»Der Sponsor ist also die Firma, für die Helens Mörder gearbeitet hat?«, fragte Elena.

Anna und ich nickten.

»Warum geht ihr nicht zur Polizei?«

»Zwecklos«, erwiderte Anna. »Sowohl für die deutsche als auch für die belgische Polizei ist Morisaitte ein völlig unbeschriebenes Blatt. Für den Mord an Helen gibt es nicht den geringsten Beweis, und jetzt, wo er im Rollstuhl sitzt, ist er sowieso über jeden Verdacht erhaben. Es gibt in Hamburg einen korrupten Polizisten im Ruhestand, der etwas über meine Entführung und zwei Tote in einem flandrischen Bauernhaus erzählen könnte, was er aber nicht tun wird. Abgesehen davon haben wir selbst bei der ganzen Sache vor zwei Jahren gegen so viele Gesetze verstoßen, dass mir jetzt noch schlecht wird, wenn ich daran denke.«

Elena runzelte fragend die Stirn.

»Was wollt ihr denn jetzt unternehmen? Habt ihr keine Angst vor diesem Mann?«

»Doch«, sagte Anna, »ich schon. Mehr als jemals zuvor. Und deshalb werde ich Kevin bitten, mein Andenken an Helen wieder herauszurücken.«

Elena sah jetzt völlig ratlos aus, und ich musste trotz der schlechten Nachrichten unwillkürlich über Annas verqueren Humor lachen. Als sie nach München zog, hatte ich ihr einen Job in einer großen Zoohandlung verschafft, und sie hatte mit Erstaunen festgestellt, dass ihr die Arbeit mit den Tieren nicht nur leicht von der Hand ging, sondern auch noch Spaß machte. Vor etwa einem Jahr hatte sie beschlossen, sich selbst ein Haustier zuzulegen, und die Wahl war auf Kevin gefallen. Der Leguan lebte in einem komfortablen Terrarium in Annas Zwei-Zimmer-Appartement, und auf dem Boden dieses Terrariums, eingewickelt in Ölpapier und gut verborgen im Sand, lag das Andenken. Es war der kleine, silbrig glänzende Revolver, der Helen gehört und den wegzuwerfen Anna nicht fertiggebracht hatte.

»Ja«, sagte ich, »das ist ein Anfang. Ansonsten wüsste ich nicht, was wir tun könnten, außer die Augen offen zu halten nach einem Rollstuhlfahrer, dessen Pflegekräfte wie Söldner aussehen.«

»Ich habe vor einem halben Jahr mit Kickboxen angefangen«, verriet Anna, »ich bin schon ziemlich gut.«

»Meinst du wirklich, du kommst nahe genug an ihn heran, um ihn treten zu können?«

Anna zuckte mit den Achseln.

»Was ist mit Chasimikow?«, fragte Elena zaghaft.

»Ich weiß es nicht. Glaubt ihr diese Geschichte mit dem Attentat auf hoher See?«

Anna und Elena zögerten und nickten dann synchron.

»Unsicher bin ich, ob tschetschenische Kommandos wirklich über die Kapazitäten verfügen, um eine große Operation außerhalb Russlands durchzuführen«, sagte Elena, »und ich frage mich, genau wie Anna, warum Terroristen überhaupt ein Schiff auf dem Meer angreifen sollten, doch Chasimikow war davon überzeugt. Er war wirklich entschlossen, diese Information zu verkaufen. Und ich glaube, dass er deswegen getötet wurde. Den Mann, der mich angegriffen hat, habe ich nur so kurz und flüchtig gesehen, dass ich ihn kaum beschreiben kann, aber ich spüre, dass da ein Zusammenhang besteht. Auf jeden Fall können wir die Sache nicht einfach ignorieren.«

»An wen wendet man sich mit so einer Information? BND, Verfassungsschutz, Bundespolizei, Küstenwache? Ich habe keine Ahnung, wer für so was überhaupt zuständig ist.«

»Im schlimmsten Fall alle«, sagte Anna, »und am Ende gibts das übliche Chaos. Ich habe eine Idee, wen wir fragen könnten. Wollt ihr mithören?«

Sie winkte uns, ihr zu folgen, ging zum Festnetztelefon und wählte eine lange Nummer. Sekunden später hörten wir eine freundliche norddeutsche Stimme.

»Institut für Meeresbiologie Warnemünde, guten Tag.«

»Hallo, mein Name ist Jonas. Könnte ich bitte mit Dr. Meiners sprechen?«

Das war tatsächlich eine gute Idee. Volker Meiners, Meeresbiologe, Ozeanograph und früherer Greenpeace-Aktivist, war ein Experte, den Helen zu Beginn ihrer Recherchen zurate gezogen und der auch Anna und mir geholfen hatte.

»Moment bitte«, sagte die Frau und schickte uns in eine musikalische Warteschleife. Nach fast zwei Minuten hörten wir Meiners' angenehm heisere Baritonstimme, die nach den wabernden Synthesizerklängen die reinste Wohltat war.

»Hallo«, sagte er, »schön, von Ihnen zu hören. Ich habe mich zwischendurch immer mal gefragt, wohin Sie wohl abgetaucht sind.«

»Ich bin überhaupt nicht abgetaucht, sondern ganz normal umgezogen, wenns recht ist.«

»Mir ist alles recht«, erwiderte Meiners vergnügt, »Hauptsache, Sie halten sich nachts von Parkhäusern fern.«

Anna war auf dem Weg zu Meiners gewesen, als sie vor zwei Jahren in einem Parkhaus in Rostock von Morisaittes Leuten entführt worden war. Es war einer ihrer typischen Alleingänge gewesen, der für uns beide beinahe in einer Katastrophe geendet hätte, und Anna mochte es gar nicht, wenn man sie darauf ansprach. Ich war gespannt auf ihre Reaktion, doch sie zuckte nur etwas zusammen und steckte die ironische Spitze sportlich weg.

»Geht klar, ich bin ganz auf öffentliche Verkehrsmittel umgestiegen.«

»Wie geht es Nyström?«

»Der steht hier neben mir. Haben Sie zehn Minuten Zeit, um sich eine total verrückte Geschichte anzuhören?«

»Auch länger. Ich mag Ihre Stimme.«

Anna runzelte verblüfft die Stirn und sah mich fragend an. Ich zuckte mit den Achseln.

»Gut«, fuhr sie fort, um einen neutralen Tonfall bemüht, »wir haben Grund zu der Annahme, dass Terroristen einen Anschlag auf hoher See planen, und nicht die geringste Ahnung, an wen wir uns deswegen wenden sollen.«

Meiners gab einen überraschten Laut von sich und räusperte sich vernehmlich.

»Darf ich ein Band mitlaufen lassen?«

»Klar«, sagte Anna.

Dann gab sie Meiners eine präzise Zusammenfassung der Ereignisse seit der Ankunft von Elena Bakarova in München. Sie wiederholte exakt, was Chasimikow von seinem Zettel vorgelesen hatte, referierte Elenas Aussagen über tschetschenische Selbstmordattentäter, vergaß nichts und fügte nichts hinzu. Ein perfektes Briefing. Als sie fertig war, blieb es am anderen Ende der Leitung zunächst still.

»Sind Sie noch da?«, fragte Anna ungeduldig.

»Ja«, sagte Meiners. Der heitere Ton war aus seiner Stimme verschwunden. Sie klang jetzt belegt und angespannt. »Können Sie zu mir nach Warnemünde hochkommen?«

»Wen genau meinen Sie?«

»Sie alle drei!«

Anna blickte zu mir und ich schüttelte den Kopf. Elena dagegen nickte.

»Ich habe einen Job«, sagte ich zu Anna, »und du ebenfalls! Warum sollen wir dahin fahren? Alles, was wir wissen oder vermuten, können wir telefonisch oder per E-Mail weitergeben. Er muss uns nur verraten, an wen.«

»Nein«, warf Meiners ein, der offenbar mitgehört hatte, »so einfach ist das eben nicht. Was Sie erzählt haben, hat bei *mir* alle Nackenhaare hochgestellt, doch was meinen Sie, was passiert, wenn Sie mit dieser Geschichte zu einer Behörde gehen? Überlegen Sie mal, was Sie wirklich wissen! Ein Angriff auf einen russischen Öltanker irgendwo in Westeuropa. Sie wissen nicht wo, Sie wissen nicht wie, und Sie wissen nicht wann – und wenn Sie die Tschetschenen ins Spiel bringen, ist sowieso für jeden Amtsschimmel klar, dass Sie nicht ganz dicht sind. Ja, wenn es al-Qaida wäre. Aber Tschetschenen? Wenn *ich* dort persönlich aufkreuze, sind die Chancen erheblich besser, dass jemand zuhört, doch ich muss mehr vorweisen können als einen Anruf aus Bayern. Also, wenn Sie in dieser Sache irgendetwas ausrichten wollen, kommen Sie hierher!«

»Sie meinen, jetzt gleich?«, fragte Anna.

»Nein«, sagte Meiners genervt, »Weihnachten!«

Anna zog eine Grimasse und sah mich unschlüssig an.

»Ich habe in diesem Jahr noch keinen Tag Urlaub gehabt, und es ist schon Anfang September. Was ist mit dir? Du musst doch Hunderte von Überstunden angesammelt haben?«

»Knapp zweihundert.«

»Okay«, sagte Anna in den Hörer, »Nyström hat auch Zeit. Wir kommen!«

»Fahren Sie mit dem ICE nach Hamburg, dort hole ich Sie mit dem Auto ab.« Meiners schien deutlich erleichtert.

»Gut. Ich rufe Sie in zwei Stunden an und gebe Ihnen die Ankunftszeit durch.«

Sie legte auf, schnitt meinen Protest mit einer Handbewegung ab und sah auf ihre Armbanduhr.

»Es ist jetzt halb neun. Meiners hat recht. Entweder wir fahren hin und unternehmen etwas, oder wir vergessen die ganze Sache. Das kann ich aber nicht. Nicht nach dem Angriff auf Elena. Also, du rufst jetzt Max Althaus an und bittest ihn, den plötzlichen Überstundenausgleich für dich mit Colmar zu klären. Der kommt mit dem sowieso besser klar als du. Du musst sofort nach Schweden, weil es deinem Vater auf einmal sehr schlecht geht. Dann packst du ein paar Sachen für die Reise und kümmerst dich um die Zugverbindung. Ich fahr in die Zoohandlung, fülle meinen Urlaubsschein aus und lass mir eine plausible Geschichte einfallen. In einer Stunde bin ich mit meiner Reisetasche wieder hier.«

Ich schwieg und rührte mich nicht. Wie so oft bei Annas spontanen Energieschüben hatte ich das Gefühl, um ein Haar unter einen Bus gekommen zu sein.

»War das jetzt zu schnell für dich? Möchtest du es noch mal hören?«

»Du kannst mich …!«

Anna grinste.

»Ausgeschlossen. Helen sieht uns von da oben zu!«

Acht

Wir bekamen drei Plätze in einem ICE, der um 12.19 Uhr den Münchner Bahnhof verließ. Der Zug war nur spärlich besetzt und wir hatten das Abteil für uns. Max Althaus hatte mir erzählt, wie der Verwaltungschef ausrastete, als er hörte, dass ich meine Überstunden ohne vorherige Absprache und am Stück abfeiern wollte, aber Max hatte ihn freundlich an die von Colmar selbst verfasste Dienstanweisung erinnert, die ein Übertragen der Überstunden ins nächste Jahr verbot. Bei Annas Chefin hatte es keine Probleme gegeben. Sie hatte sogar den bescheuerten Leguan vorübergehend in Pflege genommen.

Anna und ich hatten uns am Bahnhof mit Zeitungen und Magazinen eingedeckt, während Elena sich einen Roman von Günter Grass kaufte, und als der ICE schließlich Fahrt aufnahm, waren wir alle in unsere Lektüre vertieft. Ich ackerte mich durch den Wirtschaftsteil der *FAZ* und wurde davon schließlich derartig müde, dass ich mich zurücklehnte und in einen unruhigen Schlaf fiel. Erst kurz vor Würzburg wachte ich wieder auf. Anna und Elena unterhielten sich angeregt.

»Wieso weißt du eigentlich so gut Bescheid über Tschetschenien?«, hörte ich Anna fragen.

»Du meinst, für eine Frau, die in einem Tourismusbüro arbeitet?«

Anna nickte.

Elena zog ihre Schuhe aus und machte es sich im Schneidersitz auf der Sitzbank bequem.

»Ich wurde 1971 in Lettland geboren«, sagte sie, »als das Land noch Teil der großen und ruhmreichen Sowjetunion war. Wir Russen waren zwar in der Minderheit, aber natürlich Staatsbürger erster Klasse, und die Letten mussten sich hinten anstellen. Meine Eltern waren Ärzte an einer Poliklinik in Riga, und eigentlich sollte ich ebenfalls Medizin studieren, doch zu ihrem Entsetzen habe ich mich für Politikwissenschaft und Germanistik entschieden. Als später auch noch Jewgeni den weißen Kittel ablehnte und zur See fahren wollte, war das für meine Eltern eine echte Katastrophe. Ich begann im Sommer 1990 mit dem Studium, und bald überschlugen sich die Ereignisse. Die Sowjetunion brach auseinander, Lettland wurde unabhängig, und die Letten bekamen Oberwasser. Lettische Intellektuelle hatten immer schon ein kritisches Verhältnis zur Moskauer Zentralregierung gehabt, jetzt wurde Kritik an Russland sozusagen ein Pflichtfach an der Uni.«

»Hat man dir das Leben schwer gemacht?«, fragte Anna.

Elena schüttelte den Kopf.

»Damals ging es noch. Die in ganz Osteuropa einsetzenden politischen Veränderungen waren jedoch gewaltig. Es war eine aufregende und chaotische Zeit. Gorbatschows Perestroika und der Zerfall der Sowjetunion brachten jedenfalls die Tschetschenen auf die Idee, dass eine Republik, die jedes

Jahr vier Millionen Tonnen Erdöl fördert, durchaus ohne eine Moskauer Zentrale auskommen kann. Im November 1990 rief der tschetschenische Volkskongress die Unabhängigkeit der Republik aus und verabschiedete eine Erklärung über die staatliche Souveränität.«

»Haben die Russen das einfach hingenommen?«, fragte Anna.

»Zunächst ja, die Zustände in Moskau waren ja völlig verworren. Im Oktober 1991 wurde Dschochar Dudajew zum ersten Präsidenten der Republik gewählt. Sein Ziel war die völlige Abspaltung Tschetscheniens von der Russischen Föderation. Es begann eine Art Tschetschenisierung aller Lebensbereiche, was wiederum eine Massenflucht der russischsprachigen Bevölkerung zur Folge hatte. Im November 1994 hat Moskau dem Ganzen ein Ende gemacht. Das war der Anfang des Ersten Tschetschenienkrieges.«

»Da war ich dreizehn«, sagte Anna, »ich habe tatsächlich keine Ahnung, was dort passiert ist.«

»Die russische Armee hat Grosny bombardiert«, warf ich ein, »ohne jede Rücksicht auf die Zivilbevölkerung.«

»Das Gemetzel dauerte vier Monate«, sagte Elena, »Artillerieeinheiten und Luftstreitkräfte legten ein Stadtviertel nach dem anderen in Schutt und Asche. Die Tschetschenen leisteten erbitterten Widerstand und verteidigten jede einzelne Häuserzeile. Von Grosny aus wurde der Krieg schließlich in den gesamten Kaukasus getragen. Als er 1996 mit dem Friedensvertrag von Chassawjurt offiziell beendet wurde, waren ungefähr 120 000 Tschetschenen tot.

»Was hast du in dieser Zeit gemacht?«, fragte Anna.

»Zu Beginn des Krieges war ich mit dem Studium fertig, habe mich allerdings weiterhin mit dem Thema Tschetschenien beschäftigt. Wissenschaftlich und auch publizistisch. Leider hatte ich trotz meiner Moskau-kritischen Einstellung im lettischen Wissenschaftsbetrieb keine Chance – nur weil ich Russin war. Und so bekam ich später den qualifizierten Job im Tourismusbüro der Stadt Ventspils. Übrigens wegen meiner guten Deutschkenntnisse.«

»Das klingt verbittert.«

»Nein«, sagte Elena kurz angebunden, »verbittert war ich, als mein Mann starb.«

Anna wurde rot und schwieg. Nach einer Weile siegte, wie immer, ihre Neugier.

»Wie ist das passiert?«

Elena sah aus dem Fenster und schien zunächst nicht antworten zu wollen. Schließlich schüttelte sie verdrossen den Kopf.

»Er war Ingenieur, bei der Pipeline Druschba. Das heißt Freundschaft. Ein schöner Name für eine Pipeline, nicht wahr? Sie wurde schon in den Sechzigern gebaut, um von Ventspils aus das sibirische Erdöl in alle Welt zu verkaufen. Wisst ihr, dass die durchschnittliche Haltbarkeit einer Pipeline mit dreißig Jahren veranschlagt wird? Russland hat das größte Pipeline-Netz der Welt. Die Gesamtlänge der Öl-Pipelines allein beträgt schon knapp 50 000 Kilometer, alles kontrolliert von einem einzigen Monopolunternehmen, und das meiste davon völlig marode. Die übliche Schlamperei. Es gab ein Leck, eine Explosion und eine Witwe. Der Name meines Mannes war Leonid. Über fünfzig Prozent seiner Haut waren verbrannt. Er hielt sechs Wochen durch und war der tapferste Mann des Universums. Im Mai 2002 ist er an Verletzungen, die mit dem Leben nicht vereinbar sind, gestorben.«

Elena schwieg erschöpft. Sie lehnte sich zurück und ihre Augen füllten sich mit Tränen. Anna betrachtete sehnsüchtig ihren Daumennagel.

»Tut mir leid«, sagte sie, »wenn ich gewusst hätte, dass es so weh tut, hätte ich nicht gefragt.«

Elena schaute aus dem Fenster und antwortete nicht. Das Wetter hatte sich verschlechtert. Dunkle Regenwolken und gelegentliche Blitze tauchten die vorbeihuschende Landschaft in ein bizarres und unwirkliches Licht. Ich schloss erneut die Augen, konzentrierte mich auf das gleichmäßige Fahrgeräusch des Zuges und versuchte vergeblich, wieder einzuschlafen. Ich dachte an Morisaitte. Wo mochte er jetzt sein? Er konnte problemlos in Serbien, Deutschland oder Belgien untertauchen. Falsch, er brauchte überhaupt nicht unterzutauchen, weil er in allen drei Ländern ein unbescholtener Mann war. Er sprach Serbokroatisch, Deutsch, Niederländisch und Französisch. Wie viel von diesen Sprachen hatte er wiedererlangt? *Er kann wieder sprechen,* hatte Dr. Brugmann gesagt, *allerdings nicht, wie Sie und ich. Es ist eine Art Telegrammstil.* Der Mord in Mombasa und die Gedenkausstellung in Antwerpen ließen keinen Zweifel daran, was er vorhatte. Er war auf einem Rachefeldzug, und Anna und ich standen ganz oben auf der Liste. Gab es eine Möglichkeit, ihn aufzuspüren? Ich dachte an Verlaine & Partners, die Detektiv-Agentur in Brüssel, die uns geholfen hatte, Morisaittes Identität und Vergangenheit aufzuklären. *Ich weiß nicht, was Sie vorhaben, und ich will es auch gar nicht wissen, aber kommen Sie nicht mehr hierher,* hatte der alte Verlaine damals gesagt, nachdem ich ihn gebeten hatte, mir das Insulin zu besorgen. Er würde nicht mehr für mich arbeiten. Vielleicht gab es eine Möglichkeit, Morisaitte hervorzulocken, ihm eine Falle zu stellen. Wenn … Meine dahintreibenden Gedanken wurden jäh unterbrochen, als der Schaffner die Abteiltür öffnete.

Er war groß und dunkelhaarig, hatte einen ebenfalls dunklen Dreitagebart, und noch bevor ich ihn bewusst wahrnehmen konnte, stand er bereits in der Tür des Abteils. Elena hatte sich auf einer der Sitzbänke lang ausgestreckt und schien eingeschlafen zu sein. Ich saß ihr gegenüber am Fenster, und Anna hatte es sich mit gekreuzten Beinen direkt neben der Tür zum Gang in Fahrtrichtung bequem gemacht und den Proviant um sich herum bereitgestellt. Beim Anblick der uniformierten Gestalt griff ich automatisch in die Innentasche meiner Jacke, um die Tickets herauszuholen. Doch statt die Hand nach den Fahrkarten auszustrecken und einen Schritt ins Abteil hineinzukommen, blieb der Mann direkt in der Abteiltür stehen, öffnete gelassen seine schwarze Umhängetasche und griff hinein. Es war nicht diese Handbewegung, die in meinem Kopf ein Konzert von Warnsirenen auslöste, sondern es waren die Ärmel seiner Dienstjacke. Sie waren etwa fünfzehn Zentimeter zu kurz.

Mein Blick huschte zu seinem Gesicht. Blauschwarze, unrasierte Wangen, ein dunkler Teint, die Augen hinter einer Sonnenbrille verborgen. Nicht unbedingt das typische Gesicht eines Zugbegleiters der Deutschen Bahn. Seine Hand tauchte aus der Umhängetasche wieder auf. Sie hielt eine große Armeepistole, deren Lauf mit einem unförmigen Schalldämpfer versehen war. Er zielte auf Elena und schien einen winzigen Moment zu zögern.

»Schalko tebja«, sagte er.

In diesem Augenblick fuhr Elena verstört aus ihrem Halbschlaf hoch, setzte sich auf und hielt sich mit schmerzverzerrtem Gesicht die linke Seite ihres Brustkorbes. Ihre Augen wurden riesig vor Entsetzen, und ihre Lippen formten einen stummen Schrei.

Es waren das minimale Zögern des Mannes und Annas fantastische Reaktionsgeschwindigkeit, die Elena das Leben retteten. In der Sekunde, in der sie sich aufsetzte, schnellte Anna von ihrem Sitz hoch, schnappte nach dem Griff der Abteiltür und warf sich mit ihrem ganzen Körpergewicht dagegen. Die Schiebetür schloss mit einem hässlich knirschenden Geräusch, als sie auf den Arm des Mannes traf. Er war etwa zwanzig Zentimeter über dem Handgelenk zwischen Tür und Rahmen eingeklemmt und musste irrsinnig weh tun, aber der falsche Schaffner gab keinen Laut von sich und hatte nicht die Absicht, seinen Plan aufzugeben. Da der Unterarm blockiert war, versuchte er durch eine Drehung des Handgelenkes die Pistole auf Elena zu richten. Sein Gesicht war eine Maske konzentrierter Wut.

»Runter!«, schrie Anna, die sich verzweifelt mühte, die Tür zuzuhalten und gleichzeitig mit dem linken Fuß nach der Hand mit der Waffe zu treten. Ich duckte mich. Elena rollte einfach von der Sitzbank und gab einen hellen Schmerzenslaut von sich. Beinahe gleichzeitig war ein lautes Plopp zu hören. Anna trat noch einmal nach der Waffe, und diesmal traf sie. Der Angreifer ließ die Pistole fallen, aber durch die Gewichtsverlagerung bei ihrem Tritt hatte Annas Druck auf die Tür nachgegeben. Der Mann stemmte mit der linken Hand die Tür so weit auf, dass er mit letzter Anstrengung seinen Arm herausziehen konnte, und verschwand nach rechts im Gang. Der ganze Angriff hatte nicht länger als zwanzig Sekunden gedauert.

Anna schob mit dem Fuß die Pistole unter die Sitzbank und starrte mich an. Angst und Adrenalin hatten ihre Pupillen geweitet. Ihr Atem war ein rasselndes Keuchen, das trotz der lauten Fahrgeräusche des ICE gut zu hören war.

»Wo ist er hin?«, fragte sie undeutlich.

Ich stand mühsam auf und trat auf den Gang hinaus. Das Abteil links von uns war das Dienstabteil der Zugbegleiter. Es war leer und abgeschlossen. Irgendwo in diesem Zug musste es einen Schaffner ohne Uniformjacke und Mütze geben. Ich hoffte, dass er noch lebte. Das Abteil rechts von uns war mit einer Gruppe Jugendlicher besetzt, die sich allesamt mit ihren MP3-Playern zudröhnten. Ich öffnete die Tür und steckte meinen Kopf hinein. Das Abteil war erfüllt von dem klackenden, blechernen Sound, den sechs Kopfhörerpaare verursachen, auch wenn sie in den Ohren stecken. Einer der Jungs zog jetzt mit einer betont lässigen Geste die Ohrstöpsel heraus und sah mich unfreundlich an.

»Habt ihr einen Schaffner vorbeilaufen sehen, der sehr in Eile war?«

Der Junge mochte etwa sechzehn Jahre alt sein. Er war korpulent, ziemlich groß und trug ein schwarzes T-Shirt mit der Aufschrift: *Das Leben ist eine Krankheit, die durch Geschlechtsverkehr übertragen wird.*

»Verpiss dich!«, sagte er. »Hier ist besetzt!«

Ich machte die Tür vorsichtig wieder zu und schaute mir die nächsten zwei Abteile an. Sie waren mit jeweils vier älteren Leuten besetzt, die mit Kreuzworträtseln und Handarbeiten beschäftigt waren. Sie ignorierten mich konsequent, wahrscheinlich um jede mögliche Frage nach einem eventuell noch freien Sitzplatz gleich zu unterbinden. Offenbar hatte niemand von der ganzen Sache auch nur das Geringste mitbekommen. Ich ging zurück zu unserem Abteil.

»Er ist weg«, sagte ich, »und ich glaube, er kommt nicht zurück.«

Mein Puls raste und mir war speiübel, aber Elena ging es schlechter. Anna hatte sich neben sie gesetzt und ihren Arm um sie gelegt. Es war eine tröstende Geste, aber gegen das Zittern half sie nichts. Elena stand ganz offensichtlich unter Schock. Ich zog meine Jacke aus und legte sie um ihre Schultern. Dann setzte ich mich ihr gegenüber und nahm ihre Hände in meine.

»Schau mich an! Du musst mich anschauen! Bitte!«

Elenas Blick, der zunächst ziellos im Abteil herumgeirrt war, fixierte einen imaginären Punkt irgendwo links hinter meinem Kopf und pendelte sich schließlich langsam auf mich ein.

»Es ist vorbei! Schau mich an, verdammt! Er ist weg, und wir sind am Leben! Wir haben seine Waffe, und *er* ist verletzt. Er kommt nicht zurück, hörst du? Er kommt *nicht* zurück!«

Ich rieb ihre eiskalten Hände, redete ihr gut zu und wartete geduldig, bis ihre Angst nachließ. Anna war ein wenig abgerückt, hatte die Pistole vom Boden aufgehoben, sie behutsam neben sich auf die Bank gelegt und mit ihrem Pullover zugedeckt. Misstrauisch beobachtete sie die Abteiltür. Elena zog ihre Hände zurück und räusperte sich mühsam. Ich reichte ihr eine Flasche Mineralwasser. Nach ein paar gierigen Zügen war ihre Stimme wieder da. Und der Schmerz in ihrem Brustkorb.

»Meine Rippen«, stöhnte sie, »es tut furchtbar weh.« Ihre Stimme klang wie Sandpapier. Als ich ihr T-Shirt auf der linken Seite vorsichtig hochschob, um den Verband anzusehen, fing sie an zu wimmern, und einen Augenblick dachte ich, sie würde ohnmächtig werden. Ich hatte mich auf einen großen roten Fleck auf dem weißen Verband vorbereitet, aber die Stichwunde war nicht wieder aufgeplatzt.

»Es hat nicht geblutet«, sagte ich, »die Schmerzen kommen von der Prellung. Trink noch etwas Wasser und versuche flach zu atmen.«

Anna, die fortwährend die Abteiltür im Auge behalten hatte, setzte sich nun neben Elena, massierte vorsichtig ihren Nacken, sprach mit ihr und schien eine deutlich beruhigendere Wirkung auf sie zu haben als ich.

»Hast du den Mann erkannt?«, fragte sie schließlich behutsam.

»Es war der Mann von der S-Bahn-Station. Und er war auch in Ventspils. Ich glaube, er hat Chasimikow umgebracht, und er hat versucht, mich zu töten. Wegen dem, was Chasimikow mir erzählt hat. Er muss uns zusammen gesehen haben.«

»Du meinst wirklich, die haben in Tschetschenien herausgefunden, dass Chasimikow ein Verräter ist, und haben ihm einen Killer hinterhergeschickt? Der dann den Nerv hat, hier in Deutschland am helllichten Tag in einem Zug einen Mord zu begehen?«

»Genau das meine ich. Er ist eine Art Selbstmordattentäter. Ein Mann, der keinen Gedanken an einen Fluchtweg verschwendet, weil er bereit ist, sein Leben für den Plan zu opfern. Den kannst du überall hinschicken. Und glaub mir: Deutschland kommt ihm nicht gefährlich vor.«

Mit spitzen Fingern hob sie Annas Pullover an, warf einen Blick auf die Pistole und ließ mit einem zischenden Geräusch den Atem durch die Zähne entweichen.

»Pistolet besschumnyj, die Lautlose. Das ist eine russische Waffe, eine weiterentwickelte Makarow mit einem Zweikammer-Schalldämpfer. Eine Pistole für Spezialeinheiten und Geheimdienstler. Der FSB benutzte sie. Ihr müsst sie sichern, wenn wir sie mitnehmen wollen.«

Vorsichtig griff sie nach der Pistole, hielt den Lauf auf den Boden gerichtet und legte den Sicherungsbügel um. Anna war völlig perplex und warf mir einen entsprechenden Blick zu, den Elena auffing.

»Mein Vater ist ein Waffennarr«, erklärte sie müde, »ich bin mit den Dingern groß geworden. Die Waffenkataloge in unserem Haus fand ich als Kind immer erheblich interessanter als die russischen Bilderbücher. Mein Vater hat Jewgeni und mich oft auf den Schießstand mitgenommen. Das war das Einzige, was er mit uns unternommen hat. Wir können beide recht gut schießen, aber es hat mir nie wirklich Spaß gemacht. Jewgeni schon. Als ich von zu Hause auszog, freute sich mein Vater, dass er aus meinem Kinderzimmer endlich einen Ausstellungsraum für seine Scheißpistolen machen konnte.«

Anna strich mit dem Finger über das große Einschussloch im Polster der Armlehne.

»Ich will hier raus! Lasst uns in Hannover aussteigen. Wir finden einen anderen Zug.«

Ich nickte.

»Was ist mit der Polizei?«, fragte Elena.

»Nein«, erwiderte Anna bestimmt, »wenn wir jetzt die Polizei einschalten, kommen wir nie nach Hamburg. Sie werden den Tatort sichern, das Projektil suchen und uns endlos mit Fragen löchern, falls sie uns überhaupt irgendetwas glauben, und es wird nicht das Geringste dabei herauskommen.«

»Als der Mann auf dich gezielt hat«, sagte ich zu Elena gewandt, »hat er etwas gesagt. Hast du das mitbekommen?«

»Schalko tebja!«

Anna rollte vor Ungeduld mit den Augen.

»Und das heißt?«

»Schade um dich.«

Neun

Anna hatte recht. Natürlich bekamen wir in Hannover einen anderen Zug, aber der nächste ICE nach Hamburg kam mit Verspätung, und schließlich kostete uns der Zugwechsel weit mehr als eine Stunde.

Während der Fahrt versuchte Anna wiederholt Meiners anzurufen, um ihn über die neue Ankunftszeit zu informieren. Nachdem sie ihn erreicht hatte, telefonierte sie mit der Polizei und gab an, dass im ICE von München nach Hamburg ein Zugbegleiter angegriffen wurde, doch wie erwartet glaubte ihr niemand.

Elena war abwesend, in sich gekehrt und litt unter den Nachwirkungen des Schocks, der auch mir in den Gliedern saß. Ich fühlte mich wie jemand, der um ein Haar in einen leeren Fahrstuhlschacht getreten war. Am helllichten Tag mit einer Waffe angegriffen zu werden, schien so weit entfernt von allem, womit man in einem Land wie Deutschland rechnete, dass ich es irgendwie nicht wahrhaben wollte – wie ich wusste, das Ergebnis eine schlichten Verdrängung. Olof Palme starb vor einem Stockholmer Kino, die schwedische Außenministerin wurde in einem Kaufhaus erstochen, und die russische Journalistin Anna Politkowskaja traf ihre Mörder vor dem Fahrstuhl ihres Wohnhauses. In meinem Kopf existierte eine lange Liste öffentlicher Liquidierungen, es standen keineswegs nur Prominente darauf. Egal, ob politische Attentate, Eifersuchtsdramen oder Ehrenmorde, die Opfer standen jemandem im Weg, und die Täter kümmerte es nicht, ob sie bei der Tat gesehen oder gefasst wurden. *Einen Mann, der keinen Gedanken an einen Fluchtweg verschwendet, kannst du überall hinschicken,* hörte ich Elena sagen.

Wenn ich die Augen schloss, erschien auf meiner Netzhaut das Bild des Mannes mit dem Arm in der Schiebetür, der völlig unbeeindruckt von seinen Schmerzen weiter versucht hatte, sie zu erschießen. Es verursachte mir eine lähmende Übelkeit.

Meiners stand auf dem Bahnsteig, als der Zug einfuhr. Er war unübersehbar. Ein großer, magerer Mann Anfang fünfzig mit einem Seehundsschnauzbart und runder Nickelbrille. Vor zwei Jahren hatte er sein spärliches graues Haar kurz geschnitten getragen. Nun war es oben ganz verschwunden, dafür hatte er den lockigen grauen Haarkranz um die Kopfmitte herumwachsen lassen. Die wirr in alle Richtungen abstehenden Haare sahen aus wie explodierende Stahlwolle. Annas Laune schien sich bei seinem Anblick spontan zu verbessern. Meiners begrüßte uns herzlich wie alte Bekannte, streifte Elena mit einem bewundernden Blick und schnappte sich unsere Koffer.

»Ich habe umdisponiert«, sagte er, »wir fahren heute nicht mehr nach Warnemünde. Ich habe für uns alle Zimmer in einem Hotel gebucht. Keine Angst, das zahle ich. Morgen früh haben wir ein Treffen mit drei Leuten, die ich Ihnen gerne vorstellen möchte. Und jetzt packen wir Ihr Gepäck in mein Auto und gehen was essen.«

Die Aussicht auf eine warme Mahlzeit zauberte ein strahlendes Lächeln auf Annas Gesicht.

»Am Anfang, vor zwei Jahren, mochte ich Sie nicht«, sagte sie zu Meiners, »ich weiß gar nicht mehr, warum?«

Auch Elena schien ihre Niedergeschlagenheit überwunden zu haben, und als wir uns eine halbe Stunde später in einem italienischen Restaurant in Barmbek an einen reservierten Tisch setzten, hatte sich die allgemeine Stimmung erheblich gebessert. Es war ein schickes, aber dennoch gemütliches Lokal, in dem Meiners offenbar bestens bekannt war. Der Küchenchef kam herausgeschossen, kaum dass wir uns niedergelassen hatten, und begrüßte ihn überschwänglich.

»Ah, dottore, buona sera«, sagte er voller Genugtuung, »wir-e habe Sie-e vermisst-e!«

Er pries noch seinen »Swertefisse« an, der nicht auf der Karte stand, und verschwand fröhlich pfeifend wieder in der Küche. Anna sah ihm grinsend nach und studierte mit der ihr eigenen Konzentration die Speisekarte. Ich konnte deutlich sehen, wie sie das Wasser, das ihr im Munde zusammenlief, herunterschluckte.

»Können Sie auch was empfehlen?«, fragte sie Meiners.

»Legt ihr Wert darauf, dass wir uns siezen?«

Wir schüttelten die Köpfe und Meiners grinste erleichtert.

»Gut«, sagte er. »Probiert den Fisch. Nur nicht den Schwertfisch, sondern *Orate alla nizzarda*, Goldbrassen, in einer Soße aus Weißwein, Tomaten, Knoblauch, Sardellenfilets und Oliven. Einfach und sehr lecker.«

Wir folgten seiner Empfehlung und ließen ihn auch den Wein aussuchen. Meiners bestellte zwei Flaschen *Terralba bianco*, einen strohgelben, trockenen Wein aus Sardinien, von dem ich mir zunächst nicht viel versprach, der jedoch ausgezeichnet mit den Goldbrassen harmonierte. Anna gönnte sich vorneweg noch eine ansehnliche Portion Pasta, für den Fall, dass der Fisch zu klein ausfiel, und sie war erwartungsgemäß die Einzige, die zum Schluss noch Platz für etwas Torte mit Mandeln und kandierten Früchten hatte. Elena hatte ihren Fisch nur mit Mühe geschafft, dafür reichlich Wein getrunken, und als der Kellner mit dem Grappa kam, kippte sie ihn ohne Federlesen hinunter. Sie räusperte sich und sah zu Meiners hinüber.

»Tut mir leid, das Essen ist sehr gut, und ich will euch nicht die Laune verderben, doch mir ist nicht nach Feiern zumute. Es gibt da ein paar Dinge, die du noch nicht weißt, und vielleicht hätten wir damit anfangen sollen.«

Dann erzählte sie Meiners von dem Überfall im Zug.

»Verstehst du jetzt, wie ernst die Sache ist?«, schloss sie. »Er hat versucht mich umzubringen. Zweimal innerhalb von zwei Tagen. Ohne Anna wäre ich jetzt tot, und sie selbst vielleicht auch. Sie hat einen fantastischen ... wie sagt man auf Deutsch? Schutzengel?«

»Ja«, sagte Anna, »ich hatte ihm eine zweite Chance versprochen: Er hat mal für John Lennon gearbeitet!«

Elenas Augen weiteten sich ungläubig.

»Das. Ist. Nicht. Komisch!«

Anna schien schlagartig nüchtern zu werden.

»Nein«, sagte sie, »ist es nicht!«

Meiners hatte sich zurückgelehnt, ließ seinen Blick zwischen den beiden Frauen hin- und herwandern und sah schließlich mich an.

»Ihr seid völlig meschugge«, sagte er, »wisst ihr das? Okay, Anna ist, wie sie ist, nur von dir hab ich irgendwie mehr Verstand erwartet!«

»Lass dich von dem Doktortitel nicht täuschen«, schnurrte Anna, »der peilt überhaupt nichts!«

»Warum, verdammt noch mal, habt ihr die Polizei nicht eingeschaltet?«, sagte Meiners, den Einwurf ignorierend, »da draußen läuft jetzt also ein Killer herum, der euch umbringen will, um zu verhindern, dass ihr eine Information weitergebt, die ihr von diesem ominösen Chasimikow habt. Und ihr denkt, das wäre eure Privatangelegenheit?«

Anna sah ihn ausdruckslos an, winkte dem Kellner und bestellte noch einmal Espresso und Grappa.

»Jetzt kühl dich mal runter«, sagte sie, »bei so viel gedanklichem Reichtum hier am Tisch wird einem als einfache Tierpflegerin ja ganz schwindelig. Also, der Reihe nach. Den ersten Angriff auf Elena haben wir der Polizei gemeldet, die Beamten haben uns allerdings wenig Hoffnung gemacht, den Kerl zu erwischen. München ist groß, und die vielen Touristen, jo mei … Zweitens glaube ich, dass der Kaukasier aufgibt. Seine Waffe ist weg, sein rechter Arm ist gebrochen oder zumindest erheblich verletzt, und was am wichtigsten ist: seine Mission ist gescheitert. Er muss wissen, dass Elena in den letzten Tagen so vielen Leuten von Chasimikows Informationen erzählt hat, dass es sinnlos ist, sie zu töten.«

»Woher weißt du, dass nicht einfach ein bisschen Mordlust im Spiel ist?«, fragte Meiners.

»Er hat gezögert, als er auf Elena gezielt hat, und er sagte: ›Schade um dich!‹ Ich glaube nicht, dass es etwas Persönliches war.«

»Trotzdem«, sagte Meiners, »ihr hättet es der Polizei melden müssen. Wenn wir uns wegen dieser Terrorgeschichte an irgendwelche Behörden wenden …«

»… werden wir die Vorkommnisse im Zug einfach weglassen«, unterbrach ihn Anna, »und ich verstehe dieses staatsbürgerliche Gesülze gar nicht. Hast du nicht früher bei Greenpeace jede Menge Sachen gemacht, bei denen die Polizei höchst ungelegen kam?«

»Nichts Illegales«, knurrte Meiners.

»Ist ja gut!«, seufzte Anna, sichtlich um Geduld bemüht. »So kriminell ist das Nicht-Anzeigen einer Straftat nun auch wieder nicht. Hör einfach noch einen Augenblick zu: Wenn wir die Polizei eingeschaltet hätten, hätten wir dableiben müssen, bis sie kommen. In Hannover. Jetzt stellt euch die Situation vor: Zwei Frauen und ein Mann mit einer russischen Armeepistole, die eine wilde Geschichte erzählen. Ein falscher Schaffner hat auf sie geschossen. Am helllichten Tag in einem ICE. Nur, dass niemand sonst im Zug etwas davon mitbekommen hat. Immerhin gibt es die russische Pistole, ein Loch in der Armlehne und vielleicht das Projektil, wenn es nicht die Wand des Waggons durchschlagen hat, was ich vermute. Allerdings Pech, dass auf der Waffe Elenas und meine Fingerabdrücke sind und natürlich noch etliche andere. Und besonders dumm, dass eine der Frauen Russin, wenn auch lettische Staatsbürgerin ist. Falls man unsere Hände auf Schmauchspuren untersucht hätte, wäre klar geworden, dass wir die Waffe nicht abgefeuert haben, aber wie lange hätte das gedauert? Wir hätten es mit der Bundespolizei zu tun gehabt, die, glaube ich, für die Bahnhöfe zuständig ist. Denkt ihr wirklich, dass die allein auf unseren Anruf hin das gesamte Areal abgeriegelt hätten, um unseren Täter am Verlassen des Bahnhofsgeländes zu hindern? Nein, der Typ hat sich auf dem Klo umgezogen, ist in Hannover ganz unauffällig ausgestiegen und in der Menge untergetaucht. Ich glaube nicht, dass die Anwesenheit der Polizei daran etwas geändert hätte. Oder er ist ganz cool sitzen geblieben und bis Hamburg weitergefahren. Glaubt mir, wenn wir die Bullen eingeschaltet hätten, säßen wir jetzt nicht hier, sondern auf einem Polizeirevier, und das wahrscheinlich die halbe Nacht. Übrigens, ich hätte gern noch einen Grappa!«

»Prima Idee«, sagte Elena.

»Was ist mit dem Schaffner, dem er die Jacke weggenommen hat?«, fragte Meiners.

»Ich habe telefonisch die Polizei informiert, dass im ICE nach Hamburg ein Zugbegleiter angegriffen wurde. Mehr konnten wir nicht tun.«

»Gut«, entschied Meiners. Er schien nicht restlos überzeugt, gab sich aber geschlagen. »Lasst uns jetzt ins Hotel fahren. Ich muss unbedingt ein bisschen schlafen. Morgen früh um zehn treffen wir ein paar Freunde von mir, die unter anderem für Greenpeace arbeiten. Ich habe ihnen gestern die Fakten von Chasimikows Zettel telefonisch durchgegeben und sie gebeten, darüber nachzudenken. Sie sind sehr clever. Je nachdem, wie sie die Sache einschätzen, entscheiden wir, an welche Behörden wir uns wenden. Was ist mit der russischen Pistole passiert?«

»Liegt im Kofferraum deines Autos.«

Meiners zuckte zusammen und starrte Anna wütend an.

»Verdammt, ich will mit Waffen nichts zu tun haben. Sieh zu, dass du das Ding loswirst!«

Anna sah mich an, ließ beide Hände seitlich herabsinken und machte die Geste des Rollstuhlfahrens.

»Nein«, sagte sie, »diesmal nicht.«

Zehn

9. September

Jette Paulsen, Robert Wenger, Nils Vohrmann«, sagte Meiners, »die Nachnamen könnt ihr wieder vergessen. Jette arbeitet als Ingenieurin für das Fischereimuseum in Esbjerg, macht aber zurzeit ein Sabbatical, Robert ist Biologe und Nils in der Ausbildung zum See- und Hafenlotsen.«

Jette Paulsen war eine gut aussehende etwa fünfundvierzigjährige Frau mit kurzen dunklen Locken, spöttischem Lächeln und einem reizenden dänischen Akzent. Wenger und Vohrmann waren höchstens Ende zwanzig, groß, blond und braun gebrannt und sahen aus wie zwei gut gelaunte Langzeitstudenten. Nachdem Meiners auch Anna, Elena und mich vorgestellt hatte, setzten wir uns an einen Gartentisch unter schattigen Bäumen und bestaunten den grandiosen Ausblick.

Wir befanden uns auf der Lindenterrasse des Hotels Jacob an der Elbchaussee und hatten im milchigen Spätsommerlicht die berühmte, fantastisch freie Sicht auf die Elbe, die vorbeifahrenden Schiffe und die Uferlandschaft. Trotz der frühen Stunde war schon reichlich Betrieb.

»Oh Mann«, wunderte sich Wenger, »ich habe fast mein ganzes Leben in Hamburg verbracht und bin noch nie hier gewesen. Hast du den Tisch hier reservieren müssen?«

»Beziehungen«, antwortete Meiners. Er sah müde und verkatert aus und schien absolut keine Lust auf ein bisschen einleitenden Smalltalk zu haben. Stattdessen holte er aus seiner Aktentasche einen altmodischen Kassettenrecorder hervor und bestellte Tee und Mineralwasser für alle. Draußen auf der Elbe glitt ein riesiges Containerschiff an uns vorbei, dem kurioserweise in respektvollem Abstand ein Mississippi-Raddampfer folgte.

»Wisst ihr eigentlich«, fragte Jette Paulsen, »dass Max Liebermann diese Terrasse gemalt hat, als er mal hier im Hotel wohnte? Es ist ein berühmtes Bild, das heute im …«

»Ja«, unterbrach Meiners sie ungeduldig, »aber das spielt jetzt keine Rolle. Wir sind hier wegen Elena, oder besser gesagt wegen eines Gerüchtes. Sie hat sich auf den weiten Weg von Lettland hierher gemacht, weil jemand im Kaukasus ein Gespräch belauscht hat. Dieser Jemand ist nach Ventspils gefahren und hat Elena Bakarova davon erzählt. Ganz schön verrückt, oder? Die Fakten habt ihr gestern schon erhalten. Bevor wir uns an die Behörden wenden, will ich wissen, was ihr darüber denkt. Anna Jonas hat die ganze Angelegenheit sehr präzise zusammengefasst, und ich möchte, dass ihr euch das noch einmal anhört, um ein Gefühl für die Sache zu bekommen.«

Es war die Bandaufnahme von dem Gespräch, das Anna am Vortag mit Meiners geführt hatte, und sie dauerte ungefähr fünf Minuten. Paulsen, Wenger und Vohrmann hörten mit angespannten Gesichtern zu und machten sich Notizen.

»Eine Information fehlt noch«, sagte Anna, als das Band schließlich stoppte, und erzählte ihnen von dem Anschlag im Zug. Als sie fertig war, herrschte ungläubiges, nervöses Schweigen. Jette Paulsen kramte ein zerknautschtes Päckchen Mentholzigaretten aus ihrer Handtasche und zündete sich mit fahrigen Bewegungen eine an. Wenger beobachtete sie genervt und starrte mit verbissenem Gesichtsausdruck hinaus auf die Elbe.

»Denkt ihr, was ich denke?«, fragte Meiners schließlich. Seine Stimme war dunkel und heiser vor Aufregung.

»Ja«, entgegnete Wenger, »wir hätten da eine Idee, wo es passieren soll und auch wann.«

»Muhammeds ansigt«, sagte Jette Paulsen.

»Ich kann kein Dänisch«, warf Anna ungeduldig ein.

»›Das Gesicht Mohammeds‹. Wisst ihr noch? Das war der Titel einer Serie von zwölf Karikaturen, die im September 2005 von der dänischen Zeitung *Jyllands-Posten* veröffentlicht wurden. Dies löste einen Sturm der Entrüstung in der gesamten islamischen Welt aus, der sich in erster Linie gegen Dänemark richtete. Die Muslime haben die konservative Regierung in Kopenhagen direkt dafür verantwortlich gemacht. Die Wogen sind bis heute noch nicht geglättet. Wie stand es auf Chasimikows Schmierzettel? Wen sollte es treffen? ›Russland vor allem und das schändliche kleine Land, das es wagte, den Propheten zu schmähen.‹ Natürlich kann ich nur spekulieren, doch ich glaube, das ist Dänemark.«

»Also, ich weiß nicht«, meinte Anna, »ist das nicht ein bisschen weit hergeholt?«

»Nein«, sagte Vohrmann, der bisher geschwiegen hatte, »nicht, wenn man das andere Land, um das es geht, dazunimmt. ›Das große, kalte, das dem Teufel Putin in den Arsch kriecht, damit der Gaspreis nicht steigt.‹ Dreimal darfst du raten, wer das ist!«

Wenger und Paulsen nickten. Anna schaute nach wie vor skeptisch, aber Nils Vohrmann nahm langsam Fahrt auf.

»Der Anschlag soll in erster Linie Russland treffen. Erinnert euch an das, was Chasimikow gehört hat: ›Wir werden sie auf dem Meer angreifen. Und zwar an einer Stelle, wo der Schaden unermesslich ist.‹ Nun, Freunde und Nachbarn, kennt ihr eine Stelle auf hoher See, wo man einen russischen Öltanker angreifen kann, Dänemark *und* Deutschland ordentlich etwas abbekommen und darüber hinaus der Schaden unermesslich ist?«

»Ja«, antwortete Meiners, »die Kadetrinne!«

Paulsen, Wenger und Vohrmann nickten beinahe gleichzeitig.

»Das geht mir alles zu schnell«, mischte sich Anna ein und schaute Jette Paulsen direkt an, »ich meine, du hast aus einem einzigen Satz geschlossen, dass es um Dänemark geht. Haben in den Augen strenggläubiger Muslime nicht auch andere Länder den Propheten geschmäht? Und schließlich ist das Ganze jetzt schon etliche Jahre her. Sozusagen Schnee von gestern im Beleidigungsmarathon.«

Jette Paulsen schüttelte nachdrücklich den Kopf.

»Im Februar 2008 nahm die dänische Polizei drei Männer fest, die offenbar einen sehr weit gediehenen Plan hatten, um Kurt Westergaard, einen der Zeichner der Karikaturen, in seinem Haus zu ermorden. Und im Juni folgte ein Anschlag auf die dänische Botschaft in Islamabad, bei dem etliche Leute ums Leben kamen. Al-Qaida bekannte sich dazu und nannte als Grund ausdrücklich die Mohammed-Karikaturen. Und ich habe übrigens nicht nur aus einem Satz auf Dänemark geschlossen, sondern aus dem Gesamtzusammenhang.«

»Was ist mit dieser komischen Zahlenkombination? ›Neun – elf – vierundfünfzig – zwölf. Alle großen militärischen Operationen haben ihren Namen, und dieser Zahlencode ist unser Name‹, hat der Typ gesagt, den Chasimikow belauscht hat. Könnt ihr das auch erklären?«

»Können wir«, bestätigte Wenger, »es hat etwas gedauert, aber ich glaube, ich habe eine Idee dazu, obwohl ich sie natürlich nicht beweisen kann. Fragen wir doch unseren Nautiker und künftigen Lotsen: Was sind die Koordinaten der Kadetrinne?«

Vohrmann grinste und schien auf diese Frage gewartet zu haben.

»54° 27' 10" nördliche Breite, 12° 11' 41" östliche Länge«, sagte er, »jeweils die Gradzahlen in der Koordinatenangabe entsprechen den letzten beiden Zahlen in unserem kaukasischen Zahlenrätsel. Ich glaube, so richtig talentierte Geheimniskrämer sind die Jungs in Grosny nicht.«

»Sie konnten schließlich nicht wissen, dass sie belauscht würden«, sagte Meiners, »was ist mit den ersten beiden Zahlen?«

Vohrmann machte eine galante Geste in Richtung Jette Paulsen, um ihr das Wort zu erteilen, und langsam fing unser Expertentrio an, mir auf die Nerven zu gehen. Wenger und Vohrmann erinnerten mich irgendwie an zwei strahlend gut aussehende Beach-Volleyball-Spieler, die sich vor Publikum die Bälle zubaggerten. Paulsen drückte ihre vierte Zigarette aus und hustete ausgiebig.

»Gut«, sagte sie, »dann will ich auch noch einmal spekulieren. Ich war zunächst verwirrt von der Reihenfolge der Zahlen, bis mir eingefallen ist, dass die Amerikaner erst den Monat und danach den Tag nennen und dass dies hier genauso zutreffen könnte. Jedes Kind in den USA weiß, was *nine eleven* bedeutet: Es ist der 11. September. The day of the Twin Towers. Ich weiß, dass es auf den ersten Blick extrem unwahrscheinlich klingt, dass sich dieses Datum wiederholt, doch es ist ja nicht nur für die Amerikaner ein Symbol. Für weite Teile der islamischen Welt ist es der Jahrestag des Triumphes schlechthin. Warum sollten Tschetschenen nicht auf die Idee kommen, dass die Russen ebenfalls einen 11. September verdient haben? Es war für uns nicht schwer zu enträtseln, denn wir hatten noch die anderen Informationen aus dem belauschten Gespräch zur Verfügung. Nur allein mit der Zahlenreihe wäre es ziemlich aussichtslos gewesen. Ich glaube, sie haben Ort und Zeit der Party mit vier Zahlen ausgedrückt. Ist doch ziemlich clever, oder?«

»Ziemlich«, sagte Elena, »die Party ist in knapp drei Tagen.«

Da Elena die ganze Zeit über still gewesen war, hatte sie jetzt die ungeteilte Aufmerksamkeit. Paulsen, Wenger und Vohrmann starrten sie mit unverhohlener Neugier und einer Spur Misstrauen an.

»Nur, wenn sich wirklich alles so abgespielt hat«, sagte Paulsen schließlich. »Nichts für ungut, aber alles, was wir haben, sind Informationen aus zweiter Hand. Hörensagen. Wir haben keine Beweise, dass dieses konspirative Gespräch in Grosny wirklich stattgefunden hat, und selbst wenn das der Fall ist, wissen wir nicht, ob dieser Chasimikow alles richtig verstanden hat. Vielleicht hat er was nicht richtig mitbekommen, oder er hat etwas dazugedichtet, um sich interessant zu machen oder mehr Geld herauszuschlagen, was weiß ich. Wir haben nur das, was Chasimikow dir erzählt hat, und dafür gibt es nur dein Wort.«

Paulsen suchte während sie sprach ihre Handtasche nach Zigaretten ab, förderte jedoch nur ein leeres Päckchen zutage, mit dem sie frustriert herumspielte.

»Willst du damit andeuten, ich hätte mir das alles nur ausgedacht?«, fragte Elena, und in ihrer Stimme war ein Unterton, der mir an Paulsens Stelle zu denken gegeben hätte.

»Diesen Punkt hätte ich auch gerne geklärt, bevor wir weiterreden«, sagte ich.

Jette Paulsen schüttelte den Kopf und knüllte ihre leere Zigarettenpackung verbittert auf Walnussgröße zusammen.

»Nein, das will ich nicht andeuten. Ich habe mir nur gerade vorgestellt, wie ich diese Geschichte Hannes Monk vom Havariekommando in Cuxhaven erzähle. Mein Bauch sagt mir, dass ihr recht habt. Es kann nur sein, dass das nicht reichen wird.«

»Vor zwei Jahren hat uns Ole Petersen etwas über die Kadetrinne erzählt«, sagte Anna, »allerdings habe ich das meiste davon vergessen. Wieso ist es dort so verdammt gefährlich?«

»Ihr kennt Ole Petersen?«, staunte Vohrmann.

»Den und noch ein paar andere«, entgegnete Anna schnippisch, »doch das spielt keine Rolle. Was ist mit meiner Frage?«

Vohrmann zuckte zusammen, und der Beach-Volleyball-Charme schien von ihm abzufallen. Aus den Augenwinkeln sah ich Meiners grinsen.

»Die Kadetrinne«, erklärte Vohrmann, »ist ein Seegebiet in der Mecklenburger Bucht zwischen der deutschen Halbinsel Fischland-Darß und der Insel Falster auf dänischer Seite. Sie ist eines der für die Schifffahrt schwierigsten und gefährlichsten Gewässer der gesamten Ostsee, und zwar gleich aus mehreren Gründen: Der schiffbare Bereich verringert sich an der schmalsten Stelle, je nach Tiefgang des Schiffes, auf 500 bis 1000 Meter und erfordert gleichzeitig einen Kurswechsel von etwa 90 Grad. Man muss schon ein bisschen navigieren können, wenn man da durchfährt. Hauptproblem ist jedoch das wahnwitzige Verkehrsaufkommen. Die Kadetrinne ist einer der am stärksten befahrenen Seewege Europas. Geschätzte 64 000 Durchfahrten pro Jahr. Im Jahr 2006 waren etwa 9000 davon Tankerpassagen, und die werden jährlich mehr durch die vergrößerten Ölhäfen am Finnischen Meerbusen und die rasch zunehmende Anzahl russischer Öltanker.«

»Genau«, sagte Wenger, »die haben sich bereits zwischen 1996 und 2006 mal eben vervierfacht.«

»So ganz verstehe ich das Problem noch nicht«, sagte Anna, »wenn es so schwierig ist, diese Rinne zu durchfahren, kann man sich doch einfach einen Lotsen nehmen.«

»Lotsen muss man bezahlen, und das geht vom Profit ab. Manche nehmen sich einen Lotsen, die meisten tun es nicht, und die Russen sind ganz und gar dagegen.«

»Und kann man das nicht erzwingen?«

Wenger schüttelte den Kopf.

»Die Kadetrinne liegt nach dem Seerechtsübereinkommen in internationalen Gewässern. Nur die International Maritime Organization kann hier eine Lotsenpflicht verordnen. Die wird wiederum nur tätig, wenn alle Meeresanrainer dem zustimmen. Bei der konsequent ablehnenden Haltung der Russen kannst du das vergessen.«

»Passieren denn viele Unfälle in dieser Rinne?«, fragte Elena.

»Klar, dauernd passiert etwas, eigentlich jedes Jahr. Meistens sind es Grundberührungen, die einigermaßen glimpflich verlaufen. Einen kleinen Vorgeschmack auf das, was bei einem richtigen Unfall passiert, gab es 2001. Da ist der Öltanker Baltic Carrier mit dem kubanischen Zuckerfrachter Tern kollidiert. Nach einem Ruderschaden trieb die Baltic Carrier mit 30 000 Tonnen Schweröl an Bord manövrierunfähig in der Fahrrinne. Die Tern konnte nicht mehr ausweichen, traf den Tanker mittschiffs und riss ein riesiges Loch in die Bordwand. Der doppelte Rumpf der Carrier verhinderte Schlimmeres, trotzdem flossen 2700 Tonnen hochgiftiges Schweröl in die See.«

»Gut«, sagte Meiners, »wir müssen zu einer Entscheidung kommen. Ich wollte eure Meinung hören, bevor ich mich aus dem Fenster lehne. Was haltet ihr von der Sache?«

»Ich glaube, sie ist ernst«, meinte Vohrmann. Jette Paulsen nickte.

»Das glaube ich auch«, sagte Wenger, »ich weiß nur nicht, ob das, was wir haben, ausreicht, um die Kavallerie in Bewegung zu setzen. Okay, wir vermuten, dass der Anschlag am 11. 9. in der Kadetrinne stattfindet, doch wir haben nicht den Hauch eines Beweises! Was haben diese Typen vor? Also, mal angenommen, wir haben recht, und sie wollen tatsächlich einen russischen Öltanker angreifen. Wie soll das gehen?«

»Ach komm«, knurrte Meiners, »jetzt stell dich nicht dumm. Da hätte ja sogar ich ein paar brauchbare Ideen.«

Elf

Denkst du, wir haben deine Freunde wirklich überzeugen können?«, fragte Anna, als wir wenig später in Meiners' Auto einstiegen.

Meiners nickte.

»Ich bringe euch jetzt noch ins Hotel zurück und fahre anschließend mit ihnen nach Cuxhaven.«

»Wieso Cuxhaven?«

»Dort ist das neu geschaffene Maritime Sicherheitszentrum. Eine Art Netzwerkbehörde, die erstmalig Zoll, Wasserschutzpolizei, Havariekommando, Fischereischutz, Wasser- und Schifffahrtsverwaltung sowie Bundespolizei unter einem Dach vereint. Zwischen diesen Behörden gab es früher viel Kompetenzgerangel, und ich glaube, es läuft immer noch ziemlich zäh, aber im MSZ arbeiten gute Leute, und ein paar davon kennen wir persönlich.«

»Ich will mit!«, sagte Anna.

»Nein, wir wollen zunächst allein mit denen sprechen, doch ich möchte euch bitten, noch zwei Tage in Hamburg zu bleiben. Die wollen garantiert mit euch reden, und dann kommt ihr nach. Das Hotel ist schon bezahlt, und ich lasse euch mein Auto da. Ich habe in Cuxhaven übrigens ein Ferienhaus, in dem ihr wohnen könnt, wenn ihr wollt. Ist das okay?«

»Ja«, sagte Anna und sah zu, wie Meiners sich geschickt und mit ziemlicher Dreistigkeit in den dicht fließenden Verkehr einfädelte. »Jetzt, wo ich hier im Auto sitze, kommt mir das alles wieder ziemlich unsinnig vor. Ich meine, die ganze Sache mit dem Terrorismus auf hoher See. Lohnt sich denn der ganze Aufwand? Könnten die Burschen nicht mit ein paar Kilo TNT an Land viel einfacher einen Riesenschaden anrichten? Warum schießen sie nicht mit Raketenwerfern ein paar russische Ölfelder in Brand? Oder jagen einen Kilometer Gas-Pipeline in die Luft?«

»Ich glaube, so einfach, wie du es dir vorstellst, ist das nun wieder nicht«, sagte Elena, »vor allem habe ich immer mehr das Gefühl, dass es nicht einfach nur um Russland geht.«

»Vor der Jahrtausendwende war maritimer Terrorismus eigentlich gar kein Thema«, sagte Meiners, »wenn man mal von dem Angriff auf die Achille Lauro 1985 absieht. Doch dann ging es los. Im Jahr 2000 wurde die USS Cole im Hafen von Aden von einem mit Sprengstoff beladenen Schlauchboot gerammt. Und fast genauso lief 2002 der Anschlag auf den französischen Öltanker Limburg ab. Wieder Selbstmordattentäter, wieder ein Kleinboot voller Sprengstoff. Ein Seemann starb, und rund 90 000 Barrel Öl liefen ins Meer. Also ich glaube, dass an Chasimikows Geschichte etwas dran ist, und finde das ganze Szenario überhaupt nicht unrealistisch.«

Meiners parkte den Wagen in der Tiefgarage des Hotels, holte seine Reisetasche aus dem Kofferraum und drückte mir die Schlüssel in die Hand.

»Hier. Ich werde von Nils und Robert abgeholt. Der Tank ist voll, macht euch einen schönen Tag. Wir telefonieren morgen.«

Und damit war er weg.

»Ein schneller Mann«, sagte Elena anerkennend.

»Ja«, bestätigte Anna und sah ihm nach. In ihrem Blick war

eine Wärme und Zuneigung, die mich überraschte. Schließlich schüttelte sie nachdenklich den Kopf.

»Elena und ich wollen uns die Stadt ansehen. Kommst du mit?«

»Nein, ich will Mischka Leonard besuchen. Wir treffen uns einfach um sechs Uhr wieder hier und gehen was essen. Wollt ihr das Auto?«

Anna schüttelte den Kopf.

»Wir finden sowieso keinen Parkplatz.«

»Guttt«, entschied Elena und übertrieb ihren russischen Akzent mit einem sarkastischen Grinsen, »auf zum Stadtbummel. Mit Hafenrundfahrt und St. Pauli?«

»Auf jeden Fall St. Pauli!«, sagte Anna.

Zwölf

Natürlich erreichte ich Mischka Leonard nicht. Mein alter Schulfreund war ein viel beschäftigter Mann. Ich wurde telefonisch durch den halben Innensenat weitergereicht, bis sich am anderen Ende die geschmeidige Tuntenstimme meldete, die mich schon vor zwei Jahren mit so unnachahmlicher Arroganz abgefertigt hatte. Mischkas Sekretär. Doch diesmal schien er zu wissen, wer ich war, und riss sich zusammen.

»Dr. Nyström, grüße Sie. Hören Sie, das tut mir jetzt aber leid. Was für ein Malheur. Der ist im Urlaub. Ma – le – di – ven! Erreichbar? Grundgütiger, nein! Schauen Sie, selbst ich kann ihn nicht …!« Er machte eine kleine, theatralische Pause, um zu demonstrieren, wie hilflos auch ein beherzter Mensch sein kann – und ich fing an, ihn zu mögen. Wir tauschten uns noch einen Augenblick dahingehend aus, was für ein unglückseliger Zufall es war, dass zwei so alte Freunde sich auf diese Weise verpassten, dass er schließlich nicht zaubern konnte, ich aber das nächste Mal ja vielleicht vorher … dann legte ich auf.

Ich war enttäuscht, denn ich hatte mich auf Mischka gefreut, und vor allem wollte ich mit ihm reden. Über Chasimikow, das Attentat und einen Mörder im Rollstuhl, der mir eine Heidenangst machte. Mischka Leonard – mit etwas Glück künftiger Innensenator der Stadt Hamburg – war ein cooler Zyniker mit einem glasklaren Verstand und mein dienstältester Freund. Ich war der einzige Mensch, dem er jemals vertraut hatte. Unschlüssig betrachtete ich den Autoschlüssel in meiner Hand. Vielleicht konnte ich mit jemand anderem reden. Ich ging zurück in die Tiefgarage, stieg in Meiners' Auto und schaltete das Navigationsgerät an. Nach kurzem Zögern gab ich »Schiffbeker Weg/Friedhof Öjendorf« ein und fuhr los.

Mit Staunen hatte ich nach Helens Tod vor zwei Jahren erfahren, dass sie sich schon zu Lebzeiten auf diesem Friedhof eine Grabstätte gekauft hatte, und als ich das erste Mal dort gewesen war, hatte ich auch verstanden, weshalb. Das knapp einhundert Hektar große Areal im Osten Hamburgs war ein sogenannter Rasenfriedhof und vermittelte mit seinen geschützten Vogelarten und dem naturnah gestalteten Bachtal den Eindruck eines sehr stillen Naherholungsgebietes. Charakteristisch waren seine kreisförmigen Grabfelder und die Ausweisung einer geschlossenen Fläche für die Beisetzung von Muslimen, deren Gräber nach Mekka ausgerichtet waren.

Ich war seit dem Begräbnis nicht mehr auf dem Friedhof gewesen, und als ich nach einer guten halben Stunde Autofahrt an Helens Grab stand, wusste ich, dass es ein Fehler gewesen war, hierher zu kommen. Ich schloss die Augen, und alles war wieder da. Der unaufhörliche Regen, der mir in den Hemdkragen lief, das Dröhnen der Erdklumpen auf dem Sargdeckel, Annas Schluchzen und die versteinerten Gesichter der Trauergäste. Mit unfassbarer Intensität und Detailgenauigkeit wurde die Erinnerung an die Beerdigung lebendig und zerrte am Boden unter meinen Füßen. Ich wollte die Augen schnell aufreißen, doch es ging nur im Zeitlupentempo. Mein Blick fiel auf den von der warmen Spätsommersonne angestrahlten Grabstein.

Helen Jonas 15. 7. 1970 – 4. 4. 2007

Darunter die Grabinschrift, die Helen sich gewünscht hatte:

»Auch wenn ein Freund weggeht,
muss man die Türe schließen«,
sagte Me-ti, »sonst wird es zu kalt.«
»Es kann nicht kälter werden«, sagte Kin-Jeh.
»Doch, es kann«, sagte Me-ti.
(B. Brecht)

Sie hatte gewusst, dass ich es nicht schaffen würde, die Tür zu schließen. Ich Idiot dagegen hatte nicht einmal eine Ahnung davon gehabt, dass sie schon zu Lebzeiten Vorkehrungen für den Fall ihres Todes getroffen hatte, und vor zwei Jahren hatte ich auch das Zitat aus dem *Me-ti, Buch der Wendungen* nicht wirklich verstanden.

Helen hatte sich Sorgen um mich gemacht.

Wundert dich das?

Wie immer flutete die vertraute Stimme im Kopf meinen Nacken mit Wärme, doch sie hatte wieder diesen müden und brüchigen Unterton, der mir schon in München aufgefallen war. *Nein,* dachte ich, *wie sehr du mich geliebt hast, habe ich inzwischen begriffen. Du hättest es allerdings ruhig ein bisschen früher mal erwähnen können.*

Komm, setz dich, sagte Helen.

Ihre Stimme schien mir jetzt heiterer, weniger melancholisch. Ich drehte mich um und sah in etwa zwanzig Metern Entfernung eine Bank, von der aus man einen schönen Blick auf die Grabanlage hatte. Steifbeinig ging ich darauf zu und setzte mich. Es war ungewöhnlich warm für die Jahreszeit, und die Septembersonne blendete mich. Ich schloss die Augen und konzentrierte mich auf die Stille. Selbst die zahlreichen Singvögel schienen Sendepause zu haben, und ganz langsam ließ die Anspannung etwas nach.

Du hättest die Malerin nicht mit hineinziehen dürfen, sagte Helen.

Nein, hätte ich nicht, sagte ich wütend, *aber ohne sie wäre es nicht gegangen!*

War es wirklich so wichtig, zu versuchen, diesen Mann zu töten? Mir hat es nichts genutzt.

Es hat ja auch nicht funktioniert. Und ich habe es nicht für dich getan, sagte ich, von plötzlicher Kälte und Klarsicht erfüllt, *sondern für mich!*

Ich weiß, sagte Helen.

Meine Gedanken wanderten zurück zu dem entscheidenden Moment, als Anna und ich in unserem Brüsseler Hotel begriffen, dass Morisaitte seine Freundin Jaqueline van t'Hoff fortwährend misshandelte und dass das unsere vielleicht einzige Chance war, über sie an ihn heranzukommen. Im Bruchteil einer Sekunde hatte ich gewusst, was ich tun würde. *Das ist nicht dein Ernst*, hatte Helens Stimme in meinem Kopf geflüstert, doch genau das war es gewesen. Todernst, um genau zu sein.

Am nächsten Tag hatte ich sie aufgesucht. Mit einhunderttausend Euro in einem Aktenkoffer und einer kleinen Tablette in einem Briefumschlag. Sie hatte eine Wohnung mit Atelier und zwei Verkaufsräumen direkt an der Place du Jeu de Balle mitten im Marollenviertel. Obwohl steigende Mieten und Immobilienspekulationen viele der alteingesessenen Marolliens aus dem ehemaligen Bettler- und Prostituiertenviertel vertrieben haben, ist es immer noch von zahlreichen Künstlern, Studenten und multikulturellen Trödlern bevölkert, die die Dinge locker nehmen und sich um ihre eigenen Angelegenheiten kümmern. Trotz des dichten Gedränges vor dem Haus war ich sicher, dass niemand auf mich achtete, als ich den Laden von Jaqueline van t'Hoff betrat. Er bestand aus zwei gut beleuchteten Ausstellungsräumen, deren Wände dicht mit Bildern behängt waren. Die Künstlerin saß hinter einem kleinen Schreibtisch, las, trank Kaffee und rauchte ein Zigarillo.

»Hi!«, sagte sie, lächelte freundlich und deutete mit einer einladenden Bewegung auf die Bilder an den Wänden. Sie wandte sie sich wieder ihrem Buch zu, und ich betrachtete die Kunstwerke. Jaqueline van t'Hoff war zweifellos talentiert und technisch brillant, aber ihre Bilder gefielen mir nicht. Sie waren zugleich surrealistisch und kubistisch beeinflusst, was irgendwie so aussah, wie wenn Salvador Dalí sich im Alter noch auf die Vorzüge des Lineals besonnen hätte.

Während ich weiter mit geheucheltem Interesse die Reihe der Bilder abschritt, ließ ich meinen Blick unauffällig zu van t'Hoff hinübergleiten. Obwohl sie saß, konnte man sehen, dass sie mindestens einen Meter achtzig groß sein musste, und sie sah genauso gut aus wie auf den Fotos. Brünettes langes Haar, ein großer Mund mit sehr vollen Lippen und viel Make-up. Ihre Augen waren hinter einer großen Sonnenbrille verborgen, die auch einen Teil der Jochbögen verdeckte, und sie trug einen schicken Rollkragenpullover und Designer-Jeans. Plötzlich schien sie meinen Blick zu spüren, drehte sich zu mir um und schenkte mir ein breites Lächeln.

»Kann ich Ihnen helfen?« Ihr Deutsch war beinahe akzentfrei.

»Vielleicht, aber möglicherweise kann ich auch Ihnen helfen«, sagte ich und schlenderte auf ihren Schreibtisch zu. Ihr Lächeln strauchelte, fing sich aber wieder.

»Wie meinen Sie das?«

»Tut es noch sehr weh?«

Ich machte mit dem Zeigefinger eine kreisende Bewegung um meine rechte Augenhöhle und deutete auf sie. Ich hatte mich entschlossen, alles auf eine Karte zu setzen. Das Lächeln war jetzt ganz verschwunden und hatte einer kühlen Wachsamkeit Platz gemacht. Ihre rechte Hand schob sich unauffällig auf eine große Schere zu, die auf ihrem Schreibtisch lag.

»Was wollen Sie von mir?«

»Darf ich mich setzen?«

»Nein!«

Ich zog den zweiten Stuhl unter ihrem Tisch hervor, drehte ihn um und setzte mich rittlings darauf. Ihre Hand hatte jetzt die Schere erreicht. Sie riss sie an sich, umklammerte sie mit beiden Händen und streckte sie mir entgegen.

»Raus!«, sagte sie.

Ich ignorierte die Drohung, langte mit der rechten Hand über den Tisch und zog mit zwei Fingern den Rollkragen ihres Pullovers herunter. Ihr Hals war übersät mit blaugrünen Würgemalen.

»Warum nehmen Sie nicht bei *ihm* die Schere?«

Sie ließ resigniert die Hände sinken und starrte mich an.

»Wie konnten Sie wissen, dass ich sie nicht benutzen würde?«, flüsterte sie.

»Na ja, wenn Sie mit dem Ding nicht auf den Mann losgehen, der Ihnen das antut, werden Sie wohl kaum mich erstechen.«

»Wer sind Sie?«

»Das spielt keine Rolle, glauben Sie mir. Wo ist Morisaitte jetzt?«

»In Deutschland.«

»Wann kommt er zurück?«

»Übermorgen.«

»Und? Freuen Sie sich drauf?«

Mit einer vorsichtigen Bewegung nahm sie die Brille ab. Sie hatte schöne braune Augen, die sich mit Tränen füllten. Unter dem linken war trotz der Schminke ein großes Hämatom zu sehen.

»Sie sind ein Schwein«, sagte sie tonlos.

»Sie verwechseln da was! Er ist das Schwein. Warum lassen Sie das mit sich machen?«

Sie stand auf, schloss die Ladentür ab und stellte die Lamellenrollos enger, sodass niemand hineinsehen konnte.

»Das verstehen Sie nicht«, sagte sie.

»Nein! Das muss ich auch nicht. Doch wenn Sie wollen, machen wir Schluss damit!«

Sie schüttelte resigniert den Kopf.

»Das ist unmöglich. Sie kennen ihn nicht. Er findet jeden. Immer und überall auf der Welt. Man kann ihn nicht verlassen.«

»Wenn er tot ist, schon!«

Dies war der Augenblick der Entscheidung, und ich war mir absolut nicht sicher, wie sie reagieren würde. Was tut ein normaler Mensch, wenn man ihm mitten am Tag und zur besten Geschäftszeit einen Mord vorschlägt? Ich hatte keine Vorstellung, und doch schaffte es Jaqueline van t'Hoff, mich zu verblüffen. Ihre tränennassen Augen waren weit aufgerissen, und darin sah ich das Aufflackern von Hoffnung. Sie sah aus wie ein Patient, dem man mitteilt, dass die Laborwerte vertauscht wurden und er wider Erwarten nicht sterben wird. Und da war noch etwas. Ein Hauch von Berechnung. Sie zauberte ein schüchternes, zaghaftes Lächeln hervor.

»Das würden Sie für mich tun?«

Ich schüttelte den Kopf.

»Nein«, sagte ich, »nicht für Sie. Aber meine Gründe gehen Sie nichts an. Und Sie müssen auch etwas dabei tun.«

Ich legte den Aktenkoffer auf den Tisch und öffnete ihn. Jaqueline van t'Hoff starrte auf das Geld. Die Tränen waren aus ihren Augen verschwunden. Und die Hoffnung.

»Wieso ich?«, flüsterte sie, »ich kann nichts gegen ihn machen. Gar nichts.«

»Das ist nicht wahr! Es sind genau zwei Handgriffe. Hören Sie mir zu. Ich habe hier einen Koffer mit einhunderttausend Euro und eine winzige Tablette. Beides lasse ich Ihnen hier. Wenn Morisaitte aus Deutschland zurückkommt, wird er mit Ihnen essen gehen, und ich wette, dass er Sie anschließend bei sich haben will. Wofür auch immer. Sie brauchen nichts weiter zu tun, als diese Tablette in einem seiner Drinks aufzulösen. Sie ist absolut geschmack- und geruchlos, und sie wirkt sehr schnell. Wenn er eingeschlafen ist, öffnen Sie mir die Tür und bekommen noch einmal einen Koffer mit hunderttausend. Danach verschwinden Sie aus Europa!«

Jaqueline van t'Hoff biss sich auf die Unterlippe und schwieg. Ich konnte ihr förmlich ansehen, wie die plötzliche Hoffnung, Morisaitte zu entkommen, und die maßlose Angst vor ihm sich in ihrem Kopf ein heftiges Gefecht lieferten. Und dann war da noch das Geld, das sie ununterbrochen anstarrte. Ihr Gesichtsausdruck war eine Mischung aus Angst, Trotz und einer winzigen Spur Verschlagenheit. Schließlich traf sie ihre Entscheidung.

»Zweihunderttausend sind nicht genug«, sagte sie, »ich brauche das Doppelte!«

»Kein Problem. Ich werde übermorgen Abend vor dem Haus in Anderlecht sein. Mit dem restlichen Geld. Wenn Sie so weit sind, schalten Sie einfach das Licht in raschem Wechsel an und aus. Haben Sie alles verstanden?«

»Ja!«

Ich klappte den Geldkoffer zu und schob ihn zu ihr hinüber, aber sie machte keinerlei Anstalten, ihn an sich zu nehmen. Ihre braunen Augen musterten mich eindringlich.

»Was hat er Ihnen angetan?«

»Das geht Sie nichts an!«

»Sie verachten mich, oder?«

Ich schüttelte den Kopf.

»Doch«, sagte sie, »das tun Sie. Und Sie benutzen mich. Sie kommen hierher und wollen, dass ich Ihnen helfe, einen Menschen zu töten. Weil Sie irgendwie herausgefunden haben, dass ich eine Menge Gründe habe, ihn zu hassen. Und große Angst. *Ihre* Gründe gehen mich natürlich nichts an. Ich bin ja nur die blöde Kuh, die sich regelmäßig verprügeln lässt. Das denken Sie, oder? Wie kann ein Mensch so etwas mit sich machen lassen? Warum haut sie nicht ab oder geht zur Polizei? Sie kennen ihn nicht! Mag sein, dass Sie *glauben* ihn zu kennen, aber es stimmt nicht. Sie haben nicht die geringste Ahnung, wozu er fähig ist.«

Ich dachte an Helen und an ein Foto. Ein Foto von einem Mann, der mit herausquellender Zunge in einem Apfelbaum hing.

»Sie irren sich.«

»Ich habe ihn vor fünf Jahren kennengelernt. Auf einer Vernissage. Finden Sie nicht auch, dass er umwerfend aussieht? Und er ist so kultiviert, gütig und humorvoll. Er hat gute Manieren, jede Menge Geld, und er kann sogar sehr zärtlich sein. Drei Wochen nachdem wir uns kennengelernt hatten, kaufte er mir das Atelier und die Galerie. Danach hat er mir klargemacht, dass ich ihm gehöre. Ich habe das nicht gleich verstanden, aber nach der Belehrung konnte ich eine Woche nicht gehen und habe Blut gepinkelt. Dieses blaue Auge, das Ihnen aufgefallen ist, ist eine Ausnahme. Normalerweise schlägt er nicht ins Gesicht. Das ist viel zu auffällig. Er schlägt mir in den Magen oder in die Nieren, und er kann es so machen, dass es oft nicht einmal blaue Flecken gibt. Er ist sehr geschickt in diesen Dingen. Als ich das erste Mal abgehauen bin, hat er keine sechs Stunden gebraucht, um mich zu finden. Er hat mich ganz freundlich in meine Wohnung gefahren und mir dort einen Videofilm von meiner Familie gezeigt. Von meinen Eltern und Geschwistern in Antwerpen. Und er hat mir genau erklärt, was er mit jedem Einzelnen von ihnen anstellt, wenn ich wieder weglaufe. Ich habe ihm geglaubt. Er schien gar nicht wütend zu sein, im Gegenteil, er hat noch für mich gekocht. Es war ein sehr harmonischer Abend, nur dass ich mir vor Angst in die Hose gemacht habe.«

»Helfen Sie mir, damit Schluss zu machen?«

»Sagen Sie mir *Ihren* Grund!«

»Er hat eine Frau getötet, die ich sehr geliebt habe.«

Van t'Hoff nickte, sagte aber nichts.

Ich stand auf, tippte auf den Geldkoffer und schob ihn noch ein klein wenig in ihre Richtung.

»Ich hoffe, Sie haben einen gültigen Reisepass. Haben Sie eine Vorstellung, in welchem Winkel der Erde sie es ausgeben wollen?«

Sie schwieg eine Weile.

»Ja«, sagte sie, »Sansibar.«

Dreizehn

S*ie hat dir gesagt, wo sie hin will?* Helens Stimme klang ungläubig und entsetzt und schien sich gleichzeitig zu entfernen. *Und du hast es diesem Schwein erzählt? Warum, um Gottes willen?*

Weil ich es genossen habe, dachte ich, und weil ich gehofft habe, dass ihm das den Rest gibt. Stattdessen hatte ich Jaqueline van t'Hoff in den Tod geschickt. Ich wartete auf eine Antwort, auf eine Aburteilung, aber Helens Stimme war nicht mehr da.

Was genau hatte ich zu Morisaitte gesagt? *Indischer Ozean, vielleicht Sansibar. Wo es warm ist und die Farben leuchten.* Van t'Hoff war in Kenia ermordet worden, nicht in Sansibar, doch das war weder Trost noch Entschuldigung. Sansibar lag vor der kenianischen Küste, und sie hatte sich mit Sicherheit in den letzten zwei Jahren dort für längere Zeit aufgehalten. Die Spur einer schönen und wohlhabenden Europäerin nach Mombasa zu verfolgen, war wahrscheinlich für Morisaittes Leute kein allzu großes Problem gewesen, vor allem wenn diese Frau Kreditkarten mit ihrem eigenen Namen benutzte. Das hatte sie wahrscheinlich getan, denn schließlich war sie ja davon ausgegangen, in Sicherheit zu sein …

Ich konnte nicht mehr. Ich fühlte eine rasch aufsteigende Übelkeit und gleichzeitige Atemnot und hatte Mühe, von der Bank hochzukommen. Der Schweiß auf meiner Stirn lief mir in die Augen, und mein Nacken verkrampfte sich. Die letzte große Panikattacke hatte ich vor mehr als zwei Jahren auf der Überfahrt nach Lettland gehabt. Diesmal war es schlimmer. Das Gefühl der Schuld, die Gewissheit, Jaqueline van t'Hoff verraten zu haben, und die Angst vor Yves Morisaitte umklammerten meinen Magen mit eiserner Faust und drückten seinen Inhalt nach oben. Ich schaute mich rasch um und schleppte mich weg von den Gräbern hinter eine dicke Ulme, wo ich mich übergab – immer und immer wieder.

Vierzehn

Wie kann man in einem solchen Restaurant nur so finster drauf sein? Du musst etwas essen«, befahl Anna.

Ich schüttelte den Kopf und bestellte eine Flasche Wein. Kein Gedanke an Essen – mein Plan war, mich zu betrinken. Wir hatten uns wie abgemacht am frühen Abend vor der Tiefgarage wieder getroffen, und es war Annas Idee gewesen, der Einfachheit halber im noblen Restaurant des Hotels zu essen.

»Hast du dir die Preise angesehen?«, fragte ich mürrisch.

»Ach was, wenn Meiners das Hotel bezahlt, können wir doch beim Essen zuschlagen!«

»Genau!«, sagte Elena.

Die beiden schienen sich glänzend zu verstehen.

»Unsere Zimmer sind bis morgen früh bezahlt, um zehn Uhr müssen wir raus.«

»Länger wäre ich sowieso nicht geblieben«, sagte Anna

patzig, »wenn die Herrschaften was von uns wollen, sollen sie damit herausrücken. Falls die das bis morgen nicht auf die Reihe kriegen, haben sie Pech gehabt. Aber jetzt schauen wir erst mal, was es zu essen gibt.«

Nach einigem Hin und Her bestellten Anna und Elena Lachs-Carpaccio und Milchlamm auf römische Art mit Rosmarinkartoffeln und ließen das Dessert noch offen.

»Wir haben eine Menge gesehen von der Stadt«, sagte Elena schmunzelnd, »aber St. Pauli und die Reeperbahn waren eine Enttäuschung, zumindest tagsüber.«

»Alles ziemlich schmuddelig, überlaufen und ungefähr so sündig wie die feuchten Träume meiner Oma«, stimmte Anna zu. »Muss wohl an der Pornoindustrie und am Internet liegen, dass einem der ganze Kiez so bieder und altmodisch vorkommt. Ich meine, was können die schon zeigen, was sich nicht jeder Jugendliche heutzutage auf sein Handy runterladen kann?«

»Livesex-Shows«, sagte Elena und grinste. Anna nickte fröhlich und schaute zu mir.

»Wie geht es Mischka?«, fragte sie.

»Keine Ahnung, er ist im Urlaub.«

Sie hob fragend die Augenbrauen.

»Ich war auf dem Friedhof.«

Annas Grinsen erlosch.

»Das hätte ich mir denken können.«

Sie schenkte mir noch ein Glas Wein ein und stellte die Flasche außerhalb meiner Reichweite neben Elenas Teller.

»Was soll das jetzt?«

»Ich weiß sehr genau, wie du dich fühlst, weil ich genau weiß, warum *ich nicht* auf Friedhöfe gehe. Helen verzeiht mir das. Doch für Trauerarbeit mit der Weinflasche haben wir jetzt keine Zeit. Wir brauchen dich mit klarem Kopf. Nicht wegen der Tschetschenen, sondern wegen Helens Mörder. Was in dieser Fahrrinne passiert, können wir sowieso nicht mehr beeinflussen, da kümmern sich jetzt andere drum. Aber ich habe eine Scheißangst vor Morisaitte. Wenn der tot ist, kannst du dich meinetwegen betrinken. Wochenlang, wenn es sein muss. Heute Abend nicht!«

Ich sah Anna an. Ihr schmales, hübsches Gesicht mit dem entschlossenen, rechthaberischen Zug um den Mund und den vor Ärger bebenden Nasenflügeln hatte sich so nahe vor meines geschoben, dass ich ihren Atem riechen konnte. Und sie sprach mit Helens Stimme. Als ich sie kennenlernte, hatte mich die verblüffende Ähnlichkeit ihrer Stimme mit der ihrer Schwester fasziniert. Jetzt ging sie mir in einer Weise auf die Nerven, die ich nicht für möglich gehalten hatte.

»Du weißt immer genau, was zu tun ist, nicht wahr?«, sagte ich giftig. »Wann die Bullen gerufen werden, wer von uns beiden klar denken kann und wann ich trinken darf. Schon vergessen, wie oft *du* es geschafft hast, dich ganz *ohne* Alkohol in die Scheiße zu reiten?«

Elenas Blick wanderte erschrocken zwischen Anna und mir hin und her, diese ließ die Gemeinheit jedoch einfach an sich abperlen.

»Du musst was essen«, sagte sie.

Ich schwieg verstockt. Anna öffnete noch einmal die Speisekarte.

»Die haben hier argentinische Steaks«, sagte sie und rollte begeistert mit den Augen, »Riesendinger, zwar teuer ...« Ihr Handy klingelte. Anna fummelte es umständlich aus ihrer Jackentasche und schaute auf das Display.

»Meiners«, sagte sie.

Sie meldete sich, hörte einen Augenblick konzentriert zu und schaute schließlich Elena und mich an.

»Können wir morgen früh um zehn Uhr in Cuxhaven sein?«

Wir nickten.

»Geht klar«, sagte Anna in den Hörer und lächelte, »ja, ich freue mich auch.« Damit legte sie auf.

Meine schlechte Laune war wie weggeblasen.

»Hey, was läuft da denn?«

Anna zuckte mit den Schultern und grinste.

»Der ist zu alt für dich!«, behauptete Elena.

»Wie kannst du das wissen?«

»Na ja«, sagte ich, »ein Blick in den Ausweis könnte helfen.«

Anna lächelte immer noch versonnen, knüllte ihre Serviette zusammen und warf sie mir an den Kopf. Dann winkte sie den Kellner heran und deutete auf mich.

»Der Herr möchte doch etwas essen. Ein großes Steak, Folienkartoffeln und Salat.«

Der Kellner drehte seinen Kopf zu mir und zog blasiert die Augenbrauen hoch.

»Okay«, sagte ich.

Fünfzehn

10. September

»Kuckshafen, Koogshafen oder Cuxhaven, es hat etliche hundert Jahre gedauert, bis der heutige Name der Stadt feststand, aber alle Versionen leiten sich vom niederdeutschen und skandinavischen Wort »koog« ab, was so viel wie eingedeichtes Land bedeutet«, sagte Anna, während wir nach Cuxhaven hineinfuhren.

Sie saß auf dem Beifahrersitz, blätterte in ihrem Reiseführer und war glänzend aufgelegt. Getreu ihrer Devise, nirgendwo hinzufahren, ohne sich vorher zu informieren, hatte sie uns auf der Fahrt mit einer launigen Kurzfassung der Cuxhavener Stadtgeschichte gequält und war jetzt beim historischen Ursprung angelangt.

»Die halbinselartige Randlage an Nordsee und Elbmündung bescherte dem Ort im Mittelalter einen langen, weltabgeschiedenen Dämmerschlaf. Der hätte wahrscheinlich bis heute angedauert, wenn das Rittergeschlecht der Lappes, das dort damals den Ton angab, sich nicht mit den Hamburgern angelegt hätte. Die waren es nämlich leid, dass die Herren Ritter ihren Lebensunterhalt durch Strandräuberei und Überfälle auf Hamburger Schiffe aufbesserten, und machten dem Spuk 1392 mit ein paar hundert Bewaffneten ein Ende. Danach kam das ganze Land für satte 500 Jahre unter Hamburger Herrschaft. Aus der Raubritterburg wurde das *Amt Ritzebüttel*, wo jetzt Hamburger Senatoren den Eingeborenen hanseatische Lebensart einbläuten. Im Jahr 1907 erhielt Cuxhaven das Stadtrecht, blieb aber auch weiterhin eng mit Hamburg verbunden. So waren bis 1993 der Amerika-Hafen und das Steubenhöft Hamburger Eigentum, obwohl sie zum Cuxhavener Stadtgebiet gehören, und eine Revierwache der Hamburger Wasserschutzpolizei befindet sich noch immer in Cuxhaven. Ein ganz schöner Kuddelmuddel, oder?«

Anna lachte und klappte ihren Reiseführer zu. Ich sah im Rückspiegel, wie Elena genervt mit den Augen rollte. Immerhin waren wir pünktlich. Ich parkte Meiners' Auto um zehn Uhr am Gebäude der Wasser- und Schifffahrtsverwaltung nahe dem Cuxhavener Fährhafen, wo das Maritime Sicherheitszentrum untergebracht war.

Der Vorabend war noch einigermaßen harmonisch zu Ende gegangen. Das Steak schmeckte fantastisch, und Anna hatte meinen Versuch, mich zu entschuldigen, mit einer großzügig lässigen Geste abgetan.

»Vergiss es. Jetzt weißt du jedenfalls, warum *ich niemals* auf Friedhöfe gehe!«

Das Wetter in Cuxhaven war grau und diesig, und es war deutlich kühler geworden. Meiners erwartete uns oben an der Treppe, die zu dem großen braunen Gebäude hinaufführt. Ich sah die Kameras und registrierte, dass das gesamte Areal um das WSA, wie die Cuxhavener ihr Wasser- und Schifffahrtsamt nennen, videoüberwacht war.

»Gut, dass ihr da seid«, sagte Meiners, »die warten schon.«

Er führte uns in einen nüchtern eingerichteten Konferenzraum, wo an einem großen ovalen Tisch bereits eine Gruppe von Männern saß, die sich leise unterhielten. Meiners stellte uns vor und wies mit einer entsprechenden Geste in die Runde.

»Also, ich fange mal von links an: Arne Skerning und Ole Bengtson von der dänischen Küstenwache, neben ihnen Hannes Monk vom Havariekommando, Kornelius Regner vom Wasser- und Schifffahrtsamt und Oberkommissar Hartmann von der Bundespolizei. Nils Vohrmann kennt ihr schon. Der Herr neben ihm heißt Maybauer und ist vom Bundesnachrichtendienst. Wir haben auch die russische Botschaft in Berlin benachrichtigt, aber die haben bisher nichts von sich hören lassen.«

Wir setzten uns auf die noch freien Plätze, und alle sahen uns erwartungsvoll an. Die beiden Dänen lächelten freundlich. Skerning und Bengtson waren sehr groß, blond und beleibt. Sie hätten Brüder sein können, und beide hatten eine erstaunliche Ähnlichkeit mit dem schwedischen Schauspieler Rolf Lassgård, der in den Verfilmungen der Romane von Henning Mankell den wahrscheinlich besten Kurt Wallander abgegeben hatte. Maybauer vom BND hingegen war klein, dunkelhaarig und unrasiert und machte einen nervösen und übernächtigten Eindruck.

Meiners ergriff noch einmal das Wort.

»Also, dies ist ein informelles Treffen, und es beruht, wenn Sie so wollen, auf Vertrauen. Sie alle sind hierher gekommen, weil Hannes Monk vom Havariekommando Sie darum gebeten hat, und weil Sie wissen, dass er sich keinen Blödsinn aus den Fingern saugt. Und Hannes Monk wiederum hat diesen Termin arrangiert, weil er darauf vertraut, dass ich die Glaubwürdigkeit einer Informantin beurteilen kann. Je nachdem, wie unsere Einschätzung ausfällt, werden wir weitere Schritte einleiten. Ich möchte deshalb damit beginnen, dass Frau Bakarova mit ihren eigenen Worten erzählt, was sie von Chasimikow erfahren hat.«

Elena räusperte sich und berichtete darauf mit fester Stimme, wie sie Ediew Chasimikow vor dem Haus ihres Schwiegervaters in Ventspils getroffen und was genau er gesagt hatte, und sie vergaß auch die beiden Anschläge auf sie selbst nicht.

Als sie geendet hatte, herrschte zunächst Schweigen. Dann fasste Nils Vohrmann die Überlegungen und Schlussfolgerungen zusammen, die er mit Paulsen und Wenger hinsichtlich Zeit und Ort des Anschlages angestellt hatte. Maybauer kratzte unschlüssig seinen Dreitagebart und gab ein ungeduldiges Knurren von sich.

»Also, das ist schon alles ziemlich spekulativ, oder? Auch was Herr Vohrmann vorgetragen hat. Und Sie«, sagte er zu Elena gewandt, »hätten den Mordanschlag im Zug den Behörden melden müssen! Egal. Ich danke Ihnen jedenfalls, dass Sie hierher gekommen sind. Haben Sie diesem Chasimikow sofort geglaubt?«

»Erst nicht, später schon. Seine Enttäuschung war echt, und warum hätte er mit seinem letzten Geld nach Ventspils kommen sollen, nur um meinem Schwiegervater eine komplizierte Lüge zu erzählen.«

»Da ist was dran«, sagte Monk, »und die beiden Anschläge auf Frau Bakarova, für die es ja Zeugen gibt, sprechen ebenfalls für den Wahrheitsgehalt der Geschichte.«

Der Mann vom Havariekommando war ein langer, sehniger Typ mit Vollbart und Rollkragenpullover, den man sich nur schwer in einem Büro vorstellen konnte. Er war mir auf Anhieb sympathisch, was man von Maybauer nicht behaupten konnte. Die Art, wie er Elena ansah, gefiel mir gar nicht.

»Ich zweifle nicht an der persönlichen Glaubwürdigkeit

von Frau Bakarova«, sagte Maybauer, »und die Gefahr des maritimen Terrorismus nehmen wir sehr ernst. Es gibt viele Experten, die befürchten, dass ein neuer großer Terroranschlag das nächste Mal auf See stattfinden könnte – nach den Gebäudesymbolen von 2001, den Zugattacken von Madrid und den U-Bahn-Attentaten von London. Doch ich glaube nicht an tschetschenische Attentäter, und zwar aus einem einfachen Grund: Die Separatisten im Kaukasus wollen einen eigenen, von Moskau unabhängigen Staat, und dabei spekulieren sie auf die Unterstützung des Westens. Sie würden keinen Anschlag planen, der ihnen diese Unterstützung für immer rauben würde.«

»Es tut mir leid, da sind Sie nicht auf dem neuesten Stand«, sagte Elena, »die Situation im Kaukasus hat sich grundlegend gewandelt.«

Maybauer schaute sie verdutzt an, und Anna nutzte die Gelegenheit, um sich einzumischen.

»Frau Bakarova hat sich als Politologin sehr eingehend mit Tschetschenien beschäftigt. Warum nutzen wir nicht die Chance, eine Expertin am Tisch zu haben, und hören ihr einfach zu!«

»Gut«, sagte Regner, »klären Sie uns auf! Was für Leute sind das da unten?«

Auch Maybauer nickte mürrisch.

»Zunächst einmal muss man wissen«, begann Elena, »dass der tschetschenische Islam noch relativ jung ist. Die Islamisierung dort begann erst im 18. Jahrhundert. Des Weiteren ist die Religion in Tschetschenien eine sehr eigentümliche Verbindung mit uralten Traditionen eingegangen, die seit Jahrhunderten das Leben der Stämme bestimmen und die vorrangig um Familie, Nachbarschaft und Dorfgemeinschaft kreisen. Diese Vorstellungswelt ist ziemlich kompliziert und für uns Westler schwer nachzuvollziehen, ich versuche es mal mit einer vereinfachten Version.

Also, Tschetschenen sind Sufiten, die zusammengeschlossen in sufitischen Bruderschaften, den sogenannten Wirden, leben. Ein Wird ist eine Art Glaubensversammlung, die von einem Ustad, einem Glaubenslehrer – meistens ein Scheich –, geleitet wird. Der Ustad gibt sein geistliches Wissen an die normalen Gemeindemitglieder weiter. Zentraler Gedanke in der sufitischen Auslegung ist, dass das Ich ohne Bedeutung ist und sich dem Gemeinsamen unterordnen muss.«

»Klingt ziemlich archaisch«, sagte Bengtson, »ich habe mal einen Kulturfilm über den Kaukasus gesehen, wo die Mitglieder eines Klans stundenlang im Kreis herumgelaufen sind.«

»Ja, das sind rituelle Beschwörungsgebete, sogenannte Sikren, die das Ich von Ängsten und unguten Wünschen befreien sollen.«

»Wie viele von diesen Klans gibt es denn?«, fragte Maybauer.

»Oh, eine ganze Reihe, also es gibt ein paar große und etliche kleinere Gemeinschaften. Politisch einflussreich sind zum Beispiel der Tschin-Mirsa-Wird, der Wis-Hadschi-Wird und der Deni-Arsanow-Wird. Als die Sowjetunion unterging, hatte der Islam in Tschetschenien jedenfalls eine sehr eigenständige Ausprägung, es war ein freier, aufsässiger Islam mit einer sehr eigenwilligen Auslegung der Lehren …«

»Ja, das ist alles hochinteressant«, unterbrach sie Maybauer, »aber wir sind hier nicht in einem religionssoziologischen Seminar. Entscheidend ist die Frage, ob diese Leute nur gegen Russland sind oder das Zeug zu globalem Terrorismus haben.

Wenn ich Sie richtig verstanden habe, sind Sie ebenfalls der Meinung, dass es keine fanatischen Fundamentalisten sind.«

»Wenn Sie sich einen Augenblick gedulden können, erkläre ich es Ihnen.«

Maybauer sah jetzt demonstrativ auf seine Armbanduhr, und ich fragte mich, wie lange Elena es noch schaffte, so ruhig zu bleiben.

»Also, natürlich hat der Islam durch die beiden Kriege einen höheren Zulauf an Gläubigen gehabt, doch eine tatsächliche religiöse Radikalisierung entstand durch die Wahhabiten, die zwischen den Kriegen in den Kaukasus kamen und die reine Lehre des Islam predigten. Selbstverständlich wissen Sie, was Wahhabiten sind, oder?«

»Irgendwelche religiösen Spinner?«, fragte Maybauer.

»Ja«, erwiderte Elena kalt und schaffte es, mit ihrem russischen Akzent einen feinen stalinistischen Unterton zu produzieren, »das sind die Sorte Spinner, die in Saudi-Arabien den Ton angeben. Bin Laden kommt von dort. Wenigstens das werden Sie wahrscheinlich wissen.«

Maybauer wurde rot und trommelte wütend mit den Fingerspitzen auf der Tischplatte herum.

»Ich glaube nicht, dass ich mir von Ihnen diesen Ton gefallen …«

»Lassen Sie den Quatsch«, unterbrach ihn Arne Skerning, »ich will wissen, was sie zu sagen hat, weil ich nämlich von dem, was sie offenbar weiß, überhaupt noch nie etwas gehört habe.«

Elena schaute in die Runde, und als alle nickten, machte sie weiter.

»Diese Wahhabiten sind in den letzten Jahren immer stärker geworden. Tatsache ist, dass sich der Widerstand in

Tschetschenien mittlerweile gespalten hat. Den Separatisten, denen es um Unabhängigkeit von Moskau geht, steht eine große Gruppe islamischer Extremisten gegenüber, die einen Gottesstaat errichten wollen. Der soll den gesamten Nordkaukasus umfassen, also auch die Teilrepubliken Dagestan und Inguschien. Der Führer dieser Bewegung ist ein gewisser Doku Umarow. Angeblich hat er eine tausend Mann starke Guerillatruppe hinter sich. Sein Propagandachef hat verkündet, man kämpfe nicht mehr für Demokratie in Tschetschenien, sondern für die Scharia im Kaukasus. Also, um es kurz zu machen: Zu diesen Leuten würde sehr wohl ein Anschlag passen, der sich gegen Russland richtet und zugleich die verhassten westlichen Wohlstandsgesellschaften trifft.«

»Scheiße!«, knurrte Bengtson.

Niemand widersprach ihm.

»Und du denkst, die haben auch die technischen und logistischen Möglichkeiten für einen maritimen Terroranschlag?«, fragte schließlich Nils Vohrmann.

Elena zuckte mit den Schultern.

»Warum nicht? Bei der überall herrschenden Korruption in Russland? Die Geiselnehmer von Beslan hatten auch modernste Waffen aus Armeebeständen.«

»Okay«, begann Arne Skerning, »also nehmen wir einmal an, es ist alles genau so, wie Frau Bakarova sagt. Es gibt diese Gruppierung, es gibt den Plan, und am 11. September findet ein Angriff auf einen russischen Öltanker in der Kadetrinne statt. Wie soll man sich einen derartigen Angriff denn vorstellen?«

»Nun«, antwortete Hartmann, »Sie werden es nicht glauben, aber es gibt eine Art Masterplan für solche Anschläge, vom *Prinzen der Meere* persönlich.«

Alle Augen richteten sich auf den Mann von der Bundespolizei, der bisher geschwiegen hatte. Er war groß, athletisch gebaut und sah mit seinem kantigen Gesicht und dem Bürstenhaarschnitt aus wie der Anführer einer Spezialeinheit aus einem Hollywood-Film. Anna schien die gleiche Assoziation zu haben und schob ihren Kopf dicht an mein Ohr.

»GSG 9«, flüsterte sie und ich konnte ihr Grinsen praktisch hören.

»Der *Prinz der Meere* sitzt in Guantánamo«, sagte Maybauer mürrisch.

»Wer zum Teufel ist das?«, fragte Regner.

»Abd al-Rahim al-Nashiri, ein Terrorist aus Saudi-Arabien«, erklärte Hartmann, »in Islamistenkreisen ehrfurchtsvoll *Prinz der Meere* genannt. Ein enger Vertrauter von bin Laden. Hat sich in dessen Auftrag ein Konzept für Terroranschläge auf See ausgedacht. Von ihm war der Plan, mit einem Kleinboot voller Sprengstoff große Schiffe zu rammen. Erfolgreich praktiziert beim Angriff auf die USS Cole im Jahr 2000 und den französischen Öltanker Limburg 2002 vor der jemenitischen Küste. Er hat auch noch drei andere Vorschläge: der Einsatz von Tauchern, die Sprengladungen am Schiffsrumpf anbringen, kleine, mit Sprengstoff beladene Flugzeuge, die sich auf Schiffe herabstürzen, und schließlich das Kapern großer Schiffe, um sie als Waffe gegen andere Schiffe einzusetzen.«

»Welche dieser Methoden könnte denn in der Kadetrinne zum Einsatz kommen?«, fragte Bengtson.

»Mit etwas Erfindungsgeist? Alle!«, sagte Hartmann.

Sechzehn

Niemand sprach. Hartmanns Schlussbemerkung stand im Raum wie eine düstere, nostradamische Prophezeiung. Schließlich gab Maybauer ein unwilliges Grunzen von sich.

»Also, zumindest die Idee mit den kleinen, mit Sprengstoff beladenen Flugzeugen sollten wir doch wohl vereiteln können! Wir sperren an dem Tag den gesamten niedrigen Luftraum über der Mecklenburger Bucht für Sportflugzeuge aller Art, und die Sache hat sich.«

Hartmann schüttelte zweifelnd den Kopf.

»So einfach ist das nicht. Natürlich können wir ein Flugverbot verhängen, aber warum sollte sich eine Crew von Selbstmordattentätern daran halten? Was ist, wenn sie es schaffen, irgendwo in Mecklenburg-Vorpommern eine Cessna zu starten, und einfach in den Luftraum eindringen? Wie wollen Sie das Flugverbot durchsetzen? Wollen Sie eine Jagdfliegerstaffel in Bereitschaft halten, die dann eine fliegende Bombe über einem dicht befahrenen Seegebiet abschießt?«

»Notfalls, ja«, sagte Maybauer, »und das kriege ich sogar von oben abgesegnet.«

»Sie haben keine Ahnung, wovon Sie reden«, erwiderte Hartmann verächtlich.

»Das reicht jetzt!« Das Gesicht von Hannes Monk hatte sich vor Ärger gerötet, und er schien Mühe zu haben, auf seinem Stuhl sitzen zu bleiben. »Wenn ich eine Testosteron-Party haben will, treffe ich mich mit meinen Söhnen! Also reißen Sie sich zusammen!«

Anna und Elena grinsten schadenfroh, und ich warf ihnen einen warnenden Blick zu. Maybauer starrte wütend auf die Tischplatte vor sich, hatte jedoch offenbar nicht die Absicht, die Autorität von Monk in dieser Runde infrage zu stellen.

»Lassen Sie uns noch einmal zusammenfassen, was die Terroristen erreichen wollen«, sagte Meiners, »vielleicht ergibt sich daraus ein Hinweis auf die Methode. Also, die Sprengung und Versenkung eines russischen Öltankers in internationalen Gewässern ist ein Schlag von hoher Symbolkraft gegen Russland. Er verkündet die Botschaft aller Terroristen, die da heißt: Ihr werdet niemals sicher sein! Auch die Wahl des Zeitpunktes ist ein Symbol. Das Datum steht für die maximale Demütigung einer Großmacht, und der Gedanke, eine solche Demütigung an genau diesem Tag den Russen zuzufügen, hat ihnen ganz offensichtlich gefallen. Zweitens richtet sich das Attentat mit der einkalkulierten ökologischen Katastrophe gegen Dänemark und Deutschland, zwei aus unterschiedlichen Gründen verhasste Länder. Aber beide Aspekte sind im Grunde von geringer Bedeutung im Vergleich zu dem Schlag, der die westlichen Wohlstandsgesellschaften insgesamt trifft. Wenn sie es schaffen, eine Wasserstraße wie die Kadetrinne zu blockieren, würde das die internationale Wirtschaft bis ins Mark treffen.«

»Inwiefern?«, fragte Bengtson.

»Nun, fünfundneunzig Prozent des weltweiten Handels werden schon jetzt über die Meere abgewickelt. Würde das Vertrauen der Weltwirtschaft in den Seeverkehr massiv gestört, hätte das für die globalen Wirtschaftsbeziehungen katastrophale Folgen – und für ein exportorientiertes Land wie Deutschland erst recht.«

»Meinen Sie wirklich, die denken so?«, fragte Maybauer.

»Warum nicht?«, konterte Meiners, »wenn ich diesen Gedanken hinkriege … besonders schwer ist er ja nicht.«

Es war unüberhörbar, dass die allgemeine Stimmung sich langsam gegen Maybauer drehte.

»Meiners hat recht«, mischte sich jetzt Nils Vohrmann ein, »und die Frage, ob die Terroristen wirklich so denken, ist dabei völlig unerheblich. Die Verstopfung einer internationalen Fahrrinne würde gigantische Kosten verursachen, von den psychologischen Auswirkungen auf den globalen Warenverkehr ganz zu schweigen.«

»Von der Kadetrinne einmal abgesehen, um welche Fahrrinnen geht es denn noch?«, fragte Anna. Alle Augen richteten sich erneut auf Vohrmann, der darüber nachzudenken schien, wie weit er ausholen sollte.

»Na ja«, sagte er schließlich, »es gibt eine ganze Reihe wichtiger Seewege, die derart eng sind, dass man dort mit einer Blockade die Weltwirtschaft aus den Angeln heben könnte. Der Suezkanal gehört dazu, der Panamakanal, der Bosporus, die Straße von Malakka, die Straße von Hormus … tja, und natürlich die Kadetrinne. Häufig sind diese Flaschenhälse so schmal, dass die eigentliche Fahrrinne nur einen oder zwei Kilometer misst. Einen großen Tanker quer gelegt und versenkt, und sie haben ihren Super-Stau.

Nehmen Sie als Beispiel die Straße von Malakka im Westen Malaysias: achthundert Kilometer lang und an ihrer engsten Stelle bloß etwas mehr als zwei Kilometer breit. Fünfzigtausend geschätzte Durchfahrten pro Jahr. Durch diese Fahrrinne werden täglich rund zehn Millionen Barrel Rohöl transportiert. Wenn sie hier eine Blockade platzieren, würde es für die Eigner und Handelsunternehmen extrem teuer, denn die Frachtschiffe hätten nun einen Umweg von weit mehr als tausend Kilometern zu bewältigen. Für die energiehungrigen Volkswirtschaften Asiens eine Katastrophe.«

»Also ich weiß nicht«, sagte Anna, »ist das nicht ein ziemlich aufgebauschtes Horrorszenario? Meine Güte, was für ein Aufwand. Wenn sie schon ein Schiff angreifen wollen, warum dann auf dem Meer? Warum nicht in einem Hafen? Ist einfacher und richtet jede Menge Schaden an!«

»Nein«, sagte Vohrmann geduldig, »das ist überhaupt kein aufgebauschtes Horrorszenario. Gerade in der Straße von Malakka hat es bereits mehrere Überfälle gegeben, bei denen die Täter nicht auf Beute aus waren, sondern das Schiff unter ihre Kontrolle brachten, um dann in aller Ruhe das Navigieren bei verschiedenen Geschwindigkeiten zu trainieren. Danach sind sie einfach wieder abgehauen. Was glaubst du wohl, was die vorhaben?«

»Was Anna über die Häfen gesagt hat, stimmt – aber eben auch nur zum Teil«, sagte Meiners und sah sie direkt an. »Sie eignen sich ausgezeichnet für einen Terroranschlag, weil die Schäden gewaltig sind. Nach amerikanischen Berechnungen würde schon eine zehntägige Schließung der Häfen von Los Angeles und Long Beach infolge eines Terroranschlages die US-Volkswirtschaft mehr als eine halbe Milliarde Dollar kosten, von den psychologischen Folgekosten mal ganz abgesehen. Die Sache hat aber einen entscheidenden Haken: Die Häfen haben ihre Sicherheit inzwischen enorm verbessert.

Nimm beispielsweise den Hamburger Hafen. Da wissen die Behörden schon, wer in die Elbe einläuft, wenn das Schiff noch hundert Kilometer weit draußen auf See ist. Die Schiffe müssen sich in dem sogenannten Point of Contact, der hier bei uns im Wasser- und Schifffahrtsamt ist, vierundzwanzig

Stunden vorher anmelden. Kapitäne brauchen heutzutage für die Kommunikation mit den Behörden ein persönliches Passwort und müssen einen detaillierten Reiseplan vorlegen, aus dem hervorgeht, wie groß ihr Schiff ist, welche Fracht es an Bord hat, woher es kommt und wohin es will. Diese Informationen haben die Hafenbehörden auf ihren Monitoren, lange bevor ein Schiff in einen Hafen einläuft.«

»Wie im Luftverkehr?«, fragte Anna.

»Genau«, sagte Arne Skerning, »das meiste davon haben die Amerikaner durchgesetzt. Die sind da seit dem 11. September absolut knallhart. Wer mit den USA Handel treiben will, muss seit 2004 im Rahmen eines ISPS-Codes verschärfte Sicherheitsstandards erfüllen, und die haben es in sich. Es dürfen jetzt nur noch Schiffe, die aus zertifizierten Häfen kommen, die US-Küste überhaupt ansteuern. Für deutsche Häfen wie Hamburg oder Bremerhaven bedeutet das, dass sie sich verpflichten müssen, sämtliche Zugänge zu Schiffen und Terminals zu überwachen sowie Waren und Personen streng zu kontrollieren. Also wenn ich ein Terrorist wäre, würde ich es auch auf dem Meer probieren!«

»Gut«, sagte Regner, »doch geben uns diese Überlegungen nun einen Hinweis auf die Art des Anschlags?«

Meiners zuckte mit den Achseln.

»Nein, aber ich denke, wir können sagen, wie sich aus der Sicht der Terroristen Erfolg definiert.«

»Ja«, sagte Hartmann, »ich glaube, Sie haben recht. Es geht nicht lediglich um eine Havarie oder eine ökologische Katastrophe: Wirklich erfolgreich ist der Anschlag, wenn sie es schaffen, einen Tanker quer zur Fahrrinne zu versenken.«

Arne Skerning murmelte einen Schwall von Wörtern, deren obszöner Charakter sich ganz ohne dänische Sprachkenntnisse erschloss. Es klopfte leise an der Tür, eine Frau in mittleren Jahren betrat den Raum, beugte sich zu Hannes Monk hinunter und flüsterte ihm etwas ins Ohr. Monk nickte und schaute in die Runde.

»Die russische Botschaft hat sich gemeldet. Sie schicken jemanden hierher, der ihre Sicht der Dinge vermittelt, wie es so schön hieß. Einen Handelsattaché namens Anatol Grygoriew.«

Bei der Nennung des Namens legte Elena ihre Hand auf meine und drückte sie erschrocken. Niemand außer mir bemerkte es.

»Wir werden uns also vertagen und treffen uns heute Nachmittag um 15 Uhr wieder. Ole Petersen vom Verband der See- und Hafenlotsen wird auch dazustoßen.«

Alle Anwesenden nickten erfreut, und Anna strahlte. Als wir Petersen vor zwei Jahren kennengelernt hatten, war sie vom ersten Moment an fasziniert von ihm. *Heilige Scheiße, sieht der gut aus*, hatte sie mir zugeflüstert.

»Ich denke, wir können im weiteren Fortgang auf Dr. Nyström und die beiden Damen in seiner Begleitung verzichten«, tönte Maybauer in das allgemeine Gemurmel hinein. »Was sie uns mitteilen wollten, wissen wir jetzt, und was in diesem Gremium beschlossen wird, berührt die Sicherheit der Bundesrepublik Deutschland und unterliegt in jedem Fall der Geheimhaltung.«

Das hatte ich befürchtet. Wir waren schließlich bloß Zivilpersonen, die ihre staatsbürgerliche Pflicht erfüllt und ein geplantes Verbrechen angezeigt hatten. Welche Maßnahmen jetzt auch immer ergriffen wurden, war Sache der Behörden und ihrer Spezialisten. Trotzdem war ich enttäuscht – und nicht nur ich. Elena blickte ungläubig in die Runde, während Anna Maybauer wütend anstarrte. Dieser starrte ungerührt zurück. Meiners schien intensiv nachzudenken und traf schließlich eine Entscheidung.

»Nein«, sagte er und sah dabei fragend zu Monk hinüber, »wir sollten sie dabeihaben, und zwar als externe Berater – oder wie immer Sie das offiziell deklarieren wollen. Elena Bakarova kennt den Fall vom ersten Augenblick an und besitzt detaillierte Kenntnisse über den Hintergrund der Attentäter. Außerdem spricht sie als Einzige in dieser Runde fließend Russisch. Es wäre kontraproduktiv, sie aus dem Beraterstab auszuschließen. Für die Integrität und Verschwiegenheit von Nyström und Jonas bürge ich persönlich. Meinetwegen lassen Sie sie eine entsprechende Erklärung unterschreiben.«

Monk nickte.

»Das ist absolut unprofessionell und gegen alle Regeln«, sagte Maybauer kalt.

»Blödsinn«, antwortete Ole Bengtson, »externe Berater aus allen möglichen Berufsgruppen werden sogar bei polizeilichen Ermittlungen hinzugezogen, wie Sie wissen. Außerdem geht es hier nicht nur um die Belange der Bundesrepublik, sondern ebenfalls um dänische Interessen. Wir wollen, dass die drei dabei sind!«

»Ich muss telefonieren«, sagte Maybauer.

»Ja«, erwiderte Bengtson, »tun Sie das. Und vergessen Sie nicht, auch in Kopenhagen anzurufen!«

Siebzehn

Wir traten mit Meiners zusammen hinaus in den Nieselregen. Anna hängte sich ohne große Umstände bei ihm ein und funkelte ihn fröhlich an.

»Danke«, sagte sie, »das hast du gut hingekriegt!«

»Jederzeit«, sagte Meiners, »so ein blödes Arschloch!«

»Nein«, sagte Elena, und wir schauten sie überrascht an, »der macht auch einfach seine Arbeit. Er ist eben ein professioneller Geheimniskrämer. Wenn ihr ein richtiges Arschloch kennenlernen wollt, wartet, bis ihr Grygoriew seht.«

»Du kennst den?«, fragte ich verblüfft.

»Nicht persönlich, und vielleicht handelt es sich um eine zufällige Namensgleichheit, aber wenn er der Anatol Grygoriew ist, den ich meine, ist er ein ziemlich übler Bursche. Von wegen Handelsattaché.«

»Wie meinst du das?«

»Wenn ich recht habe, ist das kein Diplomat, sondern ein Geheimdienstler, was keinesfalls ungewöhnlich ist. Wisst ihr, was GRU bedeutet? Die Abkürzung steht für ›Glawnoje raswedywatelnoje uprawlenije‹. Hauptverwaltung Aufklärung des Generalstabes. Das ist der militärische Nachrichtendienst, der direkt dem höchsten Militärkommando der Armee unterstellt war. Zuständig für Spionage im Ausland. Bei denen war Grygoriew ein großes Tier, und vielleicht ist er es immer noch.«

»Wie kommt es, dass du solche Dinge weißt?«

»So geheim ist das gar nicht. Der frühere Präsident Wladimir Putin leitete den Inlandsgeheimdienst FSB in der Zeit zwischen den beiden Tschetschenienkriegen, und das weiß in Russland jedes Kind. Angeblich spricht er besser Deutsch als ich!«

»Nein«, sagte ich, »tut er nicht, ich habe ihn mal im Fernsehen gehört«, und Elena lächelte zufrieden. Anna schaute nach oben in den regenschwangeren Himmel.

»Ich weiß ja nicht, was ihr vorhabt, aber Volker und ich wollten noch einen Spaziergang machen, bevor es richtig anfängt zu schütten.«

Meiners schien genauso überrascht zu sein, wie ich.

»Wann haben wir das denn beschlossen?«

»Blindes Verstehen!«, sagte Anna, nahm Meiners bei der Hand und zog ihn einfach hinter sich her.

»Wir treffen uns an der Alten Liebe!«, rief Meiners, der einen ausgesprochen zufriedenen Gesichtsausdruck zeigte. Elena sah den beiden nach und lächelte amüsiert.

»Wieso hat sie keinen Hunger?«, fragte sie.

»Hat sie!«

Elena quittierte meine Bemerkung mit einem hellen Lachen, sagte etwas Russisches, das ich nicht verstand, und fuhr auf Deutsch fort.

»Also, ich gebe mich mit einer warmen Mahlzeit zufrieden. Komm, lass uns die Stadt anschauen, ich glaube, hier gefällt es mir. Erinnert mich ein bisschen an Ventspils.«

In diesem Moment hörten wir eine Stimme hinter uns rufen, und als wir uns umdrehten, sahen wir Hannes Monk auf uns zukommen.

»Darf ich mich Ihnen anschließen?«, fragte er, »Sie wollen doch bestimmt auch irgendetwas essen?«

»Wir wollten vorher noch ein bisschen herumspazieren. Wissen Sie, wo die Alte Liebe ist?«

»Zeig ich Ihnen. Ich bin hier geboren.«

Als ich die Alte Liebe sah, wusste ich, dass ich sie schon auf zahlreichen Postkarten gesehen hatte, ohne mir allerdings den Namen zu merken. Es handelt sich um die stromseitige Begrenzung des Hafens von Cuxhaven am Elbfahrwasser. Auf einer fest verankerten Steinkonstruktion wurde ein zweistöckiger Pfahlbau errichtet, von dessen Galerie aus Besucher den Schiffsverkehr auf der Elbe beobachten können. Wir stiegen hinauf, lehnten uns über das in schmuckem Weiß gehaltene Geländer und genossen die Aussicht.

»Alte Liebe ist ein komischer Name für eine Aussichtsplattform«, sagte Elena und zeigte dabei beeindruckt auf ein riesiges Containerschiff, das stromaufwärts Richtung Hamburg fuhr.

»Ja«, sagte Monk und grinste, »ein kleiner plattdeutscher Witz. Das erste Strombauwerk, das die Hafeneinfahrt von der Elbe abgrenzte, entstand an dieser Stelle durch die Versenkung von drei ausgedienten, mit Steinen gefüllten Schiffen. Eines dieser Schiffe hieß Olivia, wurde von der Bevölkerung jedoch nur Oliv genannt. Und das entspricht phonetisch dem plattdeutschen Wort für ›alte Liebe‹.«

»Und der Name Monk«, fragte Elena, »ist das ebenfalls plattes Deutsch?«

»Nein«, lachte Monk, »das ist plattes Englisch – ich habe ein paar schottische Vorfahren.«

»Ich bin sehr neugierig auf das Wattenmeer«, sagte Elena, »so etwas gibt es bei uns nicht. Wollen wir nicht eine Wanderung machen? Anna hat erzählt, man könne zu Fuß zur Insel Neuwerk laufen.«

»Ja«, sagte Monk, »daher der Name. Das watend begehbare Meer. Es wird zweimal täglich während eines Hochwassers überflutet und fällt, wie man so schön sagt, während des

Niedrigwassers trocken. Diese trockenfallenden Flächen sind das Watt. Ihr könnt von Duhnen oder Sahlenburg aus nach Neuwerk laufen. Dauert etwa zweieinhalb Stunden. Aber bitte auf die Gezeiten achten!«

»Ist das wirklich so gefährlich?«, fragte Elena.

»Allerdings!«, sagte Monk kurz angebunden, und sein Tonfall ließ erahnen, dass er das für eine dumme Frage hielt. Doch schließlich waren wir ja nicht von hier, und so besann er sich eines Besseren. »Der Gezeitenwechsel findet durchschnittlich alle sechs Stunden und zwölf Minuten statt. Aber die Flut benötigt im Schnitt nur 85 Prozent der Zeit, in der die Ebbe abfließt, was bedeutet, dass die Flut wesentlich stärkere Strömungen aufweist. Das Wasser läuft schnell auf, und der Tidenhub bei Cuxhaven beträgt ungefähr 2,85 Meter. Selbstverständlich ist das gefährlich.«

»Kann man es denn verantworten, die Touristen da herumlaufen zu lassen?«, fragte Elena hartnäckig.

»Nun, die meisten Touristen nehmen an geführten Wanderungen teil, und wir haben an vielen Stellen im Watt stationäre Rettungsbaken aufgestellt, die Leuten, die von der Flut überrascht werden, als Zufluchtsort dienen. So eine Bake besteht aus einem stählernen Mast mit einem geschlossenen Metallgitterkorb an der Spitze, der über eine Bodenluke mit Leiter erreichbar ist. Es passen etwa sechs Leute hinein, und der Gitterkorb funktioniert bei Gewitter als faradayscher Käfig. In diesen Körben gibt es Decken, Proviant und Trinkwasser sowie Signalgeräte. Auf dem acht Kilometer langen Weg von Cuxhaven nach Neuwerk stehen sieben von diesen Rettungsbaken, es ist also für Wattwanderer sehr viel sicherer geworden.«

Elenas Neugier schien fürs Erste befriedigt zu sein, und

nach einem kleinen Rundgang verließen wir die Galerie und trafen unten auf Anna und Meiners, die uns durchnässt, jedoch gut gelaunt begrüßten. Gemeinsam schlenderten wir zu den Liegeplätzen der Helgoland-Fähre und der Ausflugsdampfer, welche die Fahrten zu den Seehundbänken anbieten, drängelten uns durch die in diesem Teil des Hafens besonders zahlreichen Touristen und aßen dann in einem schicken Restaurant mit Blick auf den Kai überteuerte, aber leckere Schollenfilets.

»Was passiert jetzt weiter?«, fragte Anna.

Hannes Monk zuckte mit den Achseln.

»Wir müssen erst hören, wie der Mann von der russischen Botschaft die Angelegenheit einschätzt. Schließlich handelt es sich um ein russisches Schiff, dem der potenzielle Anschlag gilt. Ansonsten werden wir alle nur erdenklichen Maßnahmen treffen, um auf die Katastrophe vorbereitet zu sein. Ökologisch, polizeilich und militärisch.«

»Könnte man die russischen Eigner nicht dazu bringen, die Kadetrinne an diesem Tag nicht zu passieren?«, fragte Anna.

»Diesen Vorschlag solltest du Grygoriew unbedingt machen. Ich sehe die Szene direkt vor mir«, sagte Elena sarkastisch.

»Wissen Sie, was die Abkürzung ETA bedeutet?«, fragte Monk.

»Euskadi Ta Askatasuna«, antwortete Elena wie aus der Pistole geschossen, »Baskenland und Freiheit. Eine linksextreme Splitterorganisation in Spanien.«

Anna nickte anerkennend.

»Zehn Semester Politikwissenschaft zahlen sich aus.«

»In diesem Fall nicht«, erklärte Monk, »im See- und Luftverkehr steht ETA nämlich für ›estimated time of arrival‹. Es ist die geschätzte Ankunftszeit eines Schiffes im Zielhafen. Wie die genau berechnet wird, braucht Sie nicht zu kümmern, aber auch heutzutage wird sie natürlich noch von Wind- und Wetterverhältnissen beeinflusst und stellt somit eine gewisse Unwägbarkeit dar. Diese geschätzte Ankunftszeit spielt eine außerordentlich wichtige Rolle in der Frachtschifffahrt. Sie wird nämlich geplant, verhandelt und festgelegt, und die Kapitäne setzen alles daran, sie auf keinen Fall zu überschreiten. Liegedauer, Hafengebühren, der Einsatz von Lotsen, die Vorbereitungen zum Löschen der Ladung, das Personal, die Kräne, alles ist vertraglich geregelt und genau geplant, und jede Stunde Überschreitung der ETA kostet Unsummen. Die Schiffe fahren unter ungeheurem Zeitdruck, und das erhöht natürlich die Bedenkenlosigkeit der Kapitäne und damit die Unfallrisiken. Frau Bakarova hat recht: Der Weg von der Ostsee in die Nordsee führt nun einmal durch die Kadetrinne, und keines der russischen Tankschiffe wird seinen Kurs ändern, ich glaube, selbst dann nicht, wenn der Befehl aus Moskau käme.«

»Wollen Sie damit sagen, es gibt überhaupt keine Möglichkeit, eine eventuelle Katastrophe zu verhindern?«, fragte Anna ungläubig.

»Wenn ich eine wüsste, würde ich sie Ihnen sagen.«

Elena räusperte sich und schien sich der Tragweite dessen, was sie vorschlug, bewusst zu sein: »Und wenn die deutsche und die dänische Marine die Fahrrinne für vierundzwanzig Stunden versperren würden?«

Monk schien einen Augenblick sprachlos zu sein und runzelte entgeistert die Stirn.

»Sie haben vielleicht Nerven. Das sollten Sie als Politologin besser wissen. Denken Sie mal an die Suezkrise und andere ähnliche Fälle. Es würde hier jetzt nicht gleich so weit kommen, aber die Blockade einer internationalen Wasserstraße ist ein Kriegsgrund.«

Achtzehn

Es gibt etwa zwanzig Millionen Muslime in Russland«, sagte Anatol Grygoriew und lehnte sich zurück, »wussten Sie das? Alles anständige russische Bürger. Bis auf ein paar vereinzelte Spinner, die sich dem Terrorismus und Separatismus verschrieben haben. Und mit denen werden wir schon fertig! Ich glaube nicht an Tschetschenen als maritime Terroristen, aber ich finde es interessant, dass *Ihnen* dieser Gedanke einleuchtet. Waren diese Wahnsinnigen in Ihren Augen nicht immer Freiheitskämpfer, die nur nicht zum bösen Russland gehören wollten?«

Grygoriew war eine imposante Erscheinung. Er mochte etwa sechzig Jahre alt sein, hatte volles graues Haar und war groß und kompakt gebaut. Seine gutmütigen, von zahlreichen Lachfalten umgebenen Augen und der dicke Schnurrbart standen in einem merkwürdigen Kontrast zu der scharfzüngigen Polemik und lässigen Arroganz, die er von der ersten Minute an demonstrierte. Es war die kühle Überheblichkeit eines Menschen, der seit Jahrzehnten daran gewöhnt ist, andere zu dominieren. Elena hatte mir durch ein Kopfnicken signalisiert, dass er tatsächlich derjenige war, von dem sie gesprochen hatte, und ich konnte mir gut vorstellen, warum die Putin-Regierung ihn aus der guten alten Zeit der Sowjetunion übernommen hatte. Vielleicht packte er seine gutmütigen Seiten aus, wenn er mit seinen Enkeln zusammen war, hier jedenfalls war nichts davon zu spüren.

Wir hatten nach der Mittagspause den Raum gewechselt und befanden uns jetzt an einem Konferenztisch im Großraumbüro des Maritimen Lagezentrums. Außer uns waren noch zahlreiche andere Mitarbeiter der Behörde anwesend, die hinter ihren Flachbildschirmen saßen, telefonierten oder auf der riesigen Seekarte an der Wand magnetische Schiffchen verschoben, die die Positionen der Einsatzboote markierten. Neben mir saß Ole Petersen vom Bundesverband der See- und Hafenlotsen, der kurz nach Grygoriew dazugestoßen und von allen sehr herzlich begrüßt worden war. Auch ich freute mich, ihn wiederzusehen. Petersen hatte uns vor zwei Jahren den Tipp gegeben, in Ventspils mit Sergej Bakarov zu sprechen. Ohne ihn hätte ich Elena niemals kennengelernt.

Niemand schien so recht eine Antwort auf Grygoriews – zumindest politisch nicht ganz von der Hand zu weisende – Behauptung geben zu wollen. Dann schaute Arne Skerning fragend in die Runde und ergriff, als niemand etwas sagen wollte, das Wort.

»Tut mir leid, Herr Attaché, wir sind keine Politiker, und die Frage, ob Tschetschenen Freiheitskämpfer oder Terroristen sind, spielt für uns hier keine Rolle. Unsere Aufgabe ist der Schutz der deutschen und dänischen Hoheitsgewässer. Es war unsere Pflicht, die Regierung Ihres Landes über einen möglichen Terrorakt gegen ein russisches Tankschiff zu informieren, und das haben wir getan. Es ist außerdem unsere

Pflicht, alle notwendigen Maßnahmen zu treffen, um uns auf die Blockierung einer international enorm wichtigen Fahrrinne und die ökologische Katastrophe einzustellen, die ein Terroranschlag auf einen Öltanker nach sich ziehen würde. Welche Hilfe können wir von russischer Seite erwarten?«

Grygoriew lächelte maliziös und ließ sich mit der Antwort Zeit. Sein Ton war jetzt jedoch um einiges verbindlicher.

»Russische Sicherheitskräfte haben in Grosny die Wohnung von Ediew Chasimikow aufgespürt und festgestellt, dass er tatsächlich spurlos verschwunden ist. Bei der Durchleuchtung seines persönlichen Umfeldes sind wir darauf gestoßen, dass ein Bruder seiner geschiedenen Frau, ein gewisser Wassily Jedmajew, schon seit längerer Zeit verdächtigt wird, Kontakte zu illegalen Bandenformationen, also Separatisten, zu unterhalten. Er hat eine Export-Import Firma in Grosny und war nicht ganz einfach zu finden, aber wir haben ihn. Er wird zurzeit intensiv verhört. Etwaige Ergebnisse werden sofort an mich weitergeleitet. Der FSB ist allerdings der Meinung, dass Jedmajew eher ein wichtigtuerischer Kleinkrimineller ist als ein großer Terrorist. Wir werden sehen. Obwohl ich persönlich das Ganze für Unsinn halte, haben unsere staatlichen Stellen natürlich trotzdem eine Warnung an alle Frachtschiffe und Tanker herausgegeben, die unter russischer Flagge in der Nord- und Ostsee unterwegs sind. Doch lassen Sie mich Ihre Frage zurückgeben: Was werden Sie tun, um die Sicherheit russischer Schiffe in Ihren Gewässern zu gewährleisten?«

»Eine ganze Menge«, sagte jetzt Hannes Monk, »wie Sie wissen, liegt die Kadetrinne in internationalen Gewässern, trotzdem werden wir selbstverständlich alle erdenklichen Vorsichtsmaßnahmen ergreifen. Nach Abstimmung mit den zuständigen Stellen in Schwerin und Berlin werden wir einen Havariestab bilden, der die Tätigkeit unserer Einsatzkräfte koordiniert. Wir werden den Luftraum über der Mecklenburger Bucht überwachen und mit unseren Schiffen zur Schadstoffunfallbekämpfung vor Ort sein. Die Arkona und die Scharhörn sind sowieso in einer 24-Stunden-Bereitschaft, die Bottsand wird ebenfalls unterwegs sein. Aus der Nordsee ziehen wir gegebenenfalls die Schiffe Neuwerk, Mellum, Lüttmoor und Knechtsand hinzu. Die Depots mit den erforderlichen Mitteln zur Ölbekämpfung sind an der ganzen deutschen Küste verteilt. In Mecklenburg-Vorpommern sind sie vor allem in Rostock und Stralsund, wir werden uns außerdem mit Lübeck, Hamburg, Bremerhaven und Kiel in Verbindung setzen. Hier in Cuxhaven haben wir ebenfalls ein Depot. Außerdem werden wir das Marinefliegergeschwader 3 in Nordholz in Alarmbereitschaft versetzen. Dort sind zwei Maschinen stationiert, die mit Scannern und Sensoren ausgestattet sind und aus der Luft Öl und andere Schadstoffe erkennen und bestimmen können. Sie sind das fliegende Auge der Kadetrinne. Über die Aktivitäten der deutschen und dänischen Sicherheitskräfte kann ich zum jetzigen Zeitpunkt keine genaueren Angaben machen, aber mit Sicherheit wird ein bewaffnetes Schnellboot der Bundesmarine patrouillieren. Reicht Ihnen das?«

Grygoriew nickte.

»Ich bin beeindruckt!«

Er lächelte gewinnend und schien tatsächlich zufrieden und nicht übermäßig besorgt zu sein. Das Nachlassen der Anspannung im Raum war deutlich spürbar.

»Darf ich eine Frage stellen?« Es war Annas Stimme, die erstaunlich ruhig und selbstsicher klang. Als Monk nickte, sprach sie weiter. »Sie haben uns ja erklärt, dass sich Schiffe, die einen deutschen Hafen anlaufen wollen, hier im Point of Contact in Cuxhaven anmelden müssen. Wissen Sie auch, wohin die Schiffe nach dem Verlassen der deutschen Häfen unterwegs sind?«

»Nun, wenn uns die Reiserouten von den Kapitänen korrekt angegeben wurden, haben wir Kenntnis davon, welchen Zielhafen ein Schiff ansteuert und welche Zwischenstopps geplant sind, aber ich ahne, worauf ihre Frage hinausläuft, und ich muss Sie enttäuschen: Wir können nicht genau wissen, welche Schiffe wann die Kadetrinne durchfahren. Ein Frachtschiff oder Tanker, der zum Beispiel von Ventspils nach Esbjerg unterwegs ist, ohne deutsche Häfen anzulaufen, muss sich bei uns weder an- noch abmelden.«

»Danke«, sagte Anna enttäuscht. Die Tür des Großraumbüros öffnete sich, und die Sekretärin, die am Vormittag bereits Monk über das Erscheinen von Grygoriew informiert hatte, blickte suchend in die Runde und kam schließlich auf unseren Tisch zu.

»Der Herr von der russischen Botschaft wird am Telefon verlangt«, sagte sie, und als Grygoriew erstaunt aufsah, fügte sie hinzu, »auf einer sicheren Leitung im Nebenraum.«

Grygoriew stand auf, um ihr zur Tür zu folgen, und drehte sich noch einmal um, als Ole Petersen sich lautstark räusperte. »Eine Frage, Herr Attaché, oder besser gesagt: eine Bitte!«

Petersen war in den letzten zwei Jahren deutlich gealtert. Sein schmales, faltiges, vom Wetter gegerbtes Gesicht hatte ein paar zusätzliche tiefe Furchen bekommen, und sein weißes Haar hatte sich deutlich gelichtet; aber noch immer strahlten seine wasserblauen Kanoniersaugen eine kühle und überzeugende Autorität aus, die auch Grygoriew zu beeindrucken schien. Er blieb stehen und wartete.

»Wenn Sie mit den zuständigen Stellen in Moskau telefonieren, fragen Sie doch bitte, ob Sie Einblick in die Besatzungslisten der unter russischer Flagge fahrenden Öltanker bekommen können. Vielleicht lässt sich feststellen, ob sich unter den Besatzungen Seeleute tschetschenischer Abstammung befinden. Möglicherweise mit gefälschten Papieren. Und vielleicht könnten Sie zudem herausfinden und uns mitteilen, welche russischen Tankschiffe am 11. September die Kadetrinne passieren werden.«

Grygoriew lächelte und in seinen dunklen Augen war ein amüsiertes Funkeln.

»Das«, sagte er, »ist ein ausgezeichneter Vorschlag, aber selbstverständlich sind wir auch schon auf diese Idee gekommen.«

Dann drehte er sich um und ging hinaus. Meiners gab ein leises Pfeifen von sich.

»Der scheint nicht im Mindesten beunruhigt zu sein«, sagte er. Monk, Skerning und Bengtson nickten zustimmend. Niemand sprach, und auch das leise Stimmengemurmel der anderen Mitarbeiter des Lagezentrums war verstummt.

»Er glaubt es nicht«, sagte Elena in die Stille hinein, »weil er es sich einfach nicht vorstellen kann. Natürlich sind die Tschetschenen für die russische Propaganda Terroristen, und Putin hat sich ja große Mühe gegeben, den Tschetschenienkonflikt als Teil des weltweiten Kampfes gegen den Terror darzustellen, aber Grygoriew fürchtet sie nicht wirklich, nicht so, wie der Westen al-Qaida fürchtet. Sie sind Abschaum für ihn. Dumme, barbarische Irre, die man bombardiert und vergast, wenn sie aufmucken. Keine Gefahr für die stolze russische Handelsmarine.«

»Ich glaube es auch nicht«, sagte Maybauer herausfordernd.

»Natürlich nicht«, sagte Elena, »Arroganz macht dumm!«

»Jetzt reichts mir langsam mit Ihnen«, explodierte Maybauer, »was bilden Sie sich eigentlich ein!«

»Schluss damit«, unterbrach ihn Monk und würgte die Konfrontation mit einer unmissverständlichen Geste ab. Er war ganz offensichtlich mit seiner Geduld am Ende. »Mäßigen Sie sich, oder verlassen Sie den Raum. Das gilt für alle!«

Elena war rot geworden, schien jedoch nicht sonderlich beeindruckt. Maybauer hatte sichtlich Mühe, sich zu beherrschen. Im ganzen Raum war jetzt nur noch das leise Surren der Computer zu hören. Irgendwo klingelte ein Telefon. Niemand ging ran. Wenig später öffnete sich die Tür und Grygoriew kam zurück. Offenbar schien er die Spannungen im Raum zu registrieren und zu spüren, dass man über ihn gesprochen hatte. Er blinzelte unbehaglich und setzte sich umständlich an den Konferenztisch zurück. Alle sahen ihn erwartungsvoll an.

»Eine unangenehme Sache«, sagte Grygoriew, »der Verdächtige, dieser Wassily Jedmajew hat einen Herzinfarkt erlitten. Er ist tot. Und zwar bevor er uns etwas erzählen konnte, was uns weiterbringt!«

Ich sah, wie Elena zusammenzuckte und Grygoriew anstarrte. Auf ihrer blassen Gesichtshaut hatten sich ein paar hektische rote Flecken gebildet, und ihre Augen funkelten zornig. Ich wollte mich zu ihr rüberbeugen und sie beruhigen, doch es war bereits zu spät.

»Scheiße!«, sagte Maybauer.

»Stimmt«, sagte Elena, »da haben wohl Ihre Spezialisten die Elektroschocks falsch dosiert?«

Ihr beißender Tonfall war pure Provokation. Alle Köpfe drehten sich erschrocken zu ihr herum. Grygoriew zuckte zusammen.

»Wer sind Sie denn?«

»Mein Name ist Elena Bakarova.«

»Sie sind Russin?«

Grygoriews Stimme war ein sanftes, bedrohliches Schnurren.

»Nein«, sagte Monk kühl, »Frau Bakarova ist eine Politologin aus Lettland. Sie war es, die mit Ediew Chasimikow gesprochen hat, und sie hat uns die Informationen über den geplanten Anschlag übermittelt. Wir sind ihr zu Dank verpflichtet, aber ihre Beratertätigkeit in diesem Gremium ist hiermit beendet. Ich möchte mich in aller Form für ihre Äußerungen entschuldigen.«

Grygoriew nickte bedächtig.

»Ich habe nicht damit gerechnet, hier Anschuldigungen und Diffamierungen ausgesetzt zu sein! Die Unterstellungen dieser Frau sind absolut infam. Gefoltert wird in Guantánamo. Nicht bei uns.«

Elena stand auf und wollte offensichtlich etwas erwidern. Dann fing sie meinen Blick auf. Ich schüttelte stumm den Kopf. Sie zuckte mit den Achseln, drehte sich um und ging hinaus. Anna und ich folgten ihr.

Neunzehn

»Was, verdammt noch mal, sollte das?«, fragte Anna, als wir zu dritt auf die Straße traten. Ihre Stimme vibrierte vor mühsam unterdrückter Wut.

Elena war noch blasser als sonst und machte einen überraschten und verstörten Eindruck. Aber da war noch etwas anderes in ihren Augen, etwas Glitzerndes, Übermütiges und ganz und gar Unnachgiebiges, das den reuevollen Gesichtsausdruck Lügen strafte. Sie holte tief Luft und ließ dann den Atem langsam und geräuschvoll entweichen.

»Ich glaube, so schnell bin ich noch nie irgendwo rausgeflogen«, sagte sie mit einem schiefen Lächeln, »wenn man von meiner Abiturfeier in diesem Nachtklub in Riga einmal absieht.«

Anna schaute verdutzt und schien einen Augenblick unschlüssig, ob sie lachen sollte oder nicht, aber sie war immer noch stinksauer.

»Ich wollte da drinnen dabei sein, verstehst du das nicht? Ich wollte sehen, was passiert, und wissen, ob es eine Möglichkeit gibt, diesen Irrsinn zu verhindern. Meiners hat sich für uns eingesetzt, und was machst du? Du legst dich mit dem BND an, beschimpfst einen russischen Diplomaten als Folterknecht und beförderst uns mit deiner Charmeoffensive im Expresstempo vor die Tür. Findest du das komisch?«

»Du meinst, sie hätte sich bei dir etwas Sinn für Diplomatie abschauen sollen?«, fragte ich.

Anna stutzte und blinzelte überrascht. Dann zog sie resigniert die Schultern hoch.

»Ja, vielleicht. Zumindest kann ich gelegentlich mal das Maul halten, wenn es darauf ankommt. Das ist der Anfang aller Diplomatie! Einfach mal das Maul halten!«

Elena schüttelte den Kopf.

»Kommt«, sagte sie, »lasst uns ein paar Schritte gehen.«

Sie hängte sich bei Anna und mir ein, und wir schlenderten zum alten Hafen. Nach wenigen Minuten erreichten wir das Museumsfeuerschiff, das unmittelbar neben der Alten Liebe vor Anker liegt.

»Es tut mir leid, dass ihr meinetwegen den Raum verlassen musstet, aber was ich gesagt habe, tut mir *nicht* leid. Ich konnte mich nicht beherrschen, es war einfach unmöglich. Könnt ihr euch vorstellen, wie das ist, wenn man solche Leute wie Grygoriew und ihre Lügen jahrelang jeden Tag im Fernsehen sieht, und auf einmal sitzt so jemand leibhaftig vor einem? Im Wasser- und Schifffahrtsamt einer norddeutschen Kleinstadt? Unfassbar! Und er ist gar kein Monster, sondern hat diesen Doktor-Schiwago-Charme, auf den man im Westen so abfährt. Mann von Welt mit russischer Seele. Und du weißt genau, dass er lügt. Was habt ihr denn gedacht, als Grygoriew gesagt hat, der Verdächtige werde intensiv verhört? Was meint ihr wohl, was Durchleuchtung seines persönlichen Umfeldes bedeutet? Das heißt im Klartext, dass der FSB in diesem Augenblick jede arme Seele, die Jedmajew jemals von hinten gesehen hat, durch die Mangel dreht. Vielleicht müssen sie sich in Moskau an ein paar Spielregeln halten, in Grosny ganz sicher nicht. Wisst ihr, was das Schlimmste ist an Guantánamo? Dass Typen wie Grygoriew mit dem Finger darauf zeigen können und dabei grinsen!«

»Okay! Geschenkt!«, sagte Anna. »Ich habe es verstanden. Zum Thema durchgebrannte Sicherungen könnte ich auch einiges beitragen. Aber die Verhältnisse in Russland haben sich doch gebessert, oder nicht?«

»Das stimmt«, sagte Elena, »allerdings nicht so grundlegend, wie man es im Westen gerne glauben will. Nimm nur einmal die Medien. Putin hat es in seiner Amtszeit geschafft, die gesamte Presse gleichzuschalten. Offiziell gibt es keine Zensur, trotzdem ist der Druck der Regierung so stark, dass die Journalisten schon von sich aus keine Themen recherchieren, die dem Kreml nicht passen. Nach meiner Rechnung sind in Russland seit dem Jahr 2000 mehr als dreiundzwanzig Journalisten ermordet worden. Eine wirklich zuverlässige Statistik gib es nicht. Anna Politkowskaja von der *Nowaja Gaseta* war bereits das dritte Redaktionsmitglied dieser Zeitung, das eines unnatürlichen Todes starb. Jobaniwrot!«

»Wetten, dass das so viel wie verdammte Scheiße heißt?«, fragte Anna.

Elena nickte.

»So in etwa, vielleicht eine Spur schmutziger. Russische Schimpfwörter und Flüche können je nach Kontext alles Mögliche bedeuten. Es gibt nie eine einzige universelle Übersetzung!«

Anna lachte, und ihr Ärger schien weitgehend verflogen zu sein.

»Kann man auf Russisch gut fluchen?«

»Oh ja«, sagte Elena, »ich würde sogar behaupten, man kann in keiner Sprache besser fluchen. Der Dichter Ossip Mandelstam hat einmal gesagt: ›In Russland benützt man die Schimpfwörter nicht zum Fluchen, sondern zum Sprechen.‹ Da ist was dran!«

»Na gut«, sagte Anna, »aber mein Repertoire an deutschen Schimpfwörtern ist auch nicht ohne!«

»Bestimmt, aber wir Russen haben das ›mat‹, ein Wort, für das es in anderen Sprachen eigentlich gar keine richtige Entsprechung gibt: Es ist eine Sammlung besonders grober und erniedrigender Schimpfwörter. Die meisten davon sind sogenannte ›Mutterflüche‹, also Beschimpfungen schlimmster Art mit sexuellem Bezug. Sie werden hauptsächlich benutzt, wenn Männer unter sich sind. Der höfliche, wohlerzogene Russe benutzt diese Wörter ebenfalls, indem er sie einfach umschreibt. So hat zum Beispiel das russische Schimpfwort für Penis drei Buchstaben. Wenn man ausdrücken will, dass man jemanden grob weggeschickt oder zum Teufel gejagt hat, sagt man: ›Ich habe ihn auf drei Buchstaben geschickt!‹«

Anna lachte schallend.

»Das ist super, daran erkennt man eine Kulturnation. Kannst du mir dieses ›mat‹ beibringen?«

»Nein, das ist zu gefährlich. Du würdest unter Garantie das falsche Wort in der falschen Situation zu den falschen Leuten sagen, und wir dürfen dich anschließend im Krankenhaus besuchen.«

»Schade«, sagte Anna und schien tatsächlich enttäuscht zu sein. Sie sah auf ihre Armbanduhr. »Gut, lasst uns zum WSA zurückgehen. Es ist schon nach fünf. Vielleicht sind die ja langsam fertig.«

Als wir zum Wasser- und Schifffahrtsamt zurückkamen, standen Meiners und Petersen auf den unteren Stufen der Treppe und unterhielten sich mit einem Mann, den wir nicht kannten. Er war klein und kahlköpfig, trug eine Nickelbrille und hatte ein merkwürdig glattes und faltenloses

Gesicht, obwohl ich ihn auf mindestens fünfzig Jahre schätzte.

»Das ist Hauptkommissar Winter von der Polizeiinspektion Cuxhaven«, stellte Meiners vor, »er will mit euch sprechen, wegen des Mannes, der euch im Zug angegriffen hat.«

»Oh je«, seufzte Anna mit einem scheuen Lächeln, das so falsch war wie ein Vier-Euro-Schein, »das hätten wir melden müssen, nicht wahr. Heute wissen wir das, aber es ging alles wahnsinnig schnell, und wir waren so furchtbar aufgeregt.«

Winter sah sie kühl und abwartend an. Die Kleinmädchennummer inklusive Augenaufschlag hatte erkennbar nicht die geringste Wirkung auf ihn.

»Ein Herr Maybauer hat uns Ihretwegen angerufen. Sie hätten die Tat auf jeden Fall anzeigen müssen. Ein Angriff mit einer Waffe ist ein Offizialdelikt und nicht Ihre Privatangelegenheit.«

»Maybauer, also«, sagte Anna, deren strahlende Fassade sich schlagartig verfinstert hatte. »Der Mann ist ein mieses, rachsüchtiges ...«

»Das reicht«, sagte Winter, »ich will mit Ihnen sprechen. Mit ihnen allen. Auf dem Revier.«

»Wann?«

»Jetzt!«

»Das geht nicht«, widersprach Anna, »wir haben jetzt noch etwas anderes vor. Morgen früh kommen wir bei Ihnen vorbei und machen ein schönes, ausführliches Protokoll.«

Winter schüttelte den Kopf.

»Das war keine Bitte. Und außerdem möchte ich noch über etwas anderes mit Ihnen reden. Vor zwei Tagen wurde in Hamburg ein Mann erstochen. Ein Angler, der nichtsahnend am Elbufer saß, als ihm jemand von hinten eine Art

Buschmesser in den Rücken gerammt hat. Er ist in den Armen des Notarztes gestorben, hat aber noch etwas gesagt. Sie wissen schon, die sprichwörtlichen letzten Worte. Wollen Sie sie hören?«

»Nein!«, knurrte Anna.

»Er sagte: ›Sprechen Sie mit Nyström. Dr. Nyström aus München. Der weiß, wo das Schwein …‹ Tja, und dann ist er gestorben.«

»Ich verstehe kein Wort«, log ich und spürte, wie mir warm wurde. Ich wusste genau, was jetzt kommen würde.

»Der Mann war ein ehemaliger Kollege von uns, ein Polizist im Vorruhestand. Sein Name war Geldorf.«

Zwanzig

Wie gut kannten Sie ihn denn?«

Hauptkommissar Winter schob seine Nickelbrille, die ihm immer wieder auf die Nasenspitze rutschte, hoch und betrachtete versonnen seine schmalen, gut manikürten Hände. Anna, Elena und ich saßen nebeneinander, aufgereiht wie Hühner auf der Stange, vor Winters Schreibtisch, und ich überlegte fieberhaft, wie viel ich ihm von dem, was vor zwei Jahren passiert war, erzählen konnte, ohne in den Knast zu wandern. Beim Betreten des Büros hatte ich Anna mit einer unmissverständlichen Geste bedeutet, dass sie das Lügen mir überlassen solle.

Zunächst hatten Winter und ein weiterer Beamter ein

Protokoll von den Ereignissen im ICE aufgenommen, die ich wahrheitsgemäß schilderte. Bedauerlicherweise musste ich einräumen, dass die Pistole des Attentäters noch in unserem Besitz war. Anna hatte sie aus ihrem Rucksack geholt und dem ungläubig dreinblickenden Winter auf den Tisch gelegt. Immerhin war sie ein Beweis für den Wahrheitsgehalt unserer Geschichte. Der jetzt anstehende Themenkomplex war erheblich heikler.

»Kriminaloberkommissar Geldorf«, begann ich vorsichtig, »war der leitende Ermittlungsbeamte im Mordfall Jonas, allerdings wollte er nicht wahrhaben, dass es sich um Mord handelte. Helen Jonas, eine bekannte Journalistin und Freundin von mir, wurde vor etwa zwei Jahren tot in einer Hamburger Saunakabine gefunden. Ich habe nicht an eine natürliche Todesursache geglaubt und deshalb mit der Schwester der Toten, die Sie hier neben mir sehen, ein paar Ermittlungen angestellt, die leider ergebnislos verlaufen sind. Geldorf war sauer deswegen, aber ich habe keine Ahnung, wieso er gedacht hat, ich würde seinen Mörder kennen. Wieso sind *Sie* denn so schnell auf mich gekommen?«

»Na ja … der Notarzt, der versucht hat Geldorfs Leben zu retten, hat dessen letzte Worte natürlich an die Hamburger Kripo weitergegeben, und die haben bei den Kollegen in München angerufen. Erstaunlicherweise gibt es dort tatsächlich nur einen Nyström mit Doktortitel, und so war es kein Problem, Ihre Anschrift und Ihren Arbeitgeber zu ermitteln. Jemand im Max-Planck-Institut teilte dann der Polizei mit, Sie seien nach Schweden gereist, um sich um Ihre Eltern zu kümmern. Die Hamburger Polizei hat versucht, bei diesen in Växjö anzurufen, doch es war niemand zu Hause, und damit war die Sache erst mal gelaufen. Da nichts gegen Sie vorlag, konnte man Ihnen schlecht die schwedische Polizei hinterherschicken. Die Informationen aus Hamburg sind natürlich auch auf unseren Schreibtischen gelandet, und als dieser Herr Maybauer bei uns anrief und Ihr Name fiel, habe ich zwei und zwei zusammengezählt.«

»Gut gemacht«, sagte Anna pampig, »aber was wollen Sie denn jetzt eigentlich von uns?«

Ich warf ihr einen finsteren Blick zu und sah, wie sie rot wurde. Winter schien der Ton nicht zu stören.

»Tja, wissen Sie, wenn ein Polizist getötet wird, gehen die Kollegen nicht einfach zur Tagesordnung über. Das ist nicht nur in amerikanischen Filmen so. Geldorf war sehr beliebt bei seinen Hamburger Kollegen. Die sind die Ermittlungsakten sämtlicher Fälle, an denen er in den letzten Jahren gearbeitet hat, durchgegangen und sind tatsächlich zweimal auf Ihren Namen gestoßen.«

»Auf meinen?«, fragte ich unnötigerweise.

Winter nickte.

»Einmal tauchen Sie im Zusammenhang mit dem Tod von Frau Jonas auf. Geldorf hat schriftlich festgehalten, dass Sie an einen Mord glaubten, und in der Tat ist die Staatsanwaltschaft Ihren Hinweisen diesbezüglich nachgegangen. Die Obduktion konnte den Mordverdacht allerdings nicht erhärten, und es gab auch sonst keinerlei Indizien, die auf Fremdeinwirkung schließen ließen. Aus meiner Sicht wurde korrekt ermittelt und die Akte letztendlich ergebnislos geschlossen.«

Ich warf Anna einen warnenden Blick zu, doch sie hatte sich im Griff und schwieg eisern. Auch ich sagte nichts. Ich hatte beschlossen, Winter zunächst einmal reden zu lassen, um einschätzen zu können, was er wirklich wusste.

»Aber da gab es noch einen zweiten Fall«, fuhr Winter

fort. »Knapp fünf Tage nach dem Tod von Frau Jonas wurde in Hamburg auf dem Bahnhofsklo ein Mann tot aufgefunden. Die Ermittlungen ergaben, dass es sich um einen von Interpol gesuchten albanischen Kriegsverbrecher handelte. Der Mord war einigermaßen rätselhaft, weil dem Mann zunächst mit einer kleinkalibrigen Waffe in den Oberschenkel geschossen wurde. Die Kugel traf eine lebenswichtige Arterie, und das Opfer begann stark zu bluten, schaffte es allerdings irgendwie noch, sich das Bein mit seinem Gürtel abzubinden. Als Arterienpresse benutzte er ein Damen-T-Shirt, dessen Herkunft bis heute ungeklärt ist. Das alles nutzte nicht viel, weil ihm wenig später jemand mit einer großkalibrigen Pistole mitten ins Gesicht schoss und von seinem Kopf nicht mehr viel übrig blieb. Die Toilettenkabine sah aus wie ein Schlachthaus. Ich bin froh, dass es so etwas bei uns in Cuxhaven nicht gibt.«

»Ja, schön für Sie! Und was hat das alles mit uns zu tun?«, fragte Anna.

»Mit Ihnen nichts, sondern mit Dr. Nyström!«

Winter schien von Annas provozierendem Tonfall nicht im Mindesten irritiert zu sein. Vielleicht hatte er zu Hause ein paar pubertierende Töchter, die sein Nervenkostüm gestählt hatten.

»Eben nicht!«, sagte ich. »Da liegen Sie genauso falsch wie Kommissar Geldorf. Er hat mir vor mehr als zwei Jahren fast haargenau die gleiche Geschichte erzählt, es hat schon damals zu nichts geführt. Ungefähr zur Mordzeit hielt auch ich mich in der Bahnhofshalle auf. Ich wollte ein paar Zugverbindungen klären und geriet leider in eine Rangelei mit ein paar Jugendlichen. Ich bekam einen Faustschlag ab, und weil ich mit meinem ramponierten Gesicht nicht in die U-Bahn wollte, bin ich mit einem Taxi zu Helen Jonas' Wohnung gefahren. Blöderweise hat der Taxifahrer diese Fahrt als irgendwie verdächtig bei der Polizei gemeldet, und ein paar Stunden später stand Geldorf auf der Matte. Praktisch vom ersten Augenblick an hat er mir nicht geglaubt und auf Teufel komm raus versucht, mich mit dem Toten auf dem Klo in Verbindung zu bringen. Später gab es angeblich noch einen anonymen Anrufer, der behauptete, wenn man Näheres über den Bahnhofsmord wissen wolle, solle man Dr. Nyström fragen. Und das hat Geldorf auch getan, und zwar reichlich. Dauernd hat er mir auf den Füßen herumgestanden. Übrigens eine nette Parallele zu der Situation, die wir jetzt haben. Irgendjemand behauptet einfach: ›Wenn Sie wissen wollen, wer es war, fragen Sie mal Dr. Nyström‹ – und schon habe ich die Polizei am Hals.«

»Kriminaloberkommissar Geldorf war nicht irgendjemand!«

»Entschuldigung, so habe ich es nicht gemeint, aber das wissen Sie auch!«

Winter nickte bedächtig.

»Der Kollege Geldorf hatte tatsächlich den Verdacht, dass Sie was mit der Bahnhofsgeschichte zu tun hatten. Aus den Akten geht hervor, dass er Sie zwar nicht für einen Mörder hielt, aber sicher war, dass Sie ihn anlügen.«

»Das ist nicht wahr!«

»Wer weiß? Es gab bei dieser Mordgeschichte ein geheimnisvolles Detail, das ich noch gar nicht erwähnt habe. Ungefähr zur Tatzeit erhielt die Notrufzentrale einen Anruf. Eine Männerstimme sagte, auf der Bahnhofstoilette sei jemand schwer verletzt worden. Verstehen Sie: schwer verletzt, nicht tot. Die Notrufzentrale hat diesen Anruf natürlich aufgezeichnet, wenn auch in schlechter Qualität, und diese Aufnahme hat Geldorf keine Ruhe mehr gelassen. Er hat eine sehr aufwendige kriminaltechnische Untersuchung veranlasst. Digitales Remastering, Frequenzspektrumanalyse, auditives Profiling, Voiceprint und so weiter, all die feinen Sachen, die die Jungs im Labor heutzutage so draufhaben. Es war die Stimme eines Mannes in mittleren Jahren. Akzentfreies Hochdeutsch, keine dialektalen Färbungen. Geldorf war sicher, dass der Besitzer dieser Stimme am Tatort gewesen sein musste. Bedauerlicherweise hatte er keine Vergleichsstimme.«

Leider falsch, dachte ich, er hat es nur nicht in den Akten vermerkt, sondern versucht, mich damit zu erpressen. Geldorf hatte sich im Max-Planck-Institut in München Mitschnitte einer Vorlesung von mir besorgt und mich mit diesen Aufnahmen in der Hand gehabt. Selbstverständlich war ich am Tatort gewesen. Ich hatte in einem Schließfach eine von Helens Taschen gefunden, die zu meinem Entsetzen nicht bloß Kleidung und ein Flugticket, sondern auch einen kleinkalibrigen Revolver enthielt. Wenig später war ich wegen dieser Tasche von einem Mann in der Bahnhofstoilette brutal angegriffen worden und hatte in Notwehr mit dem kleinen Revolver auf ihn geschossen. Bedauerlicherweise traf der Schuss in den Oberschenkel die Arteria femoralis, und weil ich ihn nicht verbluten lassen wollte, bastelte ich mit seinem Gürtel und einem T-Shirt aus Helens Tasche eine notdürftige Arterienpresse. Dann hatte ich mit dem Revolver und der Tasche die Toilette verlassen und die Notrufzentrale angerufen. Etwa zu diesem Zeitpunkt war der Verletzte von einem seiner Kumpane mit einem Kopfschuss aus einer großkalibrigen Waffe getötet worden.

Der Gebrauch zweier unterschiedlicher Waffen, die unerklärliche Herkunft des teuren Damen-T-Shirts, und die Frage, wer überhaupt die Arterienpresse angelegt hatte, nur um dem Mann anschließend in den Kopf zu schießen – die Ungereimtheiten hatten Geldorfs Verstand mächtig zugesetzt, und er hatte es an mir ausgelassen.

»Wollen Sie sich zu all dem äußern?«, fragte Winter.

»Ich weiß nicht mehr, als in Ihren Akten steht.«

Winter sah mich durchdringend an und schwieg einen Augenblick.

»Nun gut«, sagte er, »es ist ja nicht mein Fall. Eine merkwürdige Sache gibt es aber noch. Einer der Kollegen, die Geldorfs alte Ermittlungsakten durchforstet haben, ist darauf gestoßen. Die Aufnahme von dem Mann, der den Notruf getätigt hat, wurde auf CD gespeichert und landete mit den Analyseergebnissen in der Asservatenkammer der Polizei. Tja, und von dort ist sie verschwunden.«

Winter starrte mich weiter an und schien gespannt, wie ich auf diese Neuigkeit reagieren würde.

»Lieber Himmel, wer macht denn so was?«, grinste Anna, und diesmal schaute Winter doch irritiert zu ihr hinüber, was mir Gelegenheit gab, Freude und Genugtuung aus meinen Gesichtszügen zu verbannen. Geldorf hatte also Wort gehalten und die CD nach unserer Einigung in Antwerpen offenbar beseitigt. Seine dröhnend joviale Bassstimme war nach wie vor in meinem Kopf präsent: *Ich will die Sache vom Tisch haben, und zwar hier und jetzt. So, wie ich das sehe, haben wir ein Patt: Ich hab jede Menge Beweise, um Sie mit der Leiche im Bahnhofsklo in Verbindung zu bringen. Wenn ich will, kann ich Sie fertigmachen. Andererseits würden Sie wahrscheinlich bei den Vernehmungen allerlei Dinge zu Protokoll geben, die unter uns bleiben sollten. Nicht dass Sie etwas beweisen könnten, machen Sie sich da nichts vor. Aber ich will in den Vorruhestand, und zwar mit vollen Bezügen und einer sauberen Akte!*

Beides hatte er bekommen, ohne es lange genießen zu können. Warum war er Morisaitte im Weg gewesen? Ich wusste es nicht.

»In der Notrufzentrale existiert doch noch eine Aufnahme?«, fragte ich, nur um sicherzugehen, dass das nicht der Fall war.

»Die Bänder werden nach zwölf Monaten routinemäßig gelöscht.«

Ich schwieg, und auch Anna konnte sich einen Kommentar zu dieser erfreulichen Information verkneifen.

»Gut«, sagte Winter schließlich, »das wars fürs Erste. Sollen sich die Kollegen aus Hamburg mit Ihnen herumschlagen.«

»Sie haben denen sicher mitgeteilt, wo sie mich finden können.«

»Klar«, sagte Winter, »das hier war lediglich das Vorgeplänkel. Sie hätten den Überfall im Zug melden und vor allem die Pistole abgeben müssen. Wie wäre es mit einem Verfahren wegen Behinderung polizeilicher Ermittlungen und unerlaubten Waffenbesitzes?«

»Fahren Sie zur Hölle«, giftete Anna, »wir reisen hier an, um eine Katastrophe zu verhindern, und Sie kommen uns mit einem derartigen Scheiß? Bloß weil dieser aufgeblasene BND-Heini Sie in die Spur geschickt hat?«

Winter wiegte bedächtig seinen Kopf hin und her.

»Ich hätte zu gerne gewusst, was Sie mit der Pistole eigentlich vorhatten.«

»Schon klar«, zischte Anna, »aber wie der große Philosoph

Mick Jagger so treffend formulierte: ›You can't always get what you want.‹«

»Stimmt«, sagte Winter, »dafür habe ich jetzt eine Vorstellung davon, warum Geldorf Ihnen kein Wort geglaubt hat!«

Einundzwanzig

Meiners wartete mit Petersen im Auto vor dem Polizeirevier und grinste fröhlich, als er uns sah.

»Wir haben in der Zwischenzeit eingekauft, und jetzt fahren wir in mein Ferienhaus und futtern was Anständiges.«

»Wunderbar«, sagte Anna, »dieser Bulle hätte es fast geschafft, mir den Appetit zu verderben, aber nur fast!«

Meiners' Ferienhaus lag am Ortsrand von Duhnen, dem Kur- und Urlaubsviertel von Cuxhaven. Es war ein kleines, freistehendes Hexenhaus mit einer ungewöhnlich spitzen Dachkonstruktion und der ortsüblichen Klinkerfassade, das über zwei Schlafzimmer, einen Wohnraum, eine kleine Küche und ein winziges Bad verfügte. Dafür war es von einem großen verwilderten Garten mit hohen Hecken umgeben. Wenige Meter hinter dem Haus begann schon die Duhner Heide. Wir fuhren über eine breite Kieseinfahrt zum Haus, trugen gemeinsam die Einkäufe hinein, und während Elena, Meiners und Petersen anfingen, die Brötchen zu belegen, nahm Anna mich beiseite.

»Wir müssen kurz reden. Allein!«

Sie schob mich in eines der Schlafzimmer und schloss die Tür.

»Hast du Geheimnisse vor Meiners?«

»Jede Frau hat Geheimnisse – und das hier geht nur uns etwas an! Ich werde es ihm erzählen, wenn es so weit ist!«

Ich nickte.

»Er ist hier«, begann sie, »hier in Norddeutschland. Oder denkst du, jemand anders hätte Geldorf umgebracht?«

»Nein, aber warum hat er es getan?«

»Geldorf wusste über ihn Bescheid. Er wusste, wer er war und was er getan hatte. Letztendlich ein Risikofaktor. Morisaitte hatte keinen Grund, sich an Geldorf zu rächen, aber er hinterlässt keine losen Enden. Warum hast du Winter nicht einfach seinen Namen genannt? Du hättest sagen können, dass Geldorf damals Morisaitte als Drahtzieher des Bahnhofsmordes in Verdacht hatte und seine letzten Worte möglicherweise ihm galten.«

»Was ja auch stimmt! Ich war zweimal drauf und dran, genau das zu sagen. Der Gedanke, ihm die Polizei auf den Hals zu schicken, um ihn wenigstens ein bisschen auszubremsen, war sehr verlockend. Aber wahrscheinlich hätte die ihn gar nicht gefunden. Seine letzte bekannte Adresse ist die Klinik in Antwerpen, seitdem reist er herum. Er wird eine ganze Reihe falscher Pässe haben, und Morisaitte ist ja auch nicht sein richtiger Name. Wenn die Polizisten seinen Zustand sehen, werden sie ihn sofort als Täter ausschließen. Der »Krankenpfleger«, der für ihn den Mord begangen hat, ist wahrscheinlich längst wieder in Serbien. Somit gibt es gar keinen Zusammenhang mehr zwischen Geldorf und Morisaitte. Die Bullen werden nach einer höflich gemurmelten Entschuldigung wieder abziehen!«

»Klasse«, sagte Anna, »du kannst einem echt Mut machen. Was für ein Scheißtag. Erst fliegen wir im Lagezentrum raus, dann die Nachricht von Geldorfs Tod, und zum guten Schluss müssen wir auch noch die Pistole wieder rausrücken. Pistolet besschumnyj. Ich hatte mir vorgestellt, wie ich Morisaitte damit ein schönes schallgedämpftes Loch in den Kopf schieße.«

»Ja, wie schon der große Philosoph Mick Jagger …«

»Touché«, sagte Anna mit einem müden Lächeln, »ich habe einfach nur Angst. Komm, lass uns wieder reingehen.«

Elena, Meiners und Petersen hatten in der Zwischenzeit drei große Platten mit belegten Brötchen auf den Tisch gestellt. Es gab Lachs, Krabben, geräucherte Makrelen und Bier. Anna gab den erleichterten Seufzer eines Menschen von sich, der seit Tagen nichts in den Magen bekommen hat. Nach dem Essen ging Petersen vor die Tür, um seine berüchtigte Pfeife zu rauchen. Elena, die ihm von dem alten Sergej erzählen wollte, begleitete ihn. Als beide eine halbe Stunde später wieder hereinkamen, kochte ich eine Kanne Tee, und wir setzten uns noch einmal an den großen Esstisch im Wohnzimmer. Anna gab Meiners einen herzhaften Kuss und rückte dicht an ihn heran.

»So«, sagte sie, »jetzt erzähl doch mal, wie es im WSA weiterging, nachdem wir raus waren.«

»Du weißt genau, dass ich das nicht darf!«

»Scheiß drauf!«

»Mach ich!«, sagte Meiners, »ich bin schließlich kein Beamter, und ohne euch gäbe es jetzt gar keinen Havariestab. Allzu viel ist allerdings nicht mehr passiert. Grygoriew hat noch einmal lang und breit erklärt, warum er das Ganze für Quatsch hält. Trotzdem ist er nicht nach Berlin zurückgeflogen, sondern hat sich im Hotel Strandperle hier in Duhnen einquartiert. Natürlich besteht er darauf, dass das volle Programm gefahren wird. Das ist ja auch angelaufen. Das Bundesinnenministerium und die Landesregierung in Schwerin sind eingeschaltet, BND und Verfassungsschutz liefern sich das übliche Kompetenzgerangel, und die Polizei hat eine Fahndung nach dem Kaukasier aus dem Zug herausgegeben. Die Bundesmarine ist informiert, der Havariestab arbeitet auf Hochtouren. Bisher sind zwei russische Tankschiffe identifiziert, die vermutlich am 11. September die Kadetrinne passieren werden. Es sind die Kalinin und die Alexander Newski, zwei ziemlich große Tanker der VLCC-Klasse.«

»Kein Fachchinesisch«, unterbrach Anna ungeduldig, »was bedeutet das?«

»Die Abkürzung steht für ›very large crude carrier‹. Das bedeutet, dass beide auf jeden Fall mehr als zweihunderttausend Bruttoregistertonnen haben.«

»Ist das viel?«, fragte Elena.

»Ja«, erklärte Petersen, »natürlich gibt es noch deutlich größere Pötte, der Gigantomanie sind da keine Grenzen gesetzt. Heutzutage bauen sie Schiffe, die nicht einmal mehr durch den Suezkanal passen, aber VLCC-Klasse ist schon recht ordentlich.«

»Vielleicht ist das eine dumme Frage«, meinte Elena, »aber wie unterscheidet sich denn ein Tanker von anderen Frachtschiffen, ich meine, abgesehen davon, dass die Ladung flüssig ist?«

»Das ist überhaupt keine dumme Frage«, widersprach Meiners, »sondern genau der springende Punkt. Ein Tanker transportiert flüssige Stoffe, wie Rohöl, Flüssiggas oder andere petrochemische Erzeugnisse, und dem entsprechend ist er gebaut. Schon von weitem kannst du seine Silhouette leicht von der anderer Schiffe unterscheiden. Er hat ein flaches Deck, das außer der Brücke kaum Aufbauten trägt, denn er benötigt keine auf Deck montierten Kräne, bis auf den sogenannten Manifold-Kran. Der ist auf allen Tankschiffen mittschiffs montiert. Mit diesem Kran werden Schläuche von Land an Bord gehoben, um sie mit dem Leitungssystem des Schiffes zu verbinden. Auch diese Anschlüsse sind aus der Entfernung gut zu erkennen.«

Anna nickte.

»Elena und ich haben im Hamburger Hafen von weitem gesehen, wie bei einem die Ladung abgepumpt wurde.«

»Genau«, sagte Meiners, »Tanker haben natürlich Pumpen zum Löschen der Ladung an Bord. Weitere Bestandteile der Schiffstechnik sind die Hauptmaschine mit Nebenaggregaten, Kesselanlage, Hilfsdiesel mit Generatoren für die Stromerzeugung, Tankwascheinrichtungen und, nicht zu vergessen, die Inertgasanlage.«

»Was ist das denn?«, fragte Anna.

»Bei entflammbaren Tankladungen werden die Leerräume der Tanks mit einem Inertgas befüllt, um Schiffsbrände und Explosionen zu vermeiden. Das Inertgas ersetzt die vorherige, sauerstoffhaltige Tankatmosphäre durch fast sauerstofffreies Gas, um so zu garantieren, dass die Ladungsgase sich nicht entzünden können. Und dieses Inertgas wird sehr häufig in einer schiffseigenen Anlage hergestellt.«

Anna pfiff leise durch die Zähne.

»Wozu sind denn diese Kesselanlagen, von denen du gesprochen hast?«

»Zur Beheizung der Ladung. Rohöl wird in erwärmtem Zustand geladen und während der gesamten Transportzeit weiter beheizt, damit man es im Löschhafen überhaupt gescheit abpumpen kann.«

»Eigentlich logisch«, sagte Anna, »werden andere Ladungen ebenfalls erwärmt?«

»Ja«, erläuterte Ole Petersen, der seine Pfeife wieder herausgeholt hatte und andächtig betrachtete, »manche werden sogar regelrecht erhitzt. Zum Beispiel Bitumen, Melasse oder Paraffin. Das ist ja der ursprüngliche Grund, warum überhaupt Doppelhüllentanker konstruiert wurden. Nicht aus Sicherheitsgründen, sondern um Energie und damit Kosten zu sparen. Eine doppelte Hülle bietet eine gute Wärmeisolierung.«

»Aber auch eine höhere Sicherheit gegen das Auslaufen des Transportgutes, oder nicht?«

»Noch vor ein paar Jahren hätte ich diese Frage uneingeschränkt mit Ja beantwortet«, sagte Petersen, »allerdings gibt es bei der Doppelhülle ein äußerst schwerwiegendes Problem. Sie muss als Ballasttank nutzbar sein, um das Schiff, entsprechend der jeweiligen Ladung, trimmen zu können. Als Ballast wird bei Schiffen Seewasser verwendet, das in die entsprechenden Tanks gepumpt wird. Durch dieses Seewasser sind die Innenwände der Hülle einer extremen Korrosion ausgesetzt. Auf Deutsch gesagt, so ein Kahn rostet wie verrückt.«

»Und warum kann man nichts dagegen unternehmen? Kommt man in den Raum zwischen den Hüllen nicht hinein?«

»Doch, es gibt Wartungsluken, und der Abstand zwischen den Hüllen beträgt immerhin zwei bis drei Meter, trotzdem ist es schwierig, weil die Schiffe wegen ihrer verschachtelten Bauweise dem Rost mehr Angriffsfläche bieten. Doppelhüllentanker weisen vom Bug bis zum Heck eine zwei- bis dreimal so große Stahloberfläche auf wie Schiffe mit einfachem

Rumpf. Um den Rostfraß zu stoppen, setzen die Werften in erster Linie auf Farbbeschichtungen. Die Lacksysteme halten jedoch selbst bei tadelloser Wartung nicht so lange, wie die Lebenserwartung eines Tankers kalkuliert wird. Außerdem rosten diese Tanker auch schneller als herkömmliche Schiffe. Die chemischen Prozesse werden durch die erhöhten Temperaturen beschleunigt, die dort herrschen. Das erwärmte Öl lagert in den doppelt isolierten Tankern praktisch wie in einer Thermoskanne. Das wiederum heizt die mikrobielle Korrosion an, eine besonders hinterhältige Spielart von Rost, die Schiffswände innerhalb von wenigen Jahren durchlöchern kann. Bakterien lieben Wärme.«

»Wie viel Platz ist denn da unten?«, fragte Anna.

»Na ja, einerseits ist es eng, andererseits ist es ein sehr weitläufiges Areal. Viele Schadstellen können leicht übersehen werden, weil sich die riesigen Hohlräume kaum besichtigen lassen. Die technischen Prüfer der Klassifikationsgesellschaften, welche die Schiffe jedes Jahr in kleinen Teams von vier oder fünf Leuten unter die Lupe nehmen, müssen bei großen Einheiten Tausende von Quadratmetern absuchen.«

»Also, lassen Sie mich mal zusammenfassen«, sagte Anna, die plötzlich einen elektrisierten Eindruck machte, »man kann durch Wartungsluken in den Zwischenraum hinein, und es ist dort sehr unübersichtlich. Und wenn man da etwas deponieren würde, wäre es unter Umständen nur sehr schwer zu finden, oder? Vor mehr als zwei Jahren haben wir uns bei Mischka Leonard kennengelernt, wissen Sie noch? Damals haben Sie eine Bemerkung über mögliche Risiken bei Doppelhüllentankern gemacht. Sinngemäß haben Sie gesagt, wenn bei einem schlecht gewarteten Schiff Ladung aus den Tanks in die Doppelhülle tropft und sich durch statische Entladung entzündet, kann es zu einer Verpuffung mit katastrophalen Folgen kommen. Das Schiff sinkt wie ein Stein. Was wäre, wenn die Methoden vom *Prinzen der Meere* diesmal nicht zum Einsatz kommen? Sondern die Terroristen einen großen Sprengsatz in dem Raum zwischen den beiden Hüllen platziert hätten. Panzerbrechende Munition, so was in der Art. Was genau würde passieren?«

Meiners und Petersen sagten nichts und starrten sie irritiert und nervös an. Petersen begann automatisch seine Pfeife zu stopfen.

»So eine Art maritimer Super-GAU, oder?«, fragte Anna und beantwortete damit ihre Frage selbst.

Meiners nickte.

»Wenn sie die Bombe an der richtigen Stelle deponiert hätten, könnten sie das Schiff problemlos in zwei Teile zerlegen. Die Explosion wäre so gewaltig, dass mit absoluter Sicherheit alle Schiffe, die sich in der Nähe befinden, in Mitleidenschaft gezogen werden, und selbstverständlich tritt die gesamte Ölladung ungehindert ins Meer aus. Wie die Wrackteile sich drehen würden, kann man nicht sagen, aber ich denke, dass die Fahrrinne verstopft würde. Die gesamte Crew würde wahrscheinlich bei dem Inferno ums Leben kommen, und die Attentäter hätten ebenfalls kaum eine Chance.«

»Damit rechnen sie auch nicht«, meinte Elena.

»Ich muss zurück ins Maritime Sicherheitszentrum«, schnaubte Petersen. Er war jetzt sehr aufgeregt.

»Ich komme mit«, sagte Meiners, »und dann fahre ich weiter nach Mecklenburg-Vorpommern. Ich habe Freunde auf Fischland-Darß, denen vielleicht mal jemand Bescheid sagen sollte.«

»Was ist mit mir?«, fragte Anna.

»Wenn du bereit bist, vor dem WSA eine halbe Stunde im Auto auf mich zu warten, kannst du mitfahren.«

Anna nickte.

»Gut«, sagte Elena und zwinkerte mir zu, »das sieht nach einem gemütlichen Abend zu zweit aus. Kannst du Schach spielen?«

»Ich brauche erst noch etwas Bewegung. Hast du Lust auf einen Strandspaziergang?«

»Gerne, aber ich bin ein bisschen … wie sagt man … benebelt? Ich glaube, ich hätte nicht so viel Bier trinken sollen.«

»Da ist das Watt genau das Richtige. Jede Menge Platz, um ein bisschen herumzuschwanken!«

Zweiundzwanzig

Nachdem Anna, Meiners und Petersen sich verabschiedet hatten, brachen wir auf. Elena hakte sich bei mir ein, und wir gingen auf Feldwegen am Rand der Duhner Heide in Richtung Strand. Die Sonne war bereits untergegangen, und der Abendhimmel hatte eine blassrosa Färbung angenommen. Es war immer noch ziemlich warm, aber der blaue Strandflieder am Wegrand war beinahe verblüht. Trotz des Nieselregens vom Nachmittag bedeckte eine hauchfeine Staubschicht die gesamte Vegetation. Der Wind frischte auf, eine Kolonie Brandgänse zog lärmend über unsere Köpfe hinweg. Der Herbst war noch weit, und doch konnte man bereits spüren, wie der Sommer mit einem langen Stoßseufzer Abschied nahm. Nach etwa fünfzehn Minuten Fußmarsch sahen wir vor uns die ersten Strandkörbe und dahinter das Watt. Es herrschte eine allgemeine Aufbruchsstimmung. Volleyballnetze wurden abgebaut, Decken zusammengefaltet, Kühltaschen eingeräumt und widerspenstige Kinder zurück in unbequeme Kleidung gezwängt. Wir überquerten den breiten Streifen Sandstrand, zogen die Schuhe aus und tauchten unsere Füße beinahe knöcheltief in den Schlick. Elena gab ein paar russische Töne von sich, die sich höchst vergnügt anhörten.

»In so was bin ich noch nie gelaufen«, kicherte sie, »was ist da drin?«

»Alles Mögliche: Sand, Ton, Schlick, Würmer, Schnecken, Kieselalgen, Muscheln und jede Menge anderes Getier.«

»Oh!« Elena, verzog das Gesicht und lächelte tapfer. »Egal, es ist jedenfalls ein fabelhaftes Gefühl.«

Wir zogen die Schuhe nicht wieder an, sondern wanderten barfuß langsam am Strand entlang Richtung Duhner Rettungsstation. Ich betrachtete Elena von der Seite, bewunderte ihr Profil und sah, wie ihre übermütige Fröhlichkeit verschwand.

»Was ist los?«

Sie schluckte und hatte offensichtlich Mühe, nicht in Tränen auszubrechen.

»Ich muss dauernd an Jewgeni denken. Hast du Geschwister?«

»Nein.«

»Jew ist acht Jahre jünger als ich. Seit er auf der Welt ist, habe ich auf ihn aufgepasst. Meine Mutter würde das niemals zugeben, aber im Grunde habe ich ihn großgezogen, was schwierig genug war. Er war intelligent, sehr charmant und gleichzeitig faul und extrem aufsässig. Daran hat sich bis heute nicht viel geändert. Die ganze Schulzeit war eine einzige Katastrophe. Unsere Eltern waren damals mehr in der Poliklinik als zu Hause, in meiner Erinnerung haben sie rund um die Uhr gearbeitet, und alles blieb an mir hängen. Sie waren maßlos enttäuscht, dass ich trotz exzellenter Noten kein Interesse an einem Medizinstudium hatte, aber als Jewgeni ihnen mit siebzehn ganz nebenbei mitteilte, er wolle zur Handelsmarine, war der Teufel los. Mein Vater hat sich in seinem Zimmer mit den Waffenschränken eingeschlossen, und ich habe wirklich gedacht, er tut sich etwas an. Aber Egomanen von dem Kaliber bringen sich nicht um.«

»Oh, manche schon.«

Elena blinzelte irritiert, sprach aber weiter.

»Jedenfalls hat er über drei Jahre nicht mit Jew gesprochen. Als er ihn schließlich angerufen hat, war es nur, um ihn zu überreden, ein Kapitänspatent zu erwerben. Doch mein Bruder wollte keine Karriere machen. Er wollte einfach nur zur See fahren, sich betrinken, wenn ihm danach war, und mit möglichst vielen Frauen schlafen. Und damit war die Versöhnung auch schon wieder vorbei.«

»Und wie ist das Verhältnis jetzt?«

»Bei mir geht es. Meine Eltern waren glücklich, als ich Leonid heiratete. Sie mochten ihn vom ersten Augenblick an, und als er starb, haben sie mir sehr geholfen, überhaupt einigermaßen weiterzuleben. Ich bin ihnen dankbar und gleichzeitig wütend auf sie, weil sie Jewgeni nicht so akzeptieren können, wie er ist.«

»Und du hast keine Ahnung, wo sich die Ulan im Moment befindet?«

»Ich weiß, dass sie am 5. September in Primorsk ausgelaufen ist. Richtung Skandinavien, aber ich weiß nicht, wie schnell sie ist, ob sie irgendwelche Zwischenstopps einlegt und wann sie wo sein wird.«

»Grygoriew hat gesagt, alle russischen Frachtschiffe und Tanker in der Ost- und Nordsee hätten eine Terrorwarnung erhalten. Also auch die Ulan.«

»Mag sein, aber denk daran, was Monk heute Mittag erklärt hat. Angesichts der wirtschaftlichen Zwänge und der dürftigen Beweislage wird kein einziger Kapitän den Kurs ändern!«

Wir gingen schweigend nebeneinanderher. Elena hatte recht. Es gab keine wirklichen Beweise. Chasimikow und Wassily Jedmajew in Grosny waren tot, der tschetschenische Killer war untergetaucht, und wir hatten letztendlich nicht einmal dafür, dass er wirklich Tschetschene war, einen Beweis. Das Tankergeschäft war knallhart, jede Stunde Verspätung im Zielhafen verursachte erhebliche Kosten. Wegen eines Schmierzettels und eines vagen Gerüchtes würde morgen keine einzige Tankerpassage durch die Kadetrinne verschoben werden.

»Ole Petersen könnte uns helfen«, sagte ich, »zumindest festzustellen, wo sich die Ulan genau befindet. Er genießt großes Ansehen im Maritimen Lagezentrum. Ich bin sicher, dass die Experten im Point of Contact – Meldepflicht hin oder her – die Position und den Kurs der Ulan ohne Probleme herausbekommen, wenn Petersen sie darum bittet. Ich werde gleich morgen mit ihm reden. Er hilft uns bestimmt, vielleicht besorgt er uns ein Satellitentelefon, dann kannst mit Jewgeni sprechen.«

Elena blieb stehen, legte eine Hand auf meinen Arm und lächelte zaghaft.

»Spasibo«, sagte sie. »Lass uns zurückgehen. Mir ist kalt.«

Dreiundzwanzig

Irgendwann nach Mitternacht kam sie zu mir. Wir hatten uns nach dem Abendspaziergang an Meiners' Weinregal bedient und tatsächlich noch Schach gespielt. Elena hatte mich zweimal gnadenlos vom Brett gefegt, und danach war ich todmüde ins Bett gefallen. Als später die Klinke mit einem lauten Knirschen heruntergedrückt wurde, fuhr ich hoch und starrte erschrocken zur Tür.

Elena stand ein wenig unschlüssig im hellen Mondlicht, das durch die Jalousien sickerte, und kam langsam näher. Sie trug einen Kimono aus weißer Seide, in japanisch anmutendem Kontrast zu ihrem hochgesteckten, rabenschwarzen Haar.

»Was hast du vor?«, fragte ich.

»Mach mal ein bisschen Platz.«

Schweigend schlug ich die Bettdecke zurück und rutschte zur Wand. Elena glitt unter die Decke, stützte sich auf ihrem Ellenbogen ab und betrachtete mich nachdenklich.

»Wenn du mich rausschmeißt, werde ich sehr böse werden«, sagte sie und küsste mich.

»Kann ich nicht riskieren«, sagte ich undeutlich. Elenas Zunge sabotierte meine Artikulation.

»Du bist klug für einen Deutschen.«

»Halbschwede!«

»Mhm, ja, das schmeckt man.«

»Bist du sicher, dass das eine gute Idee ist?«

»Diese dumme Frage kommt von deiner deutschen Hälfte, nicht wahr?«

»Was ist mit deiner Rippenverletzung?«

»Peanuts«, sagte sie.

Als wir später verschwitzt und zittrig nebeneinanderlagen, rückte sie nahe an mich heran und biss vorsichtig in mein Ohr. Ein elektrisierender Impuls jagte mein Rückgrat hinunter und schlug einen Funken in die Hormonkammer, aber Elena schüttelte den Kopf.

»Lieg still jetzt«, flüsterte sie, »ich muss dir etwas sagen. Als ich am ersten Abend bei dir in der Wohnung war, hat Anna mich gefragt, warum ich gekommen bin. Wegen des Attentats, habe ich gesagt, weil es glaubwürdiger ist, wenn ich diese verrückte Geschichte selbst erzähle, anstatt anzurufen oder eine Mail zu schicken. Und weil ich mir solche Sorgen wegen Jewgeni gemacht habe. Aber das war nur die halbe Wahrheit. Der wirkliche Grund warst du. Ich habe dich nicht mehr aus dem Kopf bekommen seit damals, sosehr ich es auch versucht habe. Ich wollte euch in Ventspils loswerden, weil ich nicht hineingezogen werden wollte in das, was ihr vorhattet. Gleichzeitig habe ich mich verflucht, weil ich so eine dumme, feige Pute war. Und dann warst du tatsächlich weg, und ich stand da in diesem blöden Tourismusbüro mit einem Haufen begriffsstutziger Holländer und hätte schreien können.«

»Ich wollte dich …«

»Psst«, sagte Elena und legte ihre Hand auf meine Lippen, »ich bin zuerst dran. Leonid ist jetzt seit sieben Jahren tot. Irgendwann habe ich den Verlust akzeptiert, doch ich habe es für ausgeschlossen gehalten, dass ich mich noch einmal verliebe. Plötzlich knallst du für eine Stunde in mein Leben wie ein Torpedo und verschwindest wieder. Deine Freundin Helen war eine kluge Frau. Anna hat mir von ihrer Grabinschrift erzählt: *Auch wenn ein Freund weggeht, muss man die Türe schließen, sonst wird es zu kalt.* Ich muss das von dir wissen. Jetzt gleich! Kannst du diese Tür schließen?«

Ich lag schweigend da und wartete auf die Stimme in meinem Kopf, die mich so lange begleitet hatte. Da war nichts. Absolute Stille.

»Ja«, sagte ich.

»Ich verlasse mich auf dich.« Die reale Stimme an meinem Ohr war ein raues, erregendes Flüstern. »Wenn das hier vorbei ist, zeige ich dir meine Länder. Das klingt gut, nicht wahr? Lettland ist sehr schön, aber Russland ist fantastisch. Das größte Land der Erde. Zwei Kontinente und elf Zeitzonen. Gebirge und Flüsse, Sandstrände und Permafrost, alles im Überfluss. Machst du mit?«

»Da!«, sagte ich.

»Sawtra budet lutschsche!«, kicherte Elena leise.

»So viel Russisch kann ich nicht.«

»Das heißt: Morgen wird es besser! So hat es immer in der *Prawda* gestanden, als wir noch die Sowjetunion waren.«

»Dann muss es wahr sein!«

»Da!«

Vierundzwanzig

11. September

Als ich aufwachte, war Elena weg. Meine Hand schob sich tastend zu der Stelle, wo sie gelegen hatte. Sie war noch warm, und das Bettzeug roch schwach nach ihrem Parfüm. Ich steckte die Nase hinein, atmete tief ein und lauschte auf die Geräusche im Haus. Was immer sie tat, sie war sehr leise. Kein Laut aus dem Bad. Kein Rauschen der Dusche, keine Toilettenspülung. Vermutlich war sie in der Küche und hatte die Tür hinter sich zugemacht, um mich schlafen zu lassen. Wäre nicht nötig gewesen, dachte ich, aber Kaffee wäre schön. Heißer, schwarzer Kaffee, dessen Aroma, wie in der Fernsehwerbung, seinen Weg unter der Türritze hindurch findet. Wie schaffte sie es überhaupt, Kaffee zu kochen, ohne das geringste Geräusch zu verursachen?

Erschrocken setzte ich mich auf. Mein Blick fiel durch die geöffnete Schlafzimmertür in den schmalen Flur des Ferienhauses. Dort an der Wand hing ein großer Spiegel, und in diesem Spiegel sah ich die Tür zur Küche. Sie stand offen. Es roch nirgendwo nach Kaffee.

Ich sprang aus dem Bett, knickte mit dem Fuß um und humpelte fluchend ins Wohnzimmer. Auf dem Esstisch lag ein Zettel:

Bin joggen, bringe das Frühstück mit. Kaffee ist noch da. Elena.

Ich holte tief Luft und pfiff erleichtert durch die Zähne. Mir war etwas schwindelig. Elena hatte eine schöne, schwungvolle Handschrift mit eleganten Bögen. Helens Schrift war anders gewesen. Steil und akkurat. Die Schrift eines Menschen, der sich beherrschen kann und die Dinge genau nimmt. Sie wäre bei Grygoriew nicht aus der Haut gefahren. Aber sie war ja auch nicht in der Sowjetunion aufgewachsen. Was soll die bescheuerte Vergleicherei, dachte ich mürrisch. Ich ging unter die Dusche, zog mich an und deckte den Frühstückstisch, während ich darüber nachdachte, wie ich Elena dazu überreden konnte, zu mir nach München zu ziehen. Meine Wohnung war groß genug, aber würde sie den alten Sergej allein in Ventspils zurücklassen? Sicher nicht, doch sie würde ihn auch nicht in ein deutsches Pflegeheim geben, was ich mir im Übrigen sowieso nicht leisten konnte. Was dann? Egal, wir würden eine Lösung finden. Wo stand bloß der verdammte Kaffee? Ich fand ihn in einem Wandschränkchen, gut getarnt hinter einer Packung Frühstücksflocken, und während ich den ächzenden Geräuschen der alten Kaffemaschine lauschte, dachte ich an Elenas aufregende Stimme an meinem Ohr. Die *Prawda* hatte recht. Morgen würde es besser werden. War ich zu alt, um noch Russisch zu lernen? Keine Ahnung, ich würde es jedenfalls versuchen. Und wir würden uns zusammen Russland ansehen. Was hatte Elena gesagt? Lettland ist sehr schön, Russland jedoch ist fantastisch – ich hatte dabei an etwas gedacht, was ich immer schon machen wollte. Elena wusste es noch nicht, aber wir würden einen Teil der Strecke mit der Transsibirischen Eisenbahn zurücklegen …

Ich war so intensiv mit dem Ausmalen meines kleinen Tagtraumes beschäftigt, dass ich das leise Klingeln an der Tür beinahe überhört hätte. Der Volksmund behauptet, Liebe mache blind, aber vor allem macht sie dumm. Als ich mit drei großen Schritten zur Haustür sprintete und sie schwungvoll öffnete, war ich im ersten Augenblick nur maßlos enttäuscht, nicht Elena vor mir zu haben. Ansonsten fiel mir nichts auf. Vor mir stand ein großer Mann in einem blauen Monteur-Overall. Er hatte sehr kurz geschnittenes Haar, ein kantiges, glatt rasiertes Gesicht und einen Werkzeugkoffer in der linken Hand. In der rechten hielt er einen unförmigen, knapp zwanzig Zentimeter langen Gegenstand, der mir merkwürdig bekannt vorkam.

»Guten Morgen«, sagte er mit einem starken flämischen Akzent, »Elektrizitätswerke!«

Ich zuckte zurück, aber natürlich war es zu spät. Der Mann trat einen Schritt auf mich zu und berührte mich mit dem Ding in seiner Hand an der Schulter. Ich hörte ein kurzes, trockenes Knacken, als ob ein Zweig zerbrach, und dann jagte der Stromstoß einen unbeschreiblichen Schmerz durch meinen Körper, paralysierte meine Muskulatur und ließ den Fußboden auf mich zurasen. Ein Krampf in den Kiefergelenken verwandelte den Schrei in meiner Kehle in ein schmerzverzerrtes Gurgeln, und ich spürte, wie meine Zahnfüllungen vibrierten. Dann schlug ich auf und tauchte hinab in die Dunkelheit.

Fünfundzwanzig

Als ich zu mir kam, war ich blind. Und ich wurde herumgeschüttelt. Nein, nicht geschüttelt, mein geschundener Körper wurde auf einer horizontalen Fläche hin und her geworfen wie Nuggets im Sieb eines Goldgräbers. Mir war entsetzlich übel, mein Mund war zugeklebt, und ich bekam schlecht Luft durch die Nase, weil über meinen Kopf eine Art Kapuze gestülpt war, durch die ich auch so gut wie nichts sehen konnte. Meine Hände waren auf dem Rücken zusammengebunden und meine Füße gefesselt. Plötzlich realisierte ich das Motorengeräusch und versuchte, mich auf meine Umgebung zu konzentrieren. Ich war offenbar auf der Ladefläche eines Autos, das relativ schnell auf einer ziemlich unebenen Straße unterwegs war und mich bei jeder Bodenwelle oder scharf genommenen Kurve hin und her schleuderte. Schließlich bog der Fahrer auf eine besser asphaltierte Straße ab. Ich lag still in Embryohaltung da und lauschte dem Geräusch des jetzt rasch beschleunigenden Wagens.

Die Muskulatur meiner gesamten rechten Körperhälfte war verkrampft und tat höllisch weh. Ich konnte mich aus eigener Kraft nicht bewegen, aber immerhin schienen mein Herz und mein Gehirn den Elektroschocker einigermaßen heil überstanden zu haben. Zumindest das Gedächtnis war intakt genug, um mich an meine bodenlose Dummheit, die mich in diese Lage gebracht hatte, erinnern zu können. Warum hatte ich derart blauäugig die Tür aufgerissen und überhaupt nicht geschaltet, als ich den Mann vor der Tür sah? *Haben Sie schon einmal Männer gesehen, die bei der Fremdenlegion waren*, hatte mich Dr. Brugmann gefragt. *Sie sehen sofort, dass die für die Welt der Bausparverträge verloren sind.* Was hatte ich mir vorgestellt? Dass Morisaitte aufgeben würde? Nachdem er Geldorf ermordet hatte? Idiotisch! Ich musste mir eingestehen, überhaupt nichts gedacht zu haben. Die Ereignisse im Maritimen Lagezentrum, und natürlich vor allem Elena, hatten in den letzten vierundzwanzig Stunden meine gesamte Aufmerksamkeit in Anspruch genommen. Ich hatte einerseits die Bedrohung durch Morisaitte und seine Leute die ganze Zeit im Kopf gehabt und andererseits nicht wirklich damit gerechnet, in Cuxhaven angegriffen zu werden. Warum nicht? Schließlich war er auf der Überfahrt nach Lettland auch das Risiko eingegangen, mich auf dem noch belebten Oberdeck der Fähre in einen Verschlag zu zerren und mir eine unmissverständliche Warnung zukommen zu lassen:

Wir haben kein Interesse daran, Sie zu töten – aber auch kein Problem damit. Und mein stummer Freund hier weiß, wie man es anstellt, dass sich jemand den Tod herbeisehnt.

Die Übelkeit verstärkte sich, was mir zusätzlich ziemliche Sorgen machte. Meine Lippen waren mit Klebeband fest verschlossen. Wenn mein Mageninhalt es bis in die Mundhöhle schaffte, bestand die reale Gefahr, an meinem eigenen Erbrochenem zu ersticken. Was würden sie mit mir anstellen? Dieses Mal würde ich nicht mit ein paar Tritten in den Unterleib davonkommen. Ich dachte an Morisaittes Stimme, an die Aura von Arroganz und absoluter Macht, die mir auf der Fähre jeden Mut geraubt hatte, und versuchte verzweifelt, mir ins Gedächtnis zu rufen, wie hilflos und erbärmlich er später in seinem Rollstuhl saß, aber irgendwie drängte sich die andere Erinnerung dauernd in den Vordergrund. Morisaitte mochte ein Krüppel sein, doch hilflos war er nicht. *Du lieber Himmel,* hörte ich Anna fragen, *was soll denn so schwer daran sein, jemandem mit links die Kehle durchzuschneiden, wenn vier Leute ihn für dich festhalten.* Genau das war der entscheidende Punkt. Es war überhaupt nicht schwer.

Der Wagen fuhr jetzt langsamer. An den Geräuschen, die zu mir durchdrangen, konnte ich erkennen, dass wir uns offenbar wieder im Innenstadtbereich von Cuxhaven befanden. Ich hörte Verkehrslärm, den Krach schwerer Maschinen, Schiffssirenen und Möwengeschrei. Wir befanden uns zumindest in der Nähe eines Hafens, davon gab es allerdings eine ganze Reihe in dieser Stadt. Der Wagen bog nach links ab, erneut wurde ich kräftig durchgeschüttelt, als er offenbar über ein großes Stahlgitter rumpelte. Dann stoppte er abrupt und setzte rückwärts. Der Industrielärm nahm ab. Das Motorengeräusch des Autos schien von einem merkwürdigen Echo vervielfacht zu werden. Wir waren in eine große Halle hineingefahren, auch davon musste es in Cuxhaven Dutzende geben. Der Fahrer rangierte noch ein wenig, bevor er den Motor abstellte. Die Heckklappe öffnete sich, zwei kräftige Hände zerrten mich von der Ladefläche und ließen mich auf den Boden fallen. Ich hörte ein klickendes Geräusch, dann wurde mit einem Klappmesser die Kapuze um meinen Kopf herum aufgeschnitten. Es war eine große Erleichterung, wieder frei atmen zu können, aber das war definitiv das einzige Positive an meiner Situation. Ich saß auf dem schmutzigen Fußboden einer Lager- oder Fertigungshalle, direkt hinter dem Auto, mit dem man mich transportiert hatte. Die Ladefläche gehörte zu einem Van. Sie war leer bis auf einen Rollstuhl, der mit einer Sicherungshalterung am Boden fixiert war. Bei dem Wagen handelte es sich um einen schwarzen *Toyota Hiace*, einen robusten, praktischen Van mit Vierradantrieb, bei dem die hinteren Sitzreihen fehlten. Er hatte außerdem eine ausklappbare Metallrampe für Rollstuhlfahrer. Mein Blick fiel auf das belgische Kennzeichen. Instinktiv versuchte ich, es mir einzuprägen. Nur, wozu? Die Tatsache, dass sie mir die Kapuze abgenommen hatten, deutete darauf hin, dass ich keine Chance bekommen würde, diese Information weiterzugeben.

Der Mann mit der Monteursuniform beugte sich zu mir herunter, riss mich an den Armen hoch und schleppte mich ohne erkennbare Anstrengung wie ein Altkleiderbündel vom Auto weg. Im hinteren Teil der menschenleeren Halle war ein kleiner Raum mit zwei großen Fenstern abgeteilt. Der Mann schloss die Tür auf, schubste mich hinein und schaltete das Licht an. Der etwa zehn Quadratmeter große Raum, von dem aus man das Geschehen in der Halle gut überwachen konnte, hatte offenbar einmal als eine Art Büro für die Betriebsleitung gedient. Es gab ein paar Stühle, einen alten Schreibtisch mit einer schmuddeligen Resopalplatte und darauf ein altmodisches Festnetztelefon mit Wählscheibe, dessen Kabel aus der Wand herausgerissen worden war. An den Wänden hingen erkennbar alte Fotos, Plakate von Segeljachten und Konstruktionspläne für Boote. Alles machte einen heruntergekommenen und verlassenen Eindruck. Mein Entführer warf mich hinter dem Schreibtisch zu Boden, fesselte mich mit Handschellen an einen schmutzigen Heizkörper und tätschelte mir mit einer beinahe freundschaftlichen Geste den Kopf.

»Nicht weglaufen«, sagte er. Dann ging er hinaus und schloss die Tür hinter sich ab.

Sechsundzwanzig

Ich saß mit dem Rücken an den Heizkörper gelehnt auf dem Fußboden und starrte auf die vergilbten Poster an den Wänden. Bilder von stolzen Jachten, die in den achtziger und neunziger Jahren des letzten Jahrhunderts von reichen und gut aussehenden Männern gesegelt worden waren. Wenn man den Fotos glauben konnte, hatte eines der Boote sogar einmal am America's Cup teilgenommen. Die Halle, in die ich von meiner Position aus nicht hineinsehen konnte, war augenscheinlich die Fertigungshalle eines größeren Bootsbaubetriebes gewesen, der pleitegegangen war. Der Niedergang der Werftindustrie hatte auch viele kleinere und mittelständische Bootsbauer an der Küste in die Insolvenz getrieben, und wie es aussah, war dieser Betrieb ohne Nachfolger geblieben.

Ein paar Mal hatte ich versucht, ein wenig Lärm zu machen, was natürlich sinnlos war. Mit zugeklebtem Mund konnte man nun mal nicht schreien, und meine hilflosen Tritte gegen den Schreibtisch waren ungehört verhallt. Wo war Morisaitte? Warum hatten sie mich hierher gebracht? Es wäre ein Kinderspiel gewesen, mich gleich zu töten, doch natürlich wollte er es selbst tun. Auf eine sehr langsame und schmerzvolle Weise. Ich erinnerte mich an meine eigenen Worte, damals, als ich ihn in der Klinik besucht hatte, um mich an seinem Elend zu weiden: *Ursprünglich wollte ich mir einfach eine Pistole besorgen und Sie auf offener Straße erschießen, aber, um ehrlich zu sein, das war mir nicht gemein genug.* Morisaitte würde das genauso sehen. Er hatte mehr als zwei Jahre Zeit gehabt, sich seine Rache in allen Einzelheiten auszumalen, und als ehemaliger Bosnienkämpfer verfügte er über einen reichhaltigen Erfahrungsschatz in Sachen Folter und Quälerei.

Sie kamen am Abend. Ich hatte keine Uhr und schon lange jedes Zeitgefühl verloren. Als ich den Van in die Halle hineinfahren hörte, war es draußen schon vollständig dunkel. Es waren vier, Morisaitte und drei seiner Leute. Der Belgier, der mir den Elektroschock verpasst hatte, kam zuerst herein. Danach Morisaitte. Langsam und aufrecht, das rechte Bein ein wenig nachziehend, betrat er den Raum. Den Gehstock in seiner linken Hand schien er nicht wirklich zu brauchen. Er sah gut aus. Nicht so gut wie vor dem Schlaganfall, jedoch nicht annähernd so elend, wie ich ihn in Erinnerung hatte. Sein ehemals grauschwarzes Haar war jetzt vollständig ergraut, und er hatte einiges an Gewicht verloren, aber weder die Asymmetrie der Gesichtszüge mit dem leicht hängenden Augenlid noch die Lähmung der rechten Körperhälfte konnten darüber hinwegtäuschen, dass er genauso gefährlich war wie früher. Dicht hinter ihm betraten zwei Männer den Raum, die mit ihren sonnenverbrannten Gesichtern und rasierten Schädeln haargenau der Beschreibung entsprachen, die Dr. Brugmann in Antwerpen mir gegeben hatte. Einer von ihnen schob den Rollstuhl, den ich in dem Van gesehen hatte, vor sich her. Morisaitte machte dem Belgier ein Zeichen mit der Hand, dieser hob mich vom Boden auf und setzte mich auf einen der alten Stühle. Mit einem einzigen schmerzhaften Ruck riss er das Klebeband von meinen Lippen. Morisaitte winkte ebenfalls nach einem Stuhl und ließ sich in etwa einem Meter Entfernung von mir darauf nieder.

Niemand sprach. Mein Gegenüber funkelte mich mit seinem gesunden linken Auge hasserfüllt an und schien nach Worten zu suchen. Dann war er bereit.

»Schön … Sie zu sehen. Sehr schön!«

Die Worte kamen etwas stockend, aber faszinierenderweise hatte sich seine Stimme überhaupt nicht verändert. Trotz seiner offensichtlichen Handicaps hatte er immer noch die Stimme eines Mannes, der sicher ist, dass er alles tun kann, was er will.

Ich nickte.

»Sie haben sich ja prächtig erholt. Warum haben Sie den Rollstuhl mitgebracht? Oder ist dieser Auftritt auf zwei Beinen nur eine kleine Showeinlage, um mich zu beeindrucken?«

Morisaitte grinste, und die Gesichtslähmung verwandelte das Grinsen in eine sardonische Grimasse. Wieder schien er eine Weile zu brauchen, um sich einen Satz zurechtzulegen. Schließlich schüttelte er den Kopf.

»Der Rollstuhl … der ist für Sie!«

Er ließ mir Zeit, diesen Satz zu verdauen, und gab dem Belgier ein Zeichen mit der Hand. Der fischte ein Päckchen Gauloises aus seiner Jackentasche, zündete eine an und reichte sie ihm. Genüsslich inhalierend saß er einfach da und genoss meine Angst. Als er schließlich die Zigarette auf dem Boden austrat, wusste ich, dass es so weit war.

»Möchten Sie … noch etwas sagen? Etwas Geistreiches … das wir Ihrer mageren Schlampe ausrichten können … wenn wir sie besuchen?«

Ich antwortete nicht. Es gab nichts mehr zu sagen, und die Angst saß wie ein dicker Pfropfen in meiner Kehle, sodass ich sowieso nicht sprechen konnte. Was hatte Morisaitte mit dem Rollstuhl gemeint? Der war definitiv kein Hilfsmittel für Tote. Wenn sie mich umbringen wollten – woran ich nicht den geringsten Zweifel hatte –, war es sinnlos, mich in einen Rollstuhl zu setzen.

Morisaitte ließ sich nun von dem Belgier einen Handschuh über die linke Hand streifen, und erst in diesem Augenblick sah ich den Schlagring. Einer der Männer musste ihn auf den Tisch gelegt haben, was mir offensichtlich entgangen war. Der Belgier reichte ihn zu Morisaitte hinüber, und der ließ seine linke Hand hineingleiten.

»Kommen Sie doch ein bisschen näher«, sagte er.

Die beiden Glatzköpfe packten mich unter den Armen, zerrten mich vom Stuhl hoch und hielten mich wie ein hilfloses Bündel so nahe vor Morisaitte hin, dass ich seinen Zigarettenatem riechen konnte. Der Belgier baute sich hinter mir auf und hielt meinen Kopf fest – was wahrscheinlich gar nicht nötig gewesen wäre. Der Schlag kam derart schnell und ansatzlos, dass ich auch so keine Chance gehabt hätte auszuweichen. Er traf mich mitten ins Gesicht, und instinktiv wusste ich, dass ich einen zweiten Schlag dieser Sorte vermutlich nicht überleben würde. Mein Mund füllte sich mit Blut und kleinen, harten Bröckchen, die einmal Zähne gewesen waren. Ich wollte ausspucken, aber Morisaittes Männer ließen mich einfach los, und ich knallte auf den Fußboden. Sie fingen an, mich zu treten. Schwere Arbeitsstiefel trafen meinen Unterleib, meine Nieren und Rippen, und am Rande meines Bewusstseins erwartete ich den letzten tödlichen Tritt an den Kopf, doch der kam nicht. Bevor ich anfangen konnte, mich darüber zu wundern, wurde mir schwarz vor Augen.

Als mein Gehirn seinen Dienst wieder aufnahm, saß ich in dem Rollstuhl.

Ich hatte nicht die geringste Ahnung, wie lange ich bewusstlos gewesen war. Meine vorher auf dem Rücken gefesselten Handgelenke waren jetzt mit Klebeband auf den Armstützen des Rollstuhls fixiert, und auch meine Füße konnte ich keinen Millimeter bewegen. Sie schoben mich aus dem Büro in die Halle zu dem schwarzen Toyota. Der Belgier öffnete die hintere Tür und klappte die Metallrampe herunter. Dann schob er mich in den Van, fixierte den Rollstuhl auf der Ladefläche und schlug wortlos die Heckklappe zu. Er setzte sich hinter das Steuer, und Morisaitte hievte sich mit einiger Mühe auf den Beifahrersitz. Die beiden Glatzen blieben in der Halle zurück. Wieder rumpelten wir über das große, in den Boden eingelassene Metallgitter, und erneut waren nach dem Verlassen der Halle die typischen Geräusche eines Hafens zu hören, allerdings deutlich gedämpfter als am Vormittag. Sie hatten sich nicht die Mühe gemacht, mir den Mund zuzukleben. Ich konnte sowieso nicht mehr schreien. Mein ganzer Körper schien nur noch aus Schmerz zu bestehen, mein Gesicht war eine große offene Wunde. Der Verkehrslärm draußen nahm langsam ab, zudem schien die Straße wieder unebener zu werden, bis ich schließlich den Eindruck hatte, überhaupt nicht mehr auf einer Straße zu sein. Der Van fuhr jetzt sehr langsam über leicht welligen Untergrund, und ich hörte Schreie von Möwen und Brandgänsen. Ich war am Meer.

Was sollte das alles? Warum hatten sie mich nicht einfach totgetreten? Weil die ganzen Quälerei nur das Vorspiel war. Das Vorspiel für einen Höhepunkt, der mit dem Rollstuhl zu tun hatte. Morisaitte wollte, dass ich in dem Rollstuhl starb, in dem er mehr als zwei Jahre gesessen hatte, und das verstand ich sehr gut.

Der Van stoppte jetzt abrupt, ich war froh, dass der Stuhl fixiert war. Der Belgier öffnete die Tür zur Ladefläche und klappte die Rampe herunter. Kalte, salzige Luft, klar wie Kristall, drang ins Innere des Wagens, und mit unmittelbarer, intuitiver Hellsicht sah ich vor mir, was passieren würde. Ich war auf dem Grunde des Meeres.

Morisaitte blieb im Wagen sitzen, während der Belgier mich hinaus aufs Watt schob und die Heckklappe schloss. Er überprüfte noch einmal meine Fesseln, richtete sich wieder auf und schaute mich direkt an.

»Ich soll Ihnen etwas ausrichten«, sagte er und deutete mit dem Daumen auf die Fahrerkabine. »Betrachten Sie es so: Was sind schon zwei Stunden im Rollstuhl gegen zwei Jahre!«

Dann stieg er in den Van und fuhr davon.

Siebenundzwanzig

Ein heftiger nasskalter Wind und ein Lichtschein fegten über mich hinweg. Ich öffnete mühsam die Augen und sah das Licht nach rechts verschwinden. Nach einer kleinen Weile kam es von der linken Seite wieder zurück, tauchte das Watt vor mir in geisterhafte Helligkeit und verschwand wieder. Ich war benommen von den zahllosen Tritten und dem Schlag ins Gesicht, und ich konnte nicht besonders gut sehen, trotzdem wusste ich, wo ich mich befand – zumindest ungefähr.

Das Licht kam vom Leuchtturm der Insel Neuwerk. Wie weit war er entfernt? Vier, vielleicht fünf Kilometer? Der

Weg von Cuxhaven nach Neuwerk übers Watt war etwa acht Kilometer lang, und ich vermutete, dass sie mich auf der Hälfte der Strecke ausgesetzt hatten. Aber letztendlich spielte das keine Rolle. Ich würde es weder nach Neuwerk noch nach Cuxhaven schaffen.

Sie hatten den Rollstuhl so gedreht, dass ich die Flut kommen sehen würde. Ein Freisitz mit Meeresblick. Noch stand das Wasser bloß zentimeterhoch in den zahlreichen Prielen und Rinnsalen, die das Watt im Mondlicht wie glänzende Silberfäden durchzogen. Wie lange würde es dauern, bis es mich erreicht hatte? *Die Gezeiten wechseln im Rhythmus* von *etwa sechs Stunden und zwölf Minuten*, hatte Monk gesagt, *die Flut braucht im Schnitt nur 85 Prozent der Zeit, in der die Ebbe abfließt.* Also etwa sechs Stunden. Aber das war falsch. Irgendetwas war falsch an dieser Berechnung. Ich schloss die Augen und lehnte meinen Hinterkopf an die Kopfstütze des Rollstuhles. Sie war eiskalt, doch die Kälte schien meine rasenden Kopfschmerzen für wenige Augenblicke zu dämpfen. Sechs Stunden. So lange dauerte der Gezeitenwechsel. Schulkinder lernen das. Monk hatte allerdings noch etwas anderes gesagt. Etwas, an das ich mich nicht erinnern konnte. *Du bist ein großer Schlaukopf, leider kannst du nicht klar denken!* Nein, das hatte Anna gesagt, nicht Monk. Wie ungerecht! Niemand konnte klar denken, wenn sein Kopf vorher mit einem Schlagring traktiert worden war. Das musste ich ihr unbedingt sagen, wenn ich sie …

Tidenhub.

Ein merkwürdiges Wort, das Monk gebraucht hatte. *Der Tidenhub bei Cuxhaven beträgt etwa 2,85 Meter.*

Ich hatte keine sechs Stunden. Die niederschmetternde Erkenntnis zündete erneut einen grellen Schmerz in meinem

Kopf, und mein malträtierter Unterleib zog sich krampfartig zusammen. Sechs Stunden dauerte es, bis die Flut zur stolzen Höhe von 2,85 Metern aufgelaufen war, aber zu diesem Zeitpunkt würde ich längst tot sein. Überflutet, ertrunken, weggespült. Ein Teil des wunderbaren Ökosystems Wattenmeer. Im Rollstuhl war mein Kopf höchstens 1,40 Meter vom Meeresboden entfernt. Wie lange brauchte die Flut, um diese Höhe zu erreichen? *Das Wasser läuft sehr schnell auf,* hatte Monk gesagt. Es würde mein Leben behalten und den Rollstuhl wieder ausspucken. Vielleicht mit ein paar Teilen von mir dran.

Dies war der Moment, in dem meine Stimme zurückkam und ich zu schreien anfing. Ich schrie um Hilfe, ich schrie nach Elena, und ich verfluchte schreiend meine Dummheit. Der auffrischende Wind riss die Schreie mit sich und verteilte sie so schnell über das Watt, dass sie wahrscheinlich in drei Metern Entfernung von mir schon nicht mehr zu hören waren, doch ich konnte nicht aufhören. Ein Teil meines Verstandes wusste, wie sinnlos es war, aber es war einfach unmöglich, *nicht* zu schreien. Ich schrie, bis ein wütender Schmerz in meiner Kehle von meiner Stimme nur noch ein verzweifeltes Krächzen übrig ließ.

Die kalte Luft brannte in meinen Lungen, ihre Feuchtigkeit und der Salzgehalt nahmen zu. Wenn ich mit der Zunge über meine aufgeplatzten Lippen fuhr, konnte ich es schmecken. Und ich hatte Durst. Entsetzlichen Durst. Den alles beherrschenden Durst eines Menschen in der Wüste – so falsch war der Vergleich zumindest auch optisch nicht. Die sich vor mir ausbreitende, leicht gewellte, scheinbar endlose Sandfläche hatte durchaus etwas Wüstenähnliches. Eine Wüste aus Schlick, Sand und Ton, die lebte, atmete und tötete.

Was für eine denkwürdige Art, zu sterben. Abertausende von Schiffbrüchigen waren auf dem Meer verdurstet, umgeben von Wasser, das man nicht trinken durfte, wenn man das Sterben nicht beschleunigen wollte. Vor zwei Jahren hatte ich in Flandern einen Mann gesehen, der auf einem Steinfußboden *ertrank*, weil eine Kugel einen Teil seiner Kehle zerfetzt hatte, und er bei jedem verzweifelten Atemzug das Blut in seine Lungen schlürfte.

Ich allerdings würde etwas wirklich Einmaliges vollbringen. Ich würde auf dem Meeresgrund verdursten.

Nein, sagte eine leise und kalte Stimme in meinem Kopf, *so viel Zeit bleibt nicht. Vorher kommt das Wasser! Sie haben übrigens seit zwei Jahren nichts mehr veröffentlicht!* Ich kannte die Stimme, nur konnte ich mich nicht erinnern, woher. Ich konnte mich überhaupt nicht mehr so gut erinnern, sah jedoch mit absoluter Klarheit, dass die Stimme recht hatte.

Natürlich würde ich nicht verdursten, sondern ertrinken, getötet werden von einer unvorstellbaren Wassermasse, die sich da draußen auf mich zubewegte …

Dann senkte sich Dunkelheit herab, und mein Gehirn nahm eine Auszeit. Es war keine wirkliche Ohnmacht, eher eine Art Trance. Ich wollte es nicht zulassen, versuchte mich auf den Leuchtturm zu konzentrieren, mit der Realität in Kontakt zu bleiben, doch Schmerzen, Verzweiflung, Angst und Kälte zerrissen das dünne Band und ließen meinen Verstand davontreiben, landeinwärts, wie einen Ballon im Wind. Alles war falsch gelaufen. Nicht nur das hier, sondern nach Helens Tod so ziemlich alles. Ein toter Mann auf dem Bahnhofsklo und zwei Tote in einem Haus in Flandern. Meine Rache, die nicht wie geplant funktioniert hatte. Ich hätte mich davon überzeugen sollen, dass er auch wirklich tot war: *And*

I'll stand over your grave, till I'm sure that you are dead. Mister Dylan wusste, was zu tun war. Ich dagegen hatte es versaut. Stattdessen hatte ich Jacqueline van t'Hoff verraten. Und Elena? Nein, Elena nicht …, das war schon lange her. Wie lange? Egal! Die Zeit hatte keine Bedeutung mehr. Auch die Empfindungen und Geräusche nicht, die in mein Bewusstsein drängten. Welche Geräusche? Spielt keine Rolle.

Welche? Geräusche?

Ein sanftes Plätschern und Schwappen, das meine mit Klebeband fixierten Füße umspülte und in Eisklumpen verwandelte.

Ich zwang mich, die Augen zu öffnen. Die Konturen um mich herum wurden schärfer, und ich merkte, dass ich wieder fokussieren konnte. Die Sichtverhältnisse waren ausgezeichnet. Das Mondlicht schien an Intensität noch zugenommen zu haben, und der Leuchtturm ließ nach wie vor seinen geisterhaften Lichtkegel kreisen. Mein Endspiel würde unter Flutlicht stattfinden.

Der Meeresboden war nun vollständig von Wasser bedeckt. Wenn ich davon ausging, dass die Fußstützen des Rollstuhles zehn Zentimeter über dem Boden waren, hatte die Flut, die um meine Knöchel spielte, eine Höhe von etwa zwanzig Zentimetern erreicht. Wie lange auch immer mein Geist an jenem merkwürdigen Ort gewesen war, ich hatte einiges verpasst. Bei dem, was jetzt kam, würde ich dabei sein.

Links von mir, am äußersten Rand des kreisenden Lichtkegels, nahm ich einen hoch aufragenden Pfahl mit einer klobigen Verdickung am oberen Ende wahr. Was hatte Monk gesagt? *Seit der Anschaffung der Rettungsbaken ist es hier für Wattwanderer sehr viel sicherer geworden.* Schon möglich. Leider galt das nicht für Rollstuhlfahrer, vor allem nicht für solche, die gar nicht fahren konnten.

Das Wasser stieg jetzt schneller, aber vielleicht kam es mir auch nur so vor. Ich hatte endgültig jedes Zeitgefühl verloren und offenbar einen weiteren mentalen Aussetzer gehabt, denn mit Erstaunen registrierte ich plötzlich, dass das Wasser meine Knie erreichte. Die nächste Welle schwappte über meinen Schoß und setzte meinen Unterleib unter Wasser. Wegen der fortgeschrittenen Auskühlung spürte ich meinen Körper überhaupt nicht mehr. Die Schmerzen waren verschwunden. Wie lange konnte man um diese Jahreszeit ohne Schutzanzug in der Nordsee überleben? Alle Geschichten von im eiskalten Meerwasser treibenden Schiffbrüchigen, die ich gelesen hatte, handelten von Leuten, die schwimmen oder sich, an Wrackteile oder Rettungsbojen klammernd, zumindest irgendwie bewegen konnten. Nichts davon traf auf mich zu.

Und da war noch eine Kleinigkeit, die ich offenbar dauernd vergaß. Mir blieb gar keine Zeit, an Auskühlung zu sterben, weil ich einfach vorher ertrinken würde. Wie zur Bestätigung rollte in diesem Augenblick eine große Welle auf mich zu, traf mich unterhalb des Brustbeins und hinterließ salzige Spritzer auf meinem Gesicht.

Wo mochte Elena jetzt sein? Und was hatte sie unternommen? Sie war mit Sicherheit verblüfft und ärgerlich gewesen, als sie mich nach ihrer Rückkehr nicht in dem Ferienhaus vorgefunden hatte, doch sie hatte sich wahrscheinlich nicht gleich Sorgen gemacht. Ich konnte ja spazieren gegangen sein oder ebenfalls eine Runde joggen? Schließlich wusste sie nicht das Geringste über meine morgendlichen Gewohnheiten. Möglicherweise war sie irritiert gewesen, dass ich keinen

Zettel hinterlassen hatte, aber war ich der Typ, der Zettel hinterließ, wenn er abhaute? Spätestens nach einer Stunde allerdings hatte sie mit Sicherheit Anna und Meiners angerufen, und Anna war sofort alarmiert gewesen. Was hatten die drei getan? Was hätte *ich* getan? Ich hätte die Polizei eingeschaltet und mich zudem selbst auf die Suche gemacht. Aber wo? Zu diesem Zeitpunkt musste es etwa acht Uhr morgens gewesen sein, und seitdem waren wahrscheinlich mehr als vierzehn Stunden vergangen. Es war aussichtslos. Sie hatten mich nicht gefunden, und daran würde sich auch nichts mehr ändern.

In diesem Augenblick begriff ich, dass ich tatsächlich hier sterben würde – und akzeptierte es. Ich dachte an meine Kindheit, an ein zehnjähriges Mädchen, das am Ende eines wunderbaren gemeinsamen Sommers an der schwedischen Schärenküste ertrank. Nach Benjas Tod wurde ich krank, und als ich an einem verregneten Augusttag die Klinik verließ, hatte ich auf sehr grundlegende Weise verstanden, dass der Tod eine unausweichliche Tatsache des Lebens war. Kinder halten sich im Grunde für unsterblich, die Verdrängung des Gedankens an den eigenen Tod funktioniert noch beinahe vollständig, aber auf mich traf das nicht mehr zu. In all den Jahren, die seitdem vergangen waren, hatte ich immer wieder versucht mir vorzustellen, wie dieser Moment sein würde. Jetzt wusste ich es.

Ich dachte an Elena. An ihre smaragdgrünen Augen, an den Geruch ihrer hellen Haut und den erregenden Klang ihrer rauen Stimme. Erschreckenderweise konnte ich sie nicht *hören*, konnte die Erinnerung nicht richtig abrufen. Dafür war da jemand anderes in meinem Kopf. Eine ruhige, geduldige und überaus vernünftige Stimme, die ich schon viele Jahre nicht mehr gehört hatte. *Glück gehabt,* sagte die

Stimme. *Du hast drei absolut unglaubliche Frauen kennengelernt. Es ist überhaupt nicht alles falsch gelaufen.* Es war die Stimme meines Vaters. Aus der Zeit, bevor er den Verstand verlor und die Demenz diesen unsicheren und weinerlichen Ton hineinmischte, der mich bei jedem Besuch in Schweden rasend gemacht hatte.

Nur gebrummt hatte er nicht. Niemals. Das Wasser hatte jetzt knapp meine Schultern erreicht. Ich sah eine weitere große Welle auf mich zukommen und schloss Mund und Augen, als sie beinahe sanft über mich hinwegrollte. Das Brummen war noch da, doch nicht in meinem Kopf, sondern irgendwo hinter mir. Es war ein ungleichmäßiges, dunkles Brummen, eigentlich mehr ein Röhren.

In diesem Augenblick kippte der Rollstuhl nach hinten, und ich geriet unter Wasser. Die Strömung hatte zugenommen und war jetzt trotz des relativ ruhigen Wetters und Seeganges so stark, dass es den Rollstuhl nicht mehr auf den Rädern hielt. Ich schluckte Wasser, würgte, schrie, und die zurückschwappende Welle brachte mein Gesicht wieder an die Oberfläche. Das Brummen wurde stärker, war jetzt sehr nahe und erstarb abrupt. Dann traf mich etwas hart am Hinterkopf und ich versank.

Achtundzwanzig

Zu ertrinken war gar nicht so schlimm. Zumindest nicht annähernd so schlimm, wie ich befürchtet hatte. Und seltsamerweise war es auf dem Grund des Meeres viel wärmer als an der Wasseroberfläche. Wärmer und trockener. Viel angenehmer. Etwas Brummendes hatte mir auf den Hinterkopf geschlagen, was meine Lage entschieden verbesserte. Oder auch nicht. Zumindest war ich nicht mehr allein. Um mich herum waren Stimmen. Viele Stimmen.

»Sie müssen das Zimmer verlassen. Bitte, gehen Sie raus!«, verlangte eine befehlsgewohnte Frauenstimme.

Nein, das werde ich nicht. Ich gehe nirgendwo mehr hin.

»Das können Sie vergessen«, sagte eine zweite Stimme. Auch eine Frau. Mit Akzent. Sie klang vertraut und sprach mir aus der Seele. Genau, dachte ich, das können Sie vergessen! Ich spürte einen stechenden Schmerz in der rechten Armbeuge und dann wurde mir sehr warm. Unangenehm warm. *Ich gehe, wann* ich *will. Kein Problem für jemanden, der schweben kann.* Mein Körper hatte sich vom Untergrund gelöst und glitt an die Oberfläche. Die raue Frauenstimme war jetzt dicht an meinem Ohr, ein verzweifeltes Flüstern:

»Thomas, bitte …«

»Kreislauf sackt ab!«, rief jemand.

»Schaffen Sie sie hier raus!«, befahl die Frau, die ich zuerst wahrgenommen hatte. Ich mochte sie nicht. Aber ich würde ihr nichts tun. Der Mann in Belgien allerdings … Ich sah Morisaitte auf dem Fußboden seiner Wohnung in

Anderlecht liegen, das Bild wurde scharf und verschwand wieder.

Das war etwas völlig anderes, hörte ich Anna sagen. Warum? Sie lachte. *Weil er es verdient hat!* Ich wiederholte diesen Satz wie ein verrücktes Mantra, doch es funktionierte nicht richtig. Jedenfalls nicht in dem Sinne, dass es mich beruhigte. Ich saß jetzt in einem Auto und starrte auf eine Fensterfront im vierten Stock eines Apartmenthauses. Warum dauerte das so lange? *Wenn Sie so weit sind, schalten Sie einfach das Licht in raschem Wechsel an und aus*, hatte ich zu ihr gesagt. Was war daran nicht zu verstehen? Das Licht ging aus. Wieder an. Wieder aus. *Das reicht, verdammt!* Sie schaltete es noch einmal an. Warum tat sie das? Von einer Sekunde auf die andere war das Misstrauen da. Was war, wenn sie es sich anders überlegte? Wenn ihre Angst die Oberhand gewann? Oder sie Morisaitte trotz der Misshandlungen auf eine verrückte Art liebte und ihm alles erzählt hatte? Was war, wenn sie *mich* verriet, statt ihn. Wenn er dort oben auf mich wartete? Mit einer Waffe in der Hand. *Wir haben kein Interesse daran, Sie zu töten, aber auch kein Problem damit.* Die Lage hatte sich geändert. Jetzt *hatte* er ein Interesse. Er tötete mich, und sie behielt die zweihunderttausend. Vielleicht war das ihr Plan. Vielleicht hoffte sie, dass er ihr dankbar war und die Misshandlungen aufhörten. Nein, so dumm war sie nicht. Wenn sie beichtete, war sie tot. Und ich auch.

Schluss jetzt!

Ich nahm den Geldkoffer, stieg aus und ging mit verkrampften Beinen auf die andere Straßenseite und hinein in das Apartmenthaus. Als ich an die Zimmertür im vierten Stock klopfte, wurde augenblicklich geöffnet. Van t'Hoff musste direkt hinter der Tür auf mich gewartet haben. In der

Hand hielt sie einen großen Rucksack, in den sie jetzt den Geldkoffer, ohne ihn zu öffnen, hineinstopfte. Sie war wie ausgewechselt. Keinerlei Ähnlichkeit mehr mit dem zitternden Opferlamm, das ich in der Galerie kennengelernt hatte. Ihr Gesicht trug einen angespannten und konzentrierten Ausdruck, und sie schien keine Angst zu haben.

»Im Esszimmer«, sagte sie und deutete mit dem Daumen hinter sich. Noch einmal ließ sie ihren Blick durch die Wohnung schweifen. Sie hatte mit dem hier abgeschlossen.

»Hat er Sie ...?«

»Nein«, sagte sie ausdruckslos, »im Gegenteil. Er war sehr nett heute Abend.«

Ich schloss die Zimmertür und sah nach Morisaitte. Er lag völlig reglos auf dem Fußboden. Die Atmung war flach, kaum wahrnehmbar, das Gesicht eingefallen und blass. Rohypnol war ein Spitzenprodukt. Ich schob seinen Hemdsärmel hoch und spritzte ihm das Insulin. Alles nach Plan, oder? Irgendetwas stimmte nicht. Ich kniete vor ihm auf dem Fußboden und beobachtete sein Gesicht. Seine Augenlider begannen zu flattern, und er bekam wieder Farbe. Das war unmöglich. Ich wusste nicht, was da passierte. Seine Finger begannen sich zu bewegen, er spreizte sie und schloss sie wieder zu Fäusten. Deutlich hob und senkte sich die Bauchdecke, als die Atmung kräftiger wurde. Das war nicht das, was ich mir unter einem diabetischen Koma vorgestellt hatte. Plötzlich schoss sein rechter Arm vor, und seine Finger umkrallten mein Handgelenk. Sein Griff war unfassbar hart, wie eine Schraubzwinge, ich fuhr zurück und zog ihn dabei halb in die Höhe. Als ich mit dem linken Arm ausholte, um auf ihn einzuschlagen, schlug er die Augen auf. Er schien bei vollem Bewusstsein zu sein. Seine Lippen öffneten sich zu einem schadenfrohen Grinsen, und sein Atem verströmte einen intensiv medizinischen Geruch, wie in einer Zahnarztpraxis, aber seine Zähne waren nur faulige Stummel, und nun hörte ich seine Stimme. Sie klang tief und angenehm, beinahe heiter.

»Sansibar!«, sagte er und begann meinen Arm zu verdrehen. Mit einer Hand, völlig mühelos, ich versuchte dagegenzuhalten, doch er war zu stark, wieso war er so stark, ich war gekommen, um *ihn* zu töten, und jetzt …

»Fixieren«, sagte eine fremde Stimme. Es war die Stimme einer Frau. Sie hatte hier nichts zu suchen. Sie dachte, er sei tot, aber das war er nicht. Sie musste hier verschwinden, das war viel zu …

»Verdammt!«, fauchte die Frau, »fixieren Sie den Arm, oder können Sie das auch nicht?«

Eine gemurmelte Entschuldigung.

Ich ging wieder unter.

Neunundzwanzig

Aber einmal tauchte ich noch auf in dieser Nacht. Und hoffte, dass jemand auf mich wartete. Als ich langsam an die Oberfläche glitt, wurde diese Hoffnung zur Gewissheit. Ich musste mit ihr sprechen, musste ihr sagen, dass …

»Psst … nicht reden«, flüsterte Elena. Ich hatte mich auf einen horizontalen Lichtstreifen zubewegt, und als ich jetzt Elenas Stimme an meinem Ohr wahrnahm, erkannte ich, dass ich auf eine schwach leuchtende Neonröhre zugeschwebt war, die an der Zimmerdecke hing. Abgesehen von dieser Notbeleuchtung war es dunkel um uns herum. Ich konnte Elenas Parfüm riechen. Sie hatte sich vorgebeugt, und als ich die Augen öffnete, drückte sie meine Hand und lächelte zaghaft.

»Du wirst wieder gesund«, sagte sie, »der Arzt hat es versprochen.«

Ich erwiderte den Druck ihrer Hand und wollte ebenfalls lächeln, aber meine Gesichtsmuskeln ließen sich nicht bewegen. Elena goss Mineralwasser auf ein Tuch und tupfte damit vorsichtig meine Lippen ab. Ich bemühte mich, meine Zunge herauszustrecken, um etwas von der Feuchtigkeit zu spüren, und nach ein paar vergeblichen Versuchen bewegte sie sich tatsächlich ein winziges Stück nach vorn.

»Ich muss dich etwas fragen«, sagte Elena leise, »es ist sehr wichtig. Wenn du mit *Ja* antworten willst, drückst du meine Hand, bei *Nein* machst du einfach nichts.«

Zum Zeichen, dass ich verstanden hatte, umfasste ich vorsichtig ihre Finger.

»War es der Mann im Rollstuhl, der dir das angetan hat? Zusammen mit seinen Leuten?«

Ich drückte ein *Ja*. Elenas blasses Gesicht hatte einen harten und angespannten Ausdruck angenommen. Sie schien zu wissen, dass wir nicht viel Zeit hatten.

»Soll ich die Polizei informieren?«

Meine Hand rührte sich nicht.

»Weißt du, wo er jetzt ist?«

Nein, das wusste ich nicht. Aber ich hatte mir etwas gemerkt. Etwas, das ich unbedingt loswerden musste, bevor mein Verstand wieder abdankte. Ich hatte nicht die geringste

Hoffnung mehr gehabt, es irgendjemandem erzählen zu können, und jetzt, wo es möglich war, konnte ich nicht sprechen. Elenas Gesicht begann vor meinen Augen zu verschwimmen. Ich konzentrierte mich auf meine Zungenspitze, versuchte sie hinter den Überresten meiner oberen Schneidezähne in Position zu bringen. Und dann brachte ich tatsächlich ein »t« und ein krächzendes Geräusch zustande.

»Toioha, waase Van.«

Ich sah in Elenas Augen, dass sie mich nicht verstand. Der Lichtbalken der Neonröhre über mir schien sich wieder zu entfernen und mit ihm ihr Gesicht. Verzweifelt löste ich meine Finger aus ihrer Hand und probierte die Geste des Schreibens. Diesmal begriff sie, was ich wollte. Mit zittrigen Händen zog sie aus ihrer Handtasche Notizblock und Kugelschreiber. Ohne hinzusehen, schon im Wegdämmern kritzelte ich ein großes B und das Kennzeichen. Das Letzte, was ich wahrnahm, war Elenas Stimme.

»Gut«, sagte sie, »sehr gut!«

Dreißig

15. September

Ich hatte ein Einzelzimmer. Das kann ich mir nicht leisten, dachte ich. Ich habe mich später oft gefragt, warum, nach allem, was ich durchgemacht hatte, dieser blöde Gedanke das Erste war, wer mir durch den Kopf ging. Ich ließ den Blick von links nach rechts durch das Krankenhauszimmer schweifen und spürte ein intensives Gefühl der Erleichterung, als ich Anna sah, die an der rechten Seite des Bettes auf einem Stuhl saß und in einem Comic blätterte. Beinahe augenblicklich war die Erinnerung an Morisaittes Worte in der Werfthalle wieder da. *Möchten Sie … noch etwas sagen? Etwas Geistreiches … das wir Ihrer mageren Schlampe ausrichten können …wenn wir sie besuchen?* Es war ihr nichts passiert, und es war wunderbar, sie dort sitzen zu sehen. Ich gab mit geschlossenen Lippen eine Art Brummton von mir. Anna sah auf und grinste unbekümmert.

»Hi!«, sagte sie, »welcome back to the show.«

Ich brummte erneut.

Anna beugte sich vor, streichelte meine Hand und ließ das Lächeln verschwinden.

»Das war das letzte Mal, hörst du, das allerletzte Mal, dass du mir einen derartigen Schrecken einjagst, oder wir sind geschiedene Leute!«

Ich probierte ein Nicken.

»Gut, die Schwestern sagen, du darfst ein bisschen was trinken.«

Das zweite Nicken ging schon besser. Anna griff nach einer Schnabeltasse auf dem Nachttisch, und ich trank in winzigen Schlucken eine halbe Tasse wunderbar aromatischen Pfefferminztee – ein Getränk, dem ich die letzten dreißig Jahre meines Lebens erfolgreich aus dem Weg gegangen war. Ich konnte also die Lippen öffnen. Vielleicht konnte ich sogar sprechen.

»Elena?«, fragte ich, aber es war kaum mehr als ein Flüstern.

»Kommt gleich. Sie ist mit Volker was essen gegangen. Ich bin die Mittagsschicht. Das mit dem Sprechen dauert noch ein wenig. Sie haben was mit deinem Kiefer gemacht, der Arzt wird es dir erklären. Jedenfalls kannst du deinen Mund noch nicht richtig öffnen. Das heißt mindestens eine Woche Babybrei und Schnabeltasse.«

Ich nickte zum dritten Mal, was keine gute Idee war. In meinem Kopf breitete sich ein pochender Schmerz aus, der langsam stärker wurde. Anna setzte sich vorsichtig auf die Bettkante, nahm erneut meine Hand, und dann brach die Fassade von Schnodderigkeit und Zuversicht auseinander. Sie begann hemmungslos zu weinen.

»Diese Schweine«, flüsterte sie, »diese verdammten Schweine!«

Ihr Weinen und Zittern verstärkten meine Kopfschmerzen, doch ich zog meine Hand nicht zurück. Wenig später kamen Meiners und Elena herein. Er lächelte mir zu, nahm Anna in den Arm und ging mit ihr aus dem Zimmer, während Elena sich zu mir setzte.

»Du wirst wieder ganz gesund, der Arzt hat es versprochen.«

Ich machte eine Bewegung mit der Hand, und Elena beugte sich zu mir herunter.

»Ich weiß«, flüsterte ich, »das hast du mir schon einmal gesagt, in jener Nacht.«

»Kannst du dich an alles erinnern?«

»Ich weiß, dass du da warst. Das war wunderbar.«

»Mit was für Leuten habt ihr euch da angelegt, Thomas?«

Ich schüttelte im Zeitlupentempo den Kopf und versuchte zu lächeln.

»Die haben sich mit uns angelegt.«

»Da!«, sagte Elena.

Dann schlief ich wieder ein, und im Wegdämmern sah ich ein triumphierendes Leuchten auf ihrem Gesicht, das ich nicht verstand. Aber es gefiel mir.

Einunddreißig

Als ich später erwachte, waren alle drei da. Anna hatte eine reiche Auswahl an kleinen Gläschen mitgebracht, die sie jetzt auf dem Nachttisch in einer Reihe aufstellte.

»Möchtest du püriertes Krankenhausessen oder lieber Bananen-Möhren-Apfelbrei ab dem zwölften Monat?«

Ich schüttelte angewidert den Kopf und winkte die drei näher heran.

»Wie lange war ich weggetreten?«

Dafür, dass ich den Mund kaum aufbekam, war meine Artikulation gar nicht mal so schlecht. Anna jedenfalls verstand mich auf Anhieb.

»Vier Tage. Sie haben dich in eine Art künstliches Koma gelegt.«

»Wer hat mich aus dem Watt geholt?«

»Lauter gute Jungs«, erklärte sie, »ich habe mich schon bedankt. Sobald du wieder gescheit sprechen kannst, gehen wir zusammen hin und geben einen aus!«

»Eine Spende an die Deutsche Gesellschaft zur Rettung Schiffbrüchiger wäre besser«, wandte Meiners ein.

»Sah das für dich nach Schiffbruch aus?«, fragte Anna.

Meiners sah sie verständnislos an.

»Ich glaube, ihr habt nicht die geringste Ahnung, wie aufwendig so ein Wattalarm ist, oder?«

»Ich denke mal, du wirst es uns erzählen«, sagte Anna.

Meiners blinzelte irritiert. Offenbar hatte er noch nicht ausreichend Gelegenheit gehabt, sich an Annas Humor zu gewöhnen. Er tat mir ein wenig leid.

»Klar«, antwortete er, »ich habe mit dem Einsatzleiter der Feuerwehr geredet, der hat sich kaum noch eingekriegt und mir alles dreimal erzählt. Für einen Friesen ist der echt gesprächig. Thomas hat jedenfalls das volle Programm bekommen. Etwa gegen 22 Uhr haben Spaziergänger Schreie gehört. Sehr weit weg, sehr undeutlich, und das Pärchen war sich nicht einmal einig, ob sie überhaupt etwas gehört hatten. Die beiden haben eine Weile herumdiskutiert, bis die Frau sich durchsetzte und die Wasserschutzpolizei anrief. Daraufhin wurde bei der Freiwilligen Feuerwehr Cuxhaven über FME Wattalarm ausgelöst. Die sind zu viert mit ihrem Trecker und dem Rettungsboot über die Wattwagenauffahrt Duhnen ins Wattgebiet hineingefahren. Zum Glück war es trocken, und das Mondlicht war sehr hell, allerdings war zwei Tage vorher ein kräftiger Sturm über die Deutsche Bucht gezogen, und es herrschte immer noch eine Windstärke von 4 bis 6 Beaufort aus Nord. Über Seefunkkanal 10 kamen zwei Meldungen herein, dass Leute mit Nachtsichtferngläsern auf der Strecke von Cuxhaven nach Neuwerk ein Objekt im Watt gesehen haben wollten, das sich überhaupt nicht einordnen ließ. Die Tide war bereits eine gute Stunde vorher gekippt, und das Wasser lief auf. Große Flächen des Watts waren schon wieder überspült, die Rettungsmannschaft musste jedoch mit ihrem Gespann noch ein Stück in Richtung Neuwerk fahren, bis genug Wasser vorhanden war, um die Franz Mützelfeldt abslippen zu können.«

»Um bitte was?«, fragte Anna.

»Franz Mützelfeldt, so heißt das Rettungsboot. Sie konnten es erst zu Wasser lassen, als genug davon da war.«

»Dann sag das doch!«

»Willst du weitererzählen?«

»Nein«, sagte Anna, »ich kenne ja die richtigen Ausdrücke nicht.«

Meiners gab einen resignierten Seufzer von sich und raufte sich den grauen Haarkranz.

»Gut«, fuhr er fort, »das war in der Nähe der Rettungsbake Nr. 5, etwa in Höhe des Sahlenburger Seehospitals. Unter Radarberatung durch die Schwimmmeisterstation Duhnen und den Rettungskreuzer Hermann Helms, der inzwischen im Duhner Loch vor Anker gegangen war, ist das Rettungsboot schließlich mit Suchscheinwerfern den Wattweg nach Neuwerk abgefahren. Inzwischen hatte sich auch das Rettungsboot der Cuxhavener Berufsfeuerwehr mit einem Notarzt an Bord zur Franz Mützelfeldt vorgearbeitet, und gemeinsam haben sie dich schließlich entdeckt. Zwei Leute sind mit Neoprenanzügen ins Wasser und haben dich aus dem Rollstuhl geschnitten. Die haben nicht schlecht gestaunt. Das Ganze war übrigens bei dem Wellengang und der für September kalten See ein schönes Stück Arbeit. Selbstverständlich haben sie auch den Rollstuhl geborgen. Es war zunächst nicht klar ersichtlich, wie schwer du verletzt warst. Die medizinische Erstversorgung fand an Bord der Hermann Helms statt.«

»Das hast du schön erzählt«, strahlte Anna, »und jetzt ist Thomas dran! Also, wie konntest du im Rollstuhl auf dem Meeresgrund landen, sobald man dich auch nur einen Tag aus den Augen ließ?«

»Wer hat mir da draußen auf den Kopf geschlagen?«

»Der Bug des Rettungsbootes«, erläuterte Anna, »knappes Bremsmanöver.«

Ich kannte Anna gut genug, um zu wissen, dass Sarkasmus und beißender Spott ihre ganz persönliche Methode waren, Angst und Stress zu reduzieren, und so, wie sie jetzt aufdrehte, musste der psychische Druck enorm sein. Ich nahm mir vor, Meiners gelegentlich davon zu erzählen, bevor er das Handtuch warf. Anschließend gab ich ihnen einen flüsternd genuschelten Kurzbericht über den Mann mit dem Elektroschocker, die Werfthalle, die Schläge und das Finale im Rollstuhl.

»Das Schwein kann wirklich wieder laufen?«, fragte Anna schockiert.

»Ja, zurzeit besser als ich!«

»Als ich an dem Morgen zum Ferienhaus zurückkam, habe ich sofort gesehen, dass etwas nicht in Ordnung war«, warf Elena ein. »Die Haustür stand offen, und in dem Kies vor dem Haus war eine tiefe Spurrille, wie von einem Auto, das mit durchdrehenden Reifen gestartet ist. Ich habe die

Umgebung um das Haus herum abgesucht und mir Mühe gegeben, meine Nerven zu beruhigen, nach zwanzig Minuten habe ich es jedoch nicht mehr ausgehalten und Anna und Volker in Warnemünde angerufen. Die sind sofort hierher gekommen.«

»Anna hat mir auf der Fahrt nach Cuxhaven erzählt, welchen Grund Morisaitte hat, sich an euch zu rächen«, sagte Meiners. »Du lieber Himmel, ihr seid noch viel verrückter, als ich dachte!«

»Stimmt«, meinte Elena.

»Anna und ich waren so gegen elf Uhr hier«, fuhr Meiners fort, »und zu dritt haben wir noch einmal versucht, dich in Duhnen zu finden, was natürlich sinnlos war. Nach einer Stunde haben wir beschlossen, zur Polizei in Cuxhaven zu gehen, und das war erst recht der komplette Reinfall. Die haben sich krankgelacht und wollten eine Vermisstenmeldung gar nicht entgegennehmen. Ein erwachsener Tourist, der fünf Stunden abgängig ist, gilt nicht als vermisst. Dass wir die Befürchtung hatten, ein ehemaliger Kriegsverbrecher und Mörder im Rollstuhl könnte dich angegriffen haben, konnten wir auch schlecht erzählen. Es ging eine Weile hin und her, Anna ist ein bisschen laut geworden, und gerade in dem Augenblick, als sie uns rauswerfen wollten, ist dieser Hauptkommissar Winter dazugekommen. Kaum hatte er gehört, dass es sich bei dem Vermissten um den ominösen Dr. Nyström handelte, ist er hellwach geworden.«

»Ja«, sagte Anna, »und jetzt ist er so was von wach, dass wir ihn dir nur mit Hilfe der Ärzte vom Leib halten konnten. Du warst offiziell die ganze Zeit nicht vernehmungsfähig, doch Winter hätte dich am liebsten höchstpersönlich aus dem Koma gerüttelt.«

»Wann wird er hier auftauchen?«

»Vielleicht noch heute Abend. Spätestens morgen!«

»Gut. Mir wird schon etwas einfallen. Und jetzt will ich wissen, was in der Mecklenburger Bucht passiert ist?«

Meiners' Gesichtsausdruck verfinsterte sich, und auch Anna und Elena starrten mich betroffen und unbehaglich an. Hatten sie sich abgesprochen, mich mit schlechten Nachrichten zu verschonen? Und gehofft, dass ich über meiner privaten Katastrophe den Grund vergessen hatte, warum wir überhaupt nach Cuxhaven gekommen waren? Ich sah in ihre Gesichter und wusste, dass alles umsonst gewesen war. Meiners zog sich einen Stuhl heran, nahm einen Schluck aus der Mineralwasserflasche, die auf meinem Nachttisch stand, und schien nicht zu wissen, wie er beginnen sollte. Anna und Elena hatten offenbar beschlossen, ihm das Reden zu überlassen, und ich wusste, dass es dieses Mal keine ironischen Kommentare von Annas Seite geben würde.

»Es war die Ulan.«

Gütiger Himmel! Jewgeni. Mein Blick huschte zu Elena, deren Gesicht einen ruhigen und beherrschten Ausdruck angenommen hatte. Sie sah mich einige Sekunden an und schüttelte langsam den Kopf. Ein zaghaftes, aber unendlich erleichtertes Lächeln stahl sich auf ihre Lippen.

»Er war nicht an Bord.«

»Aber, du hast doch …«

Elenas Lächeln wandelte sich in Zeitlupe zu einem spöttischem Grinsen, gleichzeitig begann sie zu weinen.

»Sein Schwanz hat ihn gerettet. Ist das nicht wunderbar? Ausgerechnet der Körperteil, der ihn in den letzten fünfzehn Jahren ununterbrochen in Schwierigkeiten gebracht hat.«

»Ich versteh kein Wort.«

Elena liefen jetzt die Tränen über die Wangen, aber das Grinsen blieb.

»Er hat das Schiff verpasst, verstehst du? Wegen einer Hafennutte in Primorsk! Die Ulan ist ohne ihn ausgelaufen. Die warten nicht auf einen Zweiten Offizier. In den frühen Morgenstunden des 12. September habe ich erfahren, welches Schiff es war, und das hat mir den Rest gegeben. Jewgeni und du, in einer Nacht, ich war völlig durchgedreht. Und plötzlich, um acht Uhr morgens, ruft er mich an. Es war unbeschreiblich.«

»Wann lerne ich ihn kennen?«

»Bald«, sagte Elena mit einem tiefen Seufzer und wischte sich die Tränen aus dem Gesicht »Mein kleiner Bruder ist ein fröhliches, trinkfestes, hormongesteuertes Arschloch, aber ich glaube, er wird dir gefallen!«

»Ja«, sagte Meiners trocken, »und damit sind die guten Neuigkeiten auch schon abgehakt. Die Ulan. Bringen wir es hinter uns. VLCC-Klasse, zweihunderttausend Bruttoregistertonnen. Sie explodierte ungefähr zu dem Zeitpunkt, als sie dich aus dem Watt geholt haben. Die Bombe muss an Bord gewesen sein und wurde entweder mit einem Zeitzünder oder von einem Selbstmordattentäter direkt aktiviert. Die Experten vom BKA gehen von Letzterem aus. Nach Angaben der Reederei waren an Bord der Ulan achtundzwanzig Besatzungsmitglieder, von denen keines die Explosion überlebt hat. Aber das ist längst noch nicht alles. Eine der zahlreichen Ostseefähren, die dauernd im rechten Winkel zwischen den Frachtschiffen hindurchschlüpfen, wurde von brennenden Wrackteilen getroffen. Bei dem daraufhin an Bord ausbrechenden Feuer kamen nach ersten Angaben der Behörden über einhundertsechzig Personen ums Leben, unter ihnen viele Frauen und Kinder.«

Meiners' brüchige Stimme versagte, und er schien einen staubigen Pfropfen im Hals zu haben, den er auch mit einem neuen Schluck aus der Mineralwasserflasche nicht hinunterbekam. Anna war hinter ihn getreten und hatte ihre Hände auf seine Schultern gelegt. Ihr junges, eigensinniges Gesicht trug einen maskenhaften Ausdruck, den ich noch nie bei ihr gesehen hatte.

»Es geht noch weiter«, sagte sie.

»Ja«, bestätigte Meiners, »es geht noch *viel* weiter.« Seine Stimme klang jetzt fester. Annas körperliche Nähe schien ihm gutzutun. »Wir haben doch von Petersen gehört, wie lausig zum Teil in der Kadetrinne navigiert wird. Viele Kapitäne fahren vorschriftswidrig wie Geisterfahrer. Sie fahren zu schnell ins Fahrwasser ein und gelangen auf die Gegenfahrbahn oder fahren gleich auf dem Mittelstreifen, der Trennlinie zwischen den zwei Spuren des Fahrwassers. So etwas Ähnliches hat der Kapitän des lettischen Frachters Krisjanis Waldemars hinbekommen. Möglicherweise war er betrunken. Er kam der Ulan entgegen und fuhr praktisch in die Ausläufer der Explosion hinein. Der Frachter fing ebenfalls Feuer, ist jedoch nicht gesunken. In den Nachrichten war die Rede von sechsundzwanzig Toten.«

»Ist die Fahrrinne blockiert?«

Meiners nickte.

»Es klingt irre, aber es hat sich im Grunde genau so abgespielt, wie Nils Vohrmann es in der ersten Krisensitzung dargestellt hat. Die Ulan ist tatsächlich quer zur Fahrrinne versenkt worden, und die internationale Frachtschifffahrt steht kopf, was mir angesichts der ökologischen Katastrophe scheißegal ist. Es sind knapp achtzigtausend Tonnen Schweröl der russischen Klassifikation M-100 ausgetreten. Das Zeug ist eine zähe Masse aus Abfällen und Resten von Raffinerien, vermischt mit Altölen und Asche. Ein billiger Treibstoff, halb so teuer wie Schiffsdiesel, allerdings lupenreines Umweltgift. Nach meinen letzten Informationen von heute Morgen hatte das Schweröl der Ulan einen Schwefelgehalt von 2,6 Prozent. In Europa wird Öl mit einem Schwefelgehalt von über einem Prozent als Sondermüll behandelt. Es ist eine einzige gigantische Schweinerei. Die gesamte Küste sowohl auf deutscher als auch auf dänischer Seite ist verseucht, von der Lübecker Bucht bis hinauf nach Falster und Hiddensee, und der Nationalpark Vorpommersche Boddenlandschaft wird ebenfalls seinen Teil abbekommen. Alle Schiffe zur Schadstoffunfallbekämpfung sind rund um die Uhr im Einsatz, nur, ab Windstärke 4 können sie sowieso kaum noch etwas ausrichten. Die Katastrophe ist unabwendbar. Meine Kollegen in Warnemünde haben alle wichtigen Nachrichtensendungen der letzten vier Tage auf DVD aufgezeichnet. Ich hab das Material dabei. Lass dir von Elena ein Notebook bringen und schau es dir an.«

Meiners schwieg erschöpft. Anna hatte begonnen seinen Nacken zu massieren. Er hatte in seiner unterkühlten, beherrschten Art und mit nüchternen Worten die Fakten geschildert, allerdings hatte ich genug Fantasie und Sachverstand, um mir die Dimensionen des Infernos vorstellen zu können. Meiners war völlig fertig.

»Ich wollte hier sein, wenn du zu dir kommst«, sagte er, »aber jetzt, wo ich weiß, dass du so weit in Ordnung bist, fahr ich wieder hoch auf den Darß. Ich kann hier nicht herumsitzen und mir das alles im Fernsehen angucken. Ich muss irgendetwas tun.«

»Was willst du dort tun?«, fragte Anna, »doch nicht etwa Vögel putzen?« Als Meiners und sie sich vor mehr als zwei Jahren kennengelernt hatten, hatte er ihr einen ziemlich zynischen Vortrag über die ökologische Nutzlosigkeit der Seevögel-Säuberungs-Aktionen von Greenpeace gehalten. Jetzt drehte er sich verdrossen zu ihr um und schien zum ersten Mal wirklich ärgerlich zu sein.

»Ja, wenn es sein muss, auch Vögel putzen! Vor allem aber habe ich dort Freunde, die wahrscheinlich existenziell ruiniert sind und Hilfe brauchen.«

»Tut mir leid«, sagte Anna betreten, »das war saublöd von mir. Nimmst du mich trotzdem mit?«

Meiners nickte und sah mich an.

»Ist das okay, wenn Elena bei dir bleibt und wir nach Fischland-Darß hochfahren?«

»Klar«, sagte ich, »mit Winter werde ich schon fertig!«

Anna hob die Augenbrauen und funkelte mich ärgerlich an.

»Das viele Salzwasser hat deinem messerscharfen Verstand nichts anhaben können, nicht wahr? Unterschätz den Typen bloß nicht. Der ist gerissener als Geldorf, und wenn er kommt, wird er die richtig bösen Bullen aus Hamburg mitbringen. Auf jeden Fall nimmt er die ganze Sache sehr ernst.«

»Woher weißt du das?«

»Er hat zwei bewaffnete Polizisten vor deiner Zimmertür postiert. Keiner raus, keiner rein!«

Zweiunddreißig

16. September

Die Chefarztvisite am nächsten Morgen war ein ebenso beeindruckendes wie deprimierendes Ereignis. Dr. med. Griefahn, ein magerer Endfünfziger mit einem scharf geschnittenen Raubvogelgesicht, war mit seinem ganzen Gefolge ohne anzuklopfen in mein Zimmer gestürmt, hatte mich mit einem knappen Kopfnicken begrüßt und mit einer entsprechenden Bewegung des Zeigefingers seine Mannschaft im Halbkreis um mein Bett herum angeordnet. Während er meinen Befund erläuterte, ohne mich dabei auch nur eines Blickes zu würdigen, hatte eine seiner unglücklichen Assistentinnen die Röntgenbilder fallen lassen, was Griefahn zu der Bemerkung veranlasste, dass man wohl kaum eine Zukunft im OP hatte, wenn man noch nicht einmal eine Akte festhalten konnte. Er widmete sich noch ein wenig der Frage, ob die körperlichen Belastungen in der Chirurgie für Frauen *überhaupt* das Richtige waren, als es an der Tür klopfte. Durch die mich umgebenden Weißkittel sah ich, wie sie einen Spalt geöffnet wurde und jemand seinen Kopf hereinsteckte.

»Entschuldigung«, sagte Hauptkommissar Winter, »brauchen Sie noch lange?«

Griefahns Vogelkopf ruckte herum, und er schien tatsächlich einen Augenblick sprachlos zu sein.

»Wer sind Sie denn?«, fragte er schließlich.

»Polizei«, sagte Winter, »und Sie?«

»Zwei Minuten noch«, erwiderte Dr. Griefahn und sah mich zum ersten Mal richtig an.

»Alles gut gelaufen bei Ihnen! In sieben Tagen sind Sie hier raus!«

»Zu Befehl!«, sagte ich.

Mit einem verständnislosen Blick drehte sich Griefahn auf dem Absatz um und rauschte mit dem ganzen Tross hinaus.

Dafür kam einen Augenblick später Hauptkommissar Winter herein. Ich hatte nach Griefahns Abgang für einen kurzen Augenblick das Gefühl gehabt, dass der Vormittag unangenehmer nicht mehr werden konnte. Das war ein Irrtum.

Dreiunddreißig

Moin, moin«, sagte Winter, aber der gemütliche norddeutsche Universalgruß passte nicht zu ihm. An Hauptkommissar Winter war überhaupt nichts Gemütliches, und ich konnte mir außer Amtsdeutsch auch keine Mundart vorstellen, die zu ihm gepasst hätte. Er trug einen hässlichen sandfarbenen Anzug und ein braunes Polohemd ohne Krawatte. Wieder fiel mir auf, dass sein Gesicht beinahe völlig ohne Falten war. Vor allem ohne Lachfalten. Seine ganze Erscheinung strahlte eine offensive Humorlosigkeit aus. Er zog einen Stuhl heran, setzte sich neben mein Bett und schlug die Beine übereinander. Versunken betrachtete er die Aufschläge seiner Bundfaltenhose und schien intensiv nachzudenken. Schließlich sah er zu mir auf.

»Wie geht es Ihnen?«, fragte er der Höflichkeit halber.

»Machen Sie es kurz, die Visite hat mich erschöpft.«

»Gut, erzählen Sie mal, was passiert ist!«

Winter holte aus seiner Tasche ein kleines Aufnahmegerät, kaum größer als eine Zigarettenschachtel, und stellte es auf meinen Nachttisch.

»Da reinsprechen«, sagte er.

Also erzählte ich ihm die ganze Geschichte, ließ allerdings Morisaitte und seine Motive aus, was der Sache natürlich den Anstrich einer absoluten Wahnsinnstat gab. Winter schüttelte dementsprechend ungläubig den Kopf.

»Sie sagen, es waren drei Männer? Nicht mehr?«

»Nein!«

»Und der erste Mann, der mit dem Elektroschocker, hatte einen holländischen Akzent?«

»Könnte auch Flämisch gewesen sein.«

»Ist das nicht das Gleiche?«

»Für die Flamen nicht.«

»Egal! Dieser Mann hat Sie also mit einem Elektroschockgerät angegriffen und anschließend mit einem Van in eine leerstehende Werkhalle gebracht?«

»Ja!«

»Konnten Sie das Kennzeichen von dem Van sehen?«

»Nein!«

»Die Farbe?«

»Schwarz.«

»Und die anderen beiden Typen waren Skinheads?«

»Ich weiß es nicht. Sie hatten jedenfalls Glatzen und Springerstiefel. Gesprochen haben sie nicht.«

»Sie denken, dass in dieser Werkhalle, in der Sie eingesperrt waren, früher Boote gebaut wurden?«

»Ja! Segelboote und Jachten! In diesem abgetrennten Büro hingen Fotos und Konstruktionspläne an den Wänden. Eine der abgebildeten Jachten hatte angeblich sogar mal am America's Cup teilgenommen.«

»Damit kann ich vielleicht etwas anfangen. Die Kapitän-Alexander-Straße käme infrage. Kleine Schiffswerften, Bootsbaubetriebe und Bootshallen. Es gibt dort einige leerstehende Objekte, auf die Ihre Beschreibung zutrifft. Es müsste sich zudem herausfinden lassen, ob in Cuxhaven wirklich einmal eine Jacht von diesem Format gebaut wurde, und wenn ja, wo. Ich kann es mir allerdings nicht vorstellen. Sie würden die Räumlichkeiten wiedererkennen, wenn wir sie finden?«

«Ja!«

»Und die Männer auch?«

»Sicher!«

»Die Männer, die Sie so schrecklich zusammengeschlagen haben und die für alle Fälle schon mal einen Rollstuhl dabeihatten. Für einen Ausflug ins Watt?«

»Was soll denn der aasige Tonfall?«

Winter lehnte sich zurück, verschränkte die Arme vor der Brust und starrte mich aus schmalen Augen an.

»Schauen Sie«, sagte er, »ich werde dauernd angelogen. Das ist so, wenn man Bulle ist. Die Leute finden es normal, die Polizei zu belügen. Große Gangster, kleine Ganoven, Seeleute und Hafennutten, alle lügen mich an, und sogar meine Töchter finden nichts dabei. Man gewöhnt sich daran. Aber Sie – Sie schaffen es, mich zu ärgern! Weil ich nämlich glaube, dass Sie das abgefeimteste Lügenmaul sind, das mir in den letzten zehn Jahren in die Quere gekommen ist. Ich kann es kaum fassen, dass Geldorf Ihnen nicht den Hals umgedreht hat!«

»Geldorf hatte seine Gründe! Aber was soll denn das Gerede. Wie man unschwer erkennen kann, bin ich hier das Opfer!«

»Ja! Fragt sich bloß, warum? Ich gehe davon aus, dass Sie das ganz genau wissen. Glauben Sie wirklich, ein Belgier und zwei Skinheads mit Elektroschocker und Rollstuhl fahren gemütlich durch Cuxhaven und suchen sich ein zufälliges Opfer aus? Das war alles sorgfältig geplant. Der ganze Überfall konnte nur funktionieren, wenn man Sie allein erwischte. Also hat man Sie beobachtet und gewartet, bis Frau Bakarova aus dem Haus war. Die leere Werkshalle, in der man Sie tagsüber versteckt hat, müssen sie ebenfalls vorher ausgekundschaftet haben. Und wahrscheinlich haben sie einen Einheimischen bestochen, der ihnen Zugang zu der Halle verschafft hat. Interessant sind außerdem die Misshandlungen. Dass Glatzköpfe Leute zusammentreten, kommt ja leider häufiger vor. Jemandem allerdings mit einem Schlagring das Gesicht zu demolieren, ist ein Akt maximaler, aber kalkulierter Wut. So ein Ding hat man ja nicht einfach so dabei. Und dann die Inszenierung mit dem Rollstuhl im Watt. Was für ein Aufwand! Was da geschehen ist, Herr Dr. Nyström, war eine Beziehungstat. Ein Verbrechen, bei dem Täter und Opfer sich kannten. Wenn man von den beiden Glatzen mal absieht, die offenbar Randfiguren waren, ist also entweder der Belgier jemand, den Sie kennen, oder aber es war noch jemand dabei, der einen Grund gehabt hat, Ihnen das anzutun, und den Sie bisher bewusst verschwiegen haben.«

Winter machte eine schöpferische Pause und gab mir

Gelegenheit, seinen kleinen Vortrag zu verdauen. Es fiel mir zunehmend schwer, mich zu konzentrieren. Meine Gesichtsmuskeln schmerzten, und das Sprechen wurde immer anstrengender. Anna hatte recht. Winter war gerissen. Und er war noch nicht fertig.

»Bleibt also die Frage, warum Sie nicht alles tun, um uns zu helfen, die Täter möglichst schnell zu fassen. Vielleicht wollen Sie gar nicht, dass wir mit denen sprechen. Weil Sie nicht wollen, dass wir den Grund dieser Tat erfahren. Möglicherweise haben Sie ja selbst etwas getan, das diesen Racheakt heraufbeschworen hat. Und denken, dass das Ihre Privatangelegenheit ist, etwa so wie die Sache im Zug.«

Winter hatte sich in Rage geredet, sein Ton war von Satz zu Satz schärfer geworden. Es war Zeit, das Ganze abzubrechen.

»Tut mir leid«, sagte ich, »wir müssen das hier vertagen. Ich kann nicht mehr. Die Wirkung der Schmerzmittel lässt nach, ich muss mich ausruhen! Bitte gehen Sie!«

»Von hier aus machen Sie eigentlich einen ziemlich munteren Eindruck. Also jedenfalls nicht schlechter als noch vor dreißig Minuten. Was Sie jetzt herausschinden, ist ein Aufschub, nicht mehr. Ich hatte Ihnen ja schon bei unserem ersten Gespräch gesagt, dass das nur das Vorgeplänkel war. In Hamburg gibts einen Hauptkommissar Born. Er sagt, er kennt Sie. Born war Geldorfs Partner und wohl so eine Art Ziehsohn. Als ich ihm erzählt habe, dass Sie meiner Ansicht nach Informationen hinsichtlich Geldorfs Ermordung zurückhalten, ist er ausgerastet. Er kommt morgen mit ein paar Kollegen aus Hamburg. Freunde von Geldorf. Na ja, Sie wissen schon, Großstadtbullen halt. Ich habe ihm gesagt, dass Sie hier so schnell nicht weglaufen.«

Ich drückte auf den Klingelknopf, und erstaunlicherweise erschien augenblicklich eine Schwester im Türrahmen.

»Hauptkommissar Winter möchte gehen!«, sagte ich, aber der schüttelte den Kopf und blieb einfach sitzen. Die Krankenschwester verschwand wieder, ließ die Zimmertür jedoch offen.

»Es gibt da noch einen Aspekt, der mir die ganze Zeit durch den Kopf geht. Der Rollstuhl spielte offensichtlich bei dem Anschlag eine zentrale Rolle, doch die Täter konnten wohl kaum voraussehen, dass an diesem Abend Niedrigwasser sein würde. Ich glaube, dass der Angriff auf Sie sehr sorgfältig geplant wurde, nur Sie mit dem Rollstuhl im Watt auszusetzen, war mit Sicherheit ein spontaner Einfall.«

»Ja, und?«

»Nun, ich habe mich gefragt, was die mit Ihnen und dem Rollstuhl angestellt hätten, wenn an dem Abend Flut gewesen wäre. Verstehen Sie, wie war Plan B, der vielleicht ursprünglich Plan A war? Vielleicht hatte man vor, Sie mit Sekundenkleber im Rollstuhl zu fixieren, mit Benzin zu übergießen und dann brennend die Hafenmole runterrollen zu lassen. So was hab ich mal in einem Film gesehen: *Roter Drache*, nach einem Roman von Thomas Harris.«

»Raus!«

Winter stand auf und schenkte mir ein vages, aber unbestreitbar gehässiges Lächeln.

»Gute Besserung!«, sagte er.

Vierunddreißig

Als Winter die Tür hinter sich schloss, bat ich die Krankenschwester um eine weitere Schmerztablette und lehnte mich erschöpft zurück.

Nichts war vorbei. Als ich damals meinen Handel mit Geldorf besiegelte, war ich glücklich gewesen, mein Leben zurückzubekommen. Und Geldorf hielt Wort. Er hatte sich bestechen lassen, Beweismittel manipuliert und mir das Leben schwer gemacht, aber mich, wenn auch aus eigenem Interesse, letztendlich laufen lassen und geschwiegen.

Erst im Augenblick seines Todes hatte er mich wieder hineingezogen. *Sprechen Sie mit Dr. Nyström aus München. Der weiß, wo das Schwein …* Ich konnte es ihm nicht verdenken, nur leider irrte er sich. Dr. Nyström wusste nicht, wo das Schwein war.

Mit Born hatte ich jetzt praktisch die gesamte Hamburger Polizei auf dem Hals. *Wenn ein Polizist getötet wird, gehen die Kollegen nicht einfach zur Tagesordnung über,* waren Winters Worte bei unserem ersten Gespräch gewesen. Morisaittes Versuch, mich im Watt sterben zu lassen, war zwar fehlgeschlagen, doch mit diesem Anschlag und Geldorfs Ermordung war ich erneut in die Schusslinie der Staatsgewalt geraten, ohne die geringste Ahnung zu haben, wie ich da wieder herauskommen sollte.

Meine Erinnerungen an Born waren nicht besonders deutlich. Ich hatte ihn auf dem Polizeirevier kennengelernt, nachdem ich bei meiner Ankunft in Hamburg Helens Tür polizeilich versiegelt vorgefunden hatte. Ein noch junger

Mann in Jeans und Flanellhemd, der relativ unauffällig in Geldorfs Windschatten gesegelt war und jetzt offenbar genug Format hatte, um in dessen Fußstapfen zu treten.

Ich angelte mir das Krankenhaustelefon vom Nachttisch und wählte Annas Handynummer. Sie war sofort dran.

»Hi!«, sagte sie, »schon Sehnsucht?«

»Du hattest recht mit Winter. Er ist sehr clever, auch wenn er aussieht wie jemand, der gerade zum dritten Mal durch die Steuerberaterprüfung gefallen ist. Er hat mir ziemlich zugesetzt.«

Ich erzählte ihr von dem Gespräch und dem angekündigten Besuch der Hamburger Polizei, und Anna schien meine Besorgnis zu spüren.

»Soll ich zu dir nach Cuxhaven kommen?«

»Nein, das zielt ausdrücklich auf mich. Von dir wollen sie nichts, und ich will nicht, dass du ohne Not in deren Visier gerätst. Wo bist du jetzt?«

»Im Institut für Meeresbiologie in Warnemünde. Hier ist der Teufel los. Ich versuche ein bisschen zu helfen, wo es halt geht. Die sind die ganze Zeit mit Wasserproben beschäftigt. Ein Teil des Öls wurde ja bei der Explosion abgefackelt, trotzdem ist der Ölteppich riesig, und der starke Wind behindert immer noch die Arbeit der Ölbekämpfungsschiffe. Es werden auch immer noch Leichen angeschwemmt. An der Küste sind Hunderte von freiwilligen Helfern im Einsatz, doch es gab am Anfang große Probleme bei der Bereitstellung von Atemschutzmasken, Schutzanzügen und Spezialhandschuhen. Der hohe Schwefelgehalt macht die schwarze Pampe extrem krebserregend, und die Behörden mussten die Leute davon abhalten, sich einfach so an die Arbeit zu machen. Viele von denen, die vor zwanzig

Jahren versuchten, die schwarze Küste von Alaska zu säubern, leiden bis heute an Lungen- und Nervenkrankheiten oder ständigem Nasenbluten. Was den Biologen im Institut Kopfschmerzen macht, ist die Tatsache, dass die Ostsee so flach ist. Einen Wasseraustausch mit dem Atlantik gibt es nur über den Umweg Nordsee, und die geringe Tiefe begrenzt diesen Umweg offenbar stark. Volker meint, statistisch gesehen bleibt ein Wasserteilchen zwischen fünfundzwanzig und dreißig Jahre in der Ostsee, bevor es durchs Skagerrak oder Kattegatt hinausgespült wird. So viel zum Thema Selbstreinigung.«

»Wie läuft es zwischen Volker und dir?«

»Im Moment läuft gar nichts, weil er schuftet wie ein Tier. Ich habe nicht gewusst, dass er einen so wichtigen Job macht«, sagte Anna, und die Bewunderung und Zärtlichkeit in ihrer Stimme waren auch eine Antwort auf meine Frage.

»Könntest du dir vorstellen, bei ihm die Anzahl der Seitenhiebe und Verbalattacken zu halbieren?«

»Hat er sich beschwert?«

»Nein, der Vorschlag kommt von mir.«

Anna schwieg eine Weile.

»Du meinst, zwischendurch einfach mal das Maul halten …?«

»… ist der Anfang aller Diplomatie!«

»Danke!«

»Wozu hat man Freunde?«

»Stimmt«, sagte sie und legte auf.

Nach dem Mittagessen kam Elena und brachte mir ein Notebook mit, aber ich hatte keine Lust mehr, mir Meiners' DVD anzusehen. Mein Bedarf an Katastrophenmeldungen war gedeckt. Stattdessen machte ich mit Elena und einer resoluten Physiotherapeutin ein paar erste Gehversuche auf dem Flur, die mich so erschöpften, dass ich den Rest des Tages verschlief, und als ich in den frühen Morgenstunden aufwachte, entschied ich mich dafür, Born die Wahrheit zu sagen. Nun ja, zumindest den Teil davon, der mir etwas nützen würde.

Fünfunddreißig

17. September

Er sah nicht mehr so aus, wie ich ihn in Erinnerung hatte. Hauptkommissar Born mochte etwa fünfunddreißig Jahre alt sein, hatte seit unserer letzten Begegnung deutlich abgenommen und offenbar ein paar einschneidende, lebensverändernde Ereignisse hinter sich. Zumindest deuteten die tiefen Falten um seinen Mund und die dunklen Schatten unter den Augen darauf hin. Ich tippte auf Scheidung mit Verlust des Hauses. Mindestens. Er war unrasiert, und die Fingerspitzen seiner rechten Hand, die er mir zur Begrüßung entgegenstreckte, waren von Nikotin verfärbt. Wie vor zwei Jahren trug er Jeans, ein kariertes Hemd und die Haare ziemlich lang, aber das lässige Outfit machte dieses Mal einen eher heruntergekommenen Eindruck. Im Unterschied zu Winter sah Born nicht im Entferntesten wie ein Beamter aus. Dies traf in gewisser Weise auch auf seine beiden Begleiter zu, die er mir als Becker und Reimann vorgestellt hatte. Sie waren zwar korrekt gekleidet, wirkten aber mit ihren rabiaten und mürrischen Gesichtern wie Rausschmeißer vom Kiez und gehörten erkennbar zu der Sorte Bullen, die bei einer Razzia erst einmal zuschlägt und sich *dann* die Ausweise zeigen lässt. Sie waren an der Zimmertür stehen geblieben und beobachteten misstrauisch, wie Born mich unerwartet freundlich begrüßte.

»Wie geht es Ihnen? Wir müssen mit Ihnen sprechen. Können Sie aufstehen?«

»Ja! Kann ich mit Ihnen allein reden?«

»Nein!«

»Es wäre im Interesse der Ermittlungen. Und im Interesse von Geldorf.«

Borns Gesicht wurde rot vor Ärger, doch er hatte sich im Griff und schien ernsthaft über meine Bitte nachzudenken.

»Okay«, sagte er schließlich, »aber ich will irgendwohin, wo man rauchen kann!«

»Dies ist ein Krankenhaus!«

»Na und? Beinahe alle Ärzte, die ich kenne, rauchen. Also muss es auch hier einen Ort dafür geben. Ich frage mal im Stationszimmer.«

Nach zwei Minuten war er wieder da und schob einen Rollstuhl vor sich her.

»Tut mir leid«, sagte er verlegen, »rauchen können wir nur auf der Terrasse der Cafeteria, und die Schwester meinte, so weit dürften Sie auf gar keinen Fall laufen.«

Ich starrte entsetzt auf den Rollstuhl und bemühte mich, die aufkommende Panik niederzukämpfen.

»Sie wissen verdammt gut, warum ich da nicht hineinkann!«

»Deal or no deal«, sagte Born, von einem Augenblick auf

den anderen den Tonfall wechselnd. »Sie wollen mit mir allein sprechen, und ich will dabei rauchen. Also, was ist jetzt?«

Die Freundlichkeit seiner Eingangsworte war von schneidender Kälte abgelöst worden, die er genauso schnell wieder verschwinden ließ.

»Kommen Sie, ich helfe Ihnen«, sagte er, als ich meine Beine aus dem Bett schwang. Fürsorglich reichte er mir einen Bademantel und schob den Rollstuhl näher heran. Born hatte offensichtlich ein Verfahren entwickelt, die alte Bad Cop/Good Cop-Nummer im Alleingang aufzuführen. Wenn er nicht aufpasste, würde er in der Klapsmühle enden. Freundlich plaudernd schob er mich auf die Terrasse der Cafeteria, die von einer hellen Vormittagssonne beschienen wurde, besorgte zwei Becher Kaffee und einen Aschenbecher, setzte sich an einen Tisch und zündete sich genüsslich eine Zigarette an.

Auf der kurzen Fahrt im Rollstuhl hatte ich versucht, die Erinnerungen an die Nacht im Watt zu unterdrücken, was natürlich nicht funktionierte, sondern den Schweißausbruch und die Übelkeit noch verstärkte. Mit den Händen umklammerte ich meine Knie, um das Zittern zu verbergen, und dabei war mir klar geworden, dass Born mich mit voller Absicht in den Stuhl bugsiert hatte. Auch Polizisten wussten heutzutage, was eine posttraumatische Belastungsstörung war. Vermutlich hatte er den Rollstuhl auf dem Flur vor einem Krankenzimmer stehen sehen, kurz überlegt, wie dringend mein Wunsch, ihn allein zu sprechen, wohl sein mochte, und dann beschlossen, mir einen Tiefschlag zu verpassen, bevor auch nur ein Wort gewechselt worden war.

Vorsichtig stand ich auf, ging um den Tisch und setzte mich auf einen normalen Stuhl. Mein Herzschlag schien sich wieder zu normalisieren. Born rauchte und beobachtete mich aufmerksam.

»Gehts wieder?«, fragte er nach einer Weile.

»Geldorf hat Ihnen viel bedeutet, nicht wahr?«

Born zuckte etwas zusammen, und auf seiner Stirn erschien eine neue Falte.

»Sie werden noch feststellen, wie viel!«, sagte er.

»Ich werde Sie daran erinnern!«

Er nickte nachdenklich.

»Sie wollten mit mir allein reden. Also reden Sie. Wir sind unter uns. Keine Zeugen, keine Wanzen. Unser nächstes Gespräch wird ein Verhör sein. Menschen neigen dazu, im Angesicht des Todes die Wahrheit zu sagen. Als er starb, hat Geldorf dem Notarzt gesagt, Sie wüssten, wer ihn umgebracht hat, und ich kann mir überhaupt keinen Grund vorstellen, warum er gelogen haben sollte.«

»Nein«, sagte ich, »hat er nicht!«

Borns Gesichtsausdruck verfinsterte sich erneut, und ich sah, wie seine Muskeln sich anspannten. Vielleicht überlegte er, ob er seine Dienstmarke behalten konnte, wenn er in einem Krankenhaus einen frisch operierten Patienten angriff.

»Geben Sie mir eine Zigarette?«

»Nein«, sagte Born.

»Auch gut! Wollen Sie wirklich die ganze Geschichte hören? Von vorn?«

Er nickte und zündete sich eine neue Zigarette an.

»Okay, Kriminaloberkommissar Geldorf ist von dem gleichen Mann umgebracht worden, der auch Helen Jonas getötet hat. In einem Hotelzimmer in Mombasa hat er außerdem seiner Exfreundin die Kehle durchgeschnitten, und er ist es auch gewesen, der mich mit seinen Leuten überfallen und im

Watt ausgesetzt hat. Sein ursprünglicher Name ist Zlatko Zevic, geboren in Serbien, aufgewachsen in Frankfurt am Main. Als ich ihn kennenlernte, war er belgischer Staatsbürger und nannte sich Yves Morisaitte. Helen Jonas hat er eigenhändig getötet, bei Geldorf wird es einer seiner Handlanger gewesen sein, aber er hat den Befehl dazu gegeben.

Ich will versuchen, zumindest grob die Reihenfolge einzuhalten. Als ich damals von München nach Hamburg kam, weil ich mir Sorgen um Helen Jonas machte, bin ich schon ein paar Stunden nach meiner Ankunft bei Ihnen auf dem Kommissariat gelandet. Sie höchstpersönlich haben mir Helens Tod und den Stand der Ermittlungen mitgeteilt. Geldorf und Sie gingen von einer natürlichen Todesursache aus, aber Helens Schwester Anna und ich haben das nicht geglaubt, und es hat auch nicht gestimmt. Wir erfuhren, dass Helen Beweise für einen riesigen Umweltskandal im Zusammenhang mit schrottreifen Öltankern gefunden hatte. Und dass eine zwielichtige Wirtschaftsberatungsfirma in Brüssel alles daransetzte, um diese Fakten geheim zu halten. Yves Morisaitte hat für diese Firma gearbeitet, und er hat Helen ermordet.«

»Wie?«, fragte Born. Er hatte sich entspannt und strahlte jetzt die wohlwollende Aufmerksamkeit eines Therapeuten aus.

»Er hat sie mit einem Trick in diesen Fitnessklub gelockt, sie mit Rohypnol betäubt und ihr später in der Saunakabine tatsächlich Kaliumchlorid gespritzt. Wenn Sie genau wissen wollen, wie das pharmakologisch funktioniert, fragen Sie den zuständigen Pathologen.«

Born schüttelte den Kopf.

»Weiter!«, sagte er.

»Anna und ich sind in Schweden in den Besitz des Beweismaterials gelangt, das Helen auf eine CD gebrannt hatte. Morisaitte und seine Leute hatten uns schon einmal bedroht, und deshalb wollten wir die CD nicht bei uns behalten. Also habe ich sie mit der Post an einen Freund in Hamburg geschickt!«

»Der schwule Schönling von der Öko-Partei?«

»Wenn er erst mal Innensenator ist, werde ich ihm von Ihnen erzählen«, sagte ich.

Born schien nicht beeindruckt.

»Weiter!«, sagte er, immer noch freundlich.

»Anna und ich planten, das Material an Dr. Meiners in Warnemünde weiterzugeben, aber dazu kam es gar nicht. Morisaittes Leute haben Anna entführt und aus Deutschland herausgeschafft, um mich zu zwingen, ihnen die CD zu bringen. Sie haben mich für den Austausch an einen Ort in Flandern bestellt, in ein abgelegenes Naturschutzgebiet etwa eine Autostunde von Antwerpen entfernt. Ich wusste nicht, was ich tun sollte. Das Material war noch bei Mischka Leonard, und ich war mir sicher, dass der Austausch letztendlich eine Falle war. Sie wollten Anna, mich *und* die CD. Wir waren mit dem Auto meines Vaters von Schweden nach Hamburg gekommen, und im Kofferraum befand sich sein altes Jagdgewehr. Das brachte mich auf die irrsinnige Idee, Anna mit Waffengewalt zu befreien, und dazu musste ich die polizeiliche Überwachung in Hamburg loswerden.«

»Ja«, sagte Born gleichmütig, »Ihr kleines Täuschungsmanöver in dem Café. Wir haben Sie unterschätzt. Geldorf hat mir deswegen eine Woche lang die Hölle heißgemacht! Aber, wie weit wollen Sie mit dieser Geschichte denn ausholen? Ich meine, der Tag ist ja noch jung, aber …«

»Gut, lassen Sie mich die Sache abkürzen. Meine Befreiungsaktion ging gründlich in die Hose, und es kam zu einem Schusswechsel, bei dem ich einen der Entführer getötet habe.«

»Sie?«, fragte Born und schien offenbar ein Grinsen zu unterdrücken, »nicht schlecht für einen Psycho-Heini aus Bayern. Entschuldigung, so hat Geldorf Sie immer genannt, wenn wir allein waren.«

Unschuldig lächelnd wartete Born ab, wie ich auf die Provokation reagieren würde, und mir wurde bewusst, dass er um Klassen besser war als Geldorf und Winter. Er war der manipulativste Mensch, dem ich jemals begegnet war.

»Anna hatte für Geldorf auch einen Ausdruck, wenn wir allein waren«, sagte ich, »sie nannte ihn *Korrumpel.* Korrupt, aber ein Kumpel. Ich glaube, sie hatte die Wortschöpfung aus einem alten französischen Krimi!«

Born wurde blass, und die freundlich mitfühlende Fassade wich augenblicklich kalter Wut.

»Passen Sie auf, was Sie sagen!«

»Mach ich! Ich habe also einen der Männer in Notwehr erschossen, doch letztendlich war ich den Typen nicht gewachsen. Ich wurde niedergeschlagen und landete bewusstlos neben Anna Jonas, die, zu einem handlichen Bündel zusammengeschnürt, auf dem Waldboden lag. Was dann geschah, weiß ich nur aus Annas Erzählungen. Die Gangster erhielten einen Anruf, brachen daraufhin die ganze Aktion ab, säuberten den Tatort und verschwanden. Anna und mich ließen sie einfach liegen.«

»Was war passiert?«

»Sie hatten in der Zwischenzeit das Beweismaterial in Hamburg in ihren Besitz gebracht. Wir hatten es nicht bei uns, und sie haben einfach zwei und zwei zusammengezählt. Wen kannten wir in Hamburg? An wen konnten wir es geschickt haben? Sie haben ein Foto von Anna und mir an einen Mittelsmann in Hamburg gemailt, und der ist damit auf gut Glück zu Mischka Leonard gegangen. Angesichts der Lage, in der wir uns befanden, blieb dem gar nichts anderes übrig, als die CD herauszugeben.«

»Kommen Sie mal auf den Punkt!«

»Klar doch! Dieser Mittelsmann war Geldorf!«

Born zündete sich eine neue Zigarette an, und ich hatte den Eindruck, dass seine Hände ein klein wenig zitterten, aber vielleicht war das auch reines Wunschdenken. Sein Gesicht war völlig ausdruckslos.

»Das ist eine Lüge«, sagte er.

»Nein! Geldorf hat es mir später selbst erzählt. Er hatte sich acht Jahre zuvor mit einer großen Geldsumme bestechen lassen, und damit hatten sie ihn in der Hand. Er war korrupt, trotzdem hat er Morisaitte davon überzeugt, dass es nicht nötig war, uns umzubringen. Korrupt, aber ein Kumpel. Eben ein Korrumpel!«

»Und das können Sie alles beweisen?«

»Könnte ich, es wird allerdings nicht nötig sein.«

»Was war mit diesem Morisaitte?«

Born blies seinen Zigarettenrauch unentwegt in meine Richtung und starrte mich aus kalten Augen an.

»Ich habe versucht, ihn mit Insulin umzubringen. Leider ist er nicht daran gestorben, sondern landete mit einem schweren Schlaganfall in einer belgischen Reha-Klinik. Dort saß er zwei Jahre im Rollstuhl. Seit dem Frühjahr ist er raus.«

Born hatte sich zu mir vorgebeugt und angefangen, kleine Rauchringe in die Luft zu blasen. Er wirkte angespannt und konzentriert, jedoch nicht mehr so feindselig. Offenbar gefiel ihm, was ich da so alles freimütig zugab.

»Sie haben es also vermasselt, und dieser Morisaitte ist seitdem auf dem Kriegspfad. Dass er Sie in einem Rollstuhl verrecken lassen wollte, kann ich gut verstehen, den Mord in Mombasa ebenfalls, nur warum hat er Geldorf umgebracht?«

»Es war nichts Persönliches, aber er war ein Mitwisser. Meiner Meinung nach wollte Geldorf in Ruhe seine Pension genießen. Er hätte niemals etwas ausgeplaudert, doch Morisaitte hat das offenbar anders gesehen. Vielleicht hat er befürchtet, Geldorf könnte sein Schweigen brechen, wenn die Überreste eines gewissen Thomas Nyström in einem Rollstuhl an Land geschwemmt würden. Er wollte sich rächen und keine Spuren hinterlassen. Anna Jonas stand auch noch auf seiner Liste.«

»Warum, verdammt noch mal, haben Sie nie die Polizei eingeschaltet?«

»Ich habe Geldorf nicht vertraut – zu Recht, wie sich herausstellte. Als ich erfahren habe, dass er mit den Entführern zusammenarbeitete, hatte ich überhaupt kein Vertrauen mehr zu Ihrem Verein. Außerdem hatten wir selbst eine Reihe von Gesetzesverstößen und Straftaten begangen, die dabei zur Sprache gekommen wären …«

»… und deren Aufdecken Ihnen jetzt offenbar überhaupt kein Kopfzerbrechen mehr macht! Da kommt einiges zusammen: Behinderung der Polizeiarbeit, uneidliche Falschaussagen, schwere Körperverletzung, Totschlag, versuchter Mord … – und jetzt versuchen Sie auch noch das Andenken eines verdienten Polizeibeamten in den Schmutz zu ziehen!«

Born hatte zu seiner Wut zurückgefunden. Er knüllte seine leere Zigarettenpackung zusammen, holte aus seiner Hemdtasche ein neues Päckchen Lucky Strike, riss es ungeduldig auf und zündete sich mit fahrigen Bewegungen eine neue Zigarette an.

»Geldorf war mein Freund, Sie Arschloch!«, sagte er.

Es schien ihn jetzt erhebliche Mühe zu kosten, *nicht* auf mich loszugehen, und ich beschloss, es nicht darauf ankommen zu lassen. Hauptkommissar Born war eindeutig ein Fall für den Polizeipsychologen, trotzdem konnte ich ihm eine kleine Erläuterung der tatsächlichen Sachlage nicht ersparen.

»Ihr Freund und Ihr Partner. Ich weiß das! Und ich respektiere es! Machen Sie sich keine Sorgen, und hören Sie mir noch einen Augenblick zu. Dies war ein vertrauliches Gespräch. Wie Sie schon sagten, keine Zeugen, keine Wanzen. Und für nichts von all dem, was ich Ihnen erzählt habe, gibt es irgendwelche Beweise, glauben Sie mir – außer für die Bestechlichkeit von Geldorf. Dafür steht nämlich meine Aussage und die von Mischka Leonard. Dem man zweifellos glauben wird. Als Geldorf und ich uns damals geeinigt haben, stand es unentschieden. Er hatte mich in der Hand, aber er wusste auch, dass wenn ich in einem Verhörraum der Polizei landete, ein paar Dinge zur Sprache kommen würden, die seine Pensionsansprüche erheblich tangiert hätten. Nun, die Situation hat sich grundlegend geändert. Weil das, was Geldorf gegen mich in der Hand hatte, nicht mehr existiert. Er selbst hat es vernichtet. Ich bin jetzt in der Vorhand.«

»Was wollen Sie?« Borns Stimme vibrierte vor Anspannung.

»Nur eine Kleinigkeit! Sie haben vorhin gesagt, Geldorf habe Ihnen viel bedeutet. Das ist gut so. Sie wollen auf keinen Fall, dass sein Ruf im Nachhinein beschädigt wird, ich will das auch nicht. Eine einfache Sache. Lassen Sie mich in Ruhe, und alles ist bestens. Keine Verhöre, keine Überwachung, keine Anschuldigungen. Es gibt da weder ein juristisches noch ein moralisches Problem. Morisaitte ist ein Mörder und Kriegsverbrecher, was auch für die beiden anderen Männer gilt, die durch mein Verschulden gestorben sind. Mein Anschlag auf Morisaitte und die Schießerei in Flandern fallen sowieso nicht in Ihre Zuständigkeit. Die belgische Polizei hat in dieser Sache niemals ermittelt. Konzentrieren Sie sich meinetwegen auf die Suche nach dem Mörder Ihres Chefs, aber versprechen Sie sich nicht zu viel davon. Sollte es Ihnen tatsächlich gelingen, ihn aufzuspüren, werden Sie einen Mann im Rollstuhl vor sich haben, dem Sie noch nicht einmal beweisen können, dass er Geldorf überhaupt kannte. Die belgischen Behörden werden Sie auslachen, wenn Sie ihnen Morisaitte als Mörder präsentieren. Falls er sich überhaupt noch in Belgien aufhält, was ich bezweifle. Er wird in einem Land sein, wo Ihre Dienstmarke einen Scheißdreck wert ist: Falls Sie dort allerdings eine Möglichkeit sehen, ihn eigenhändig zu erschießen und damit durchzukommen – zögern Sie nicht! Für Geldorf!«

Born schwieg. Er war jetzt sehr blass und schien seine gesamte Energie zu benötigen, um nicht die Beherrschung zu verlieren. Zeit, Schluss zu machen.

»Um Ihre schönen Worte zu gebrauchen: Deal or no deal?«, sagte ich, »Sie haben erfahren, was Sie wissen wollten, und Sie konnten dabei rauchen. Also, was ist jetzt?«

Er schien noch einen Augenblick mit sich zu ringen, und dann kippte die Stimmung, als wenn ein Schalter umgelegt worden wäre. Auf seinem Gesicht erschien ein freundliches, jungenhaftes Grinsen.

»Abgemacht!«, sagte er.

Ich nickte.

»Soll ich Sie zurückfahren?«, fragte er und deutete mit einem Augenzwinkern auf den Rollstuhl.

»Nein danke. Reichen Sie mir Ihren Arm, und stützen Sie mich ein wenig. So schaffe ich es bis zum Zimmer.«

Fürsorglich wie ein freundlicher Zivildienstleistender begleitete er mich über den langen Flur, und dabei streifte sein Blick die weit geöffneten Fenster, durch die ein immer noch warmer Spätsommerwind hereinwehte. Ich sah ihm an, dass er mich am liebsten hinausgeworfen hätte. Er schien zu registrieren, dass ich offenbar seine Gedanken erraten hatte, und lächelte.

»Vielleicht beim nächsten Mal!«, sagte er.

Sechsunddreißig

Als wir zu meinem Zimmer zurückkamen, standen Becker und Reimann draußen auf dem Flur und unterhielten sich mit ihren uniformierten Kollegen, die Winter zu meinem Schutz abgestellt hatte. Born verabschiedete sich mit einem knappen Kopfnicken und winkte seinen Kettenhunden, ihm zu folgen.

»Wir sehen uns!«, sagte er, und damit war der Krankenbesuch vorbei. Ich hätte ihn nicht fünf Minuten länger durchstehen können. Wieder stark schwitzend, ließ ich mich auf der Kante meines Bettes nieder, meine Hände zitterten, und jeder einzelne Muskel meines Körpers schmerzte. Das lange Sprechen, Borns Unberechenbarkeit und Aggressivität und der Rückweg zu Fuß hatten mich so angestrengt, dass ich es kaum schaffte, meine Beine anzuheben und mich hinzulegen.

Ich schloss die Augen, wartete auf das Nachlassen der Schmerzen und hatte dabei die ganze Zeit das Gefühl, etwas übersehen zu haben.

Für nichts von all dem, was ich Ihnen erzählt habe, gibt es irgendwelche Beweise – außer für die Bestechlichkeit von Geldorf. Ich hatte den Mund reichlich voll genommen, konnte jedoch keinen Fehler in meiner Argumentation finden, sosehr ich mir auch das Gehirn zermarterte. Den Toten auf dem Hamburger Bahnhofsklo hatte ich Born gegenüber gar nicht erwähnt, denn nach Geldorfs Ermordung und dem Verschwinden der CD aus der Asservatenkammer gab es von diesem Fall keine Verbindung mehr zu mir.

Die beiden toten Männer in dem alten Bauernhaus in Flandern waren nie zu einem Fall für die belgische Polizei geworden, weil die Entführer am Tatort alle Spuren inklusive der Leichen und Autos beseitigt hatten und die Toten offenbar von niemandem vermisst worden waren. Gab es so etwas?

Was war mit dem Schrotgewehr, mit dem ich einen der Männer erschossen hatte? Anna hatte es auf der Fahrt nach Antwerpen wie ich wusste in einen der zahlreichen Kanäle geworfen, aber ich hatte keine Erinnerung mehr, wo das gewesen sein mochte. Waren meine Fingerabdrücke auf der Waffe nach mehr als zwei Jahren im Wasser kriminaltechnisch noch nachweisbar? Eher unwahrscheinlich, und dazu musste die Flinte erst einmal gefunden werden. Wenn dies allerdings der Fall war und gleichzeitig die Leiche wieder auftauchte … Quatsch, die war inzwischen verwest. Falls sie nicht jemand eingefroren hatte. Ich zwang mich, den Gedankengang abzubrechen, bevor er sich paranoid verselbständigte.

Geldorf hatte gewusst, was ich getan hatte, nur, Geldorf war tot. Ebenso wie Jaqueline van t'Hoff, die hätte bezeugen können, was mit Morisaitte geschehen war. Und der hatte gerade eindrucksvoll demonstriert, dass er gewillt war, seine Angelegenheiten ohne die Polizei zu regeln. Wo mochte er jetzt sein? Wusste er mittlerweile, dass ich noch lebte? Ich an seiner Stelle wäre schleunigst aus Deutschland verschwunden, er war hingegen noch genauso arrogant und unberechenbar wie früher, und vielleicht waren die beiden Wachen vor meiner Zimmertür doch nicht ganz verkehrt. Dass er mich hier in Cuxhaven ein zweites Mal angriff, kam mir allerdings ziemlich unwahrscheinlich vor. Es war ein unnötiges Risiko angesichts der zahlreichen Möglichkeiten, die sich später ergeben würden. Morisaitte hatte alle Zeit der Welt. Ich würde niemals sicher sein.

Außer ich kam ihm zuvor.

Der Gedanke war einfach da.

Aus dem Nichts.

Wie stellst du dir das denn vor?

Mit Geld. So hat es schon einmal funktioniert.

Willst du einen Killer engagieren?

Nenn es, wie du willst!

Du meinst, jemanden suchen, der ihn aufspürt und ihn für dich umbringt?

Ich meine, jemanden suchen, der ihn für mich aufspürt. Umbringen würde ich ihn gerne selbst.

Du bist völlig meschugge.

Ich weiß.

Siebenunddreißig

26. September

Dr. Griefahn behielt recht. Am siebten Tag nach der Visite wurde ich aus dem Krankenhaus entlassen, und weil ich nicht die geringste Lust verspürte, nach München zurückzukehren, nahmen Elena und ich Meiners' Einladung an und bezogen für eine Weile das Ferienhaus in Duhnen, während er mit Anna in Warnemünde blieb. Elena und ich hatten wegen des Hauses einen ganzen Abend herumgestritten, weil sie auf keinen Fall dorthin zurück wollte, wo Morisaittes Leute mich angegriffen hatten, ich wiederum wollte nicht in ein Hotel, und schließlich gab sie nach.

Ich schickte eine Arbeitsunfähigkeitsbescheinigung über dreißig Tage an das Institut, die, bis auf einen besorgten Anruf von Max Althaus, kommentarlos akzeptiert wurde, und ich akzeptierte meinerseits, dass mich niemand zu vermissen schien.

Das Gehen wurde von Tag zu Tag besser, und die Schmerzen in der Brust beim Atmen und Lachen ließen nach. Doch schon bei geringfügigen Anstrengungen hatte ich rasende Kopfschmerzen, gegen die ich jede Menge Tabletten schluckte, und mir war klar, dass ich Gefahr lief, von den Schmerzmitteln abhängig zu werden. Wirklich besorgniserregend war die Tatsache, dass es mir egal war. Außer Elena war mir tatsächlich alles egal. Ich spürte eine Depression auf mich zurollen. Vergleichbar der dunklen Flut, die sich auf mich zubewegt hatte, als nur noch mein Kopf aus dem Wasser ragte. Ich fühlte mich ähnlich hilflos wie in dem Rollstuhl. Wenn ich mich hätte besser bewegen können, eine Chance gehabt hätte, durch Laufen oder wenigstens durch lange Strandspaziergänge die lähmende Angst und Traurigkeit auszuagieren, wäre es wahrscheinlich nicht so schlimm geworden. Aber in meinem Liegestuhl auf der Veranda des Ferienhauses, eingehüllt in eine warme Decke und mit meinen Gedanken allein, steuerte mein Verstand zügig auf ein sehr schwarzes Loch zu. Bei Gesprächen mit Elena ging es mir besser, doch ich musste häufig längere Pausen einlegen, weil mich das Reden anstrengte und mein Kiefer sich noch immer nicht richtig öffnen ließ. Dank des provisorischen Zahnersatzes hatte sich wenigstens meine Artikulation deutlich verbessert.

Während der ersten drei Tage im Ferienhaus waren wir von zahlreichen Reportern und Fotografen belagert worden, die von dem merkwürdigen Fall des Rollstuhlfahrers im Watt irgendwie Wind bekommen hatten. Die Cuxhavener Polizei hatte die ganze Angelegenheit so gut es ging heruntergespielt. In einer knapp gehaltenen Presseerklärung waren lediglich die unbestreitbaren Fakten zur Sprache gekommen: Bei einem Wattalarm wurde ein männlicher Tourist, der von unbekannten Tätern an einen Rollstuhl gefesselt und im Watt ausgesetzt worden war, in letzter Minute vor dem Ertrinken gerettet. Von den drei Tätern, die das Opfer beschrieben hatte, fehlte jede Spur, und eine Erklärung für den grausamen Tathergang gab es nicht.

Später waren dann, vermutlich durch die an der Rettung beteiligten Feuerwehrleute und Helfer, bizarre Einzelheiten durchgesickert, und das hatte die ganze Meute dazu veranlasst, sich vor Meiners' Gartentor breitzumachen, aber mittlerweile war der Spuk vorbei.

Ich hörte von der Veranda aus, wie die Haustür aufgeschlossen wurde, Elena die Einkäufe in die Küche trug und dabei *I Am Sailing* von Rod Stewart sang. Ihr russischer Akzent gab dem englischen Text eine sehr spezielle Note.

»Ich bin wieder da!«, rief sie überflüssigerweise, und ich freute mich darüber. Dann brach der Gesang ab und ich hörte einen überraschten kleinen Ausruf auf Russisch, den ich nicht verstand. Wenige Augenblicke später kam sie hinaus auf die Veranda. Sie hatte ein Notebook dabei, das sie auf dem Gartentisch neben mir aufklappte. Sie drehte es so, dass ich den Bildschirm gut im Auge hatte, stellte die Rückenlehne meines Liegestuhls hoch und setzte sich neben mich.

»Und jetzt?«, fragte ich.

»Ich habe die Post mitgebracht!«

Elena förderte aus ihrer Jackentasche einen Stapel Briefe zutage.

»Was für mich dabei?«

»Für uns beide«, sagte sie, »etwas zum Anschauen!«

Sie schaltete das Notebook an, suchte aus dem Stapel einen festen braunen Umschlag heraus, der eine DVD enthielt, und schob diese ins Laufwerk des Notebooks.

»Was soll das Ganze?«

»Kranke Menschen müssen Geduld haben«, sagte Elena kühl.

Nun erschien auf dem Bildschirm das Gesicht eines bekannten Nachrichtensprechers. Es war die Aufzeichnung einer Sendung von *n-tv* vom 18. September. Der Sprecher blickte ernst und bedeutungsschwer in die Kamera.

»In Belgien kam es in den frühen Morgenstunden zu einem spektakulären Anschlag auf einen Kleinbus, der mit vier Männern besetzt war. Nach Angaben der Polizei wurde der Van beim Verlassen der Autobahn in Höhe der Stadt Mechelen von mindestens zwei Granaten getroffen, kam von der Straße ab und brannte völlig aus. Wie ein Sprecher der belgischen Behörden mitteilte, wurden die Granaten vermutlich mit einem Granatwerfer aus nicht mehr als dreihundert Metern Entfernung abgefeuert. Von den Tätern fehlt jede Spur. Auch die Identität der Wageninsassen konnte bislang nicht geklärt werden. In den weit verteilten Trümmern des Autowracks wurden allerdings Teile eines Rollstuhls gefunden, die vermuten lassen …«

Elena hatte den Ton abgestellt.

»Das ging aber schnell«, sagte sie.

Ich saß reglos da und starrte auf den Laptop. Elena legte vorsichtig ihren Arm um meine Schultern.

»Verstehst du, was diese Meldung bedeutet?«, fragte sie sanft.

Ich nickte, aber eigentlich verstand ich gar nichts.

»Es bedeutet, dass wir keine Angst mehr haben müssen!«, sagte Elena.

Ich nickte wieder und starrte weiter auf den Bildschirm.

»Das Schwierige an der Sache war, dass er mir natürlich nicht vertraute.« Elena sprach langsam und überartikuliert, es klang so, als tastete sie jedes Wort im Mund einzeln ab, bevor sie es aussprach. »Nach meinen rotzigen Bemerkungen im Maritimen Lagezentrum hatte er mich als Gegnerin der russischen Regierung ausgemacht, was ja auch stimmt. Er fand mich attraktiv, aber er mochte mich nicht. Doch ich war sehr überzeugend.«

»Was hast du getan?«, flüsterte ich.

Elena beugte sich zu mir vor.

»Ich erzähle es dir. Jetzt und hier und nur ein einziges Mal. Danach werde ich nie wieder darüber sprechen. Hast du das verstanden?«

Ich nickte.

»Erinnerst du dich an den Abend im Krankenhaus? Es muss nach Mitternacht gewesen sein. Du bist kurz aufgewacht und hast mir von dem Van erzählt und das Nummernschild aufgeschrieben. Es war sehr krakelig, trotzdem konnte ich es entziffern. Ein belgisches Kennzeichen. Ich habe es noch einmal abgeschrieben und den Zettel eingesteckt, ohne groß darüber nachzudenken.«

Elena lehnte sich zurück und schloss die Augen. Ihr Gesicht hatte einen abwesenden und in sich gekehrten Ausdruck angenommen, und ihre Sandpapierstimme klang leise und konzentriert.

»Warum habe ich dieses Autokennzeichen noch einmal abgeschrieben? Für die Polizei? Ich weiß es nicht. Oder vielleicht doch? Es gibt viele Arten von Wissen. Zum Beispiel Wissen, das man nicht wahrhaben will, Gedanken, die man niemals durch die Vordertür reinlassen würde und die doch ihren Weg durch den Lieferanteneingang finden. Es ist merkwürdig. Ich bin aufgeregt, verängstigt und völlig durcheinander, dennoch ist da in meinem Hinterkopf der vage Schatten einer Idee.

Du bist in einem entsetzlichen Zustand. Kaum ein Zentimeter deines Körpers ohne Prellungen und Blutergüsse. Dein Becken ist angebrochen, und drei deiner Rippen sind es auch. Du bekommst schlecht Luft. Als du versucht hast, mit mir zu sprechen, in den wenigen Minuten, die wir hatten, habe ich dich kaum verstanden. Du hast einen Nasenbeinbruch, dein rechtes Jochbein ist zertrümmert, deine vorderen Schneidezähne sind abgebrochen und dein Kiefer verdrahtet. Mittelgesichtsfraktur nennen das die Ärzte. Sehr hinderlich beim Sprechen. Auch der Drogencocktail, der aus der Infusionsflasche unaufhörlich in deinen Arm sickert, ist nicht förderlich für die Verständlichkeit. Es hat ein wenig gedauert, bis ich auf *Toyota, schwarzer Van* gekommen bin.

Die Ärzte haben mir gesagt, dass sie dich wieder hinkriegen. Sie haben ein Team von kosmetischen Chirurgen aus Hamburg hinzugezogen, auch ein Kieferchirurg ist dabei. Du warst sehr lange im OP. Mehr Sorgen als dein Gesicht macht ihnen die Unterkühlung.

Jetzt sitze ich an deinem Bett, starre auf deinen bandagierten Kopf und denke darüber nach, was sie dir angetan haben. Und dass ich vor sieben Jahren schon einmal an einem Bett gesessen habe, in dem ein Schwerverletzter lag, der mir alles bedeutet hat. Bei Leonid war der ganze Körper bandagiert, ich hatte keine Hoffnung mehr. Es war schlimmer bei ihm, viel schlimmer. Nur war es keine Absicht gewesen. Russischer Schlendrian, Korruption und die Profitgier der Oligarchie haben ihn getötet, und ich habe sie verflucht. Doch es war nicht so, dass jemand gekommen ist und gesagt hat: ›Lasst uns heute Leonid Bakarov anzünden!‹ Genau das ist bei dir aber geschehen. Es war ein eiskalter, grausamer, sorgfältig geplanter Mordanschlag, und die Wut darüber schnürt mir die Kehle zu.

Als du wieder eingeschlafen bist, stehe ich auf und gehe in das kleine Bad, das zu deinem Krankenzimmer gehört. Es ist so winzig, dass ich den Sinn des deutschen Wortes Nasszelle begreife. Das Gesicht im Spiegel macht mir Angst. Es ist noch blasser als sonst, die Haut spannt über den Wangenknochen, die Lippen sind zu einem schmalen Strich zusammengepresst, und einen winzigen Augenblick lang weiß ich, wie ich als alte Frau aussehen werde. Nach all den Sorgen und der stundenlangen Heulerei sind mein Make-up und meine Nerven ruiniert, und ich sehe genauso aus, wie ich mich fühle. *Gut so*, denke ich, ohne recht zu wissen, was ich damit meine. *Es passt zu meinem Plan!* Welcher Plan?

Warts ab!

Ich gehe zurück an dein Bett, halte deine Hand und schaue dich noch einmal an. Ich möchte dich küssen, aber ich habe Angst, dir weh zu tun. Also ziehe ich meinen Mantel über und trete hinaus auf den Flur. Er ist nur schwach beleuchtet und menschenleer. Aus dem Stationszimmer höre ich das leise Murmeln der Nachtschwestern. Niemand sieht mich, als ich vorbeihusche. Der Empfang in der Eingangshalle des Krankenhauses ist nicht besetzt.

Meiners hat den Namen des Hotels genannt, leider habe ich keine Ahnung, wo es sich befindet. Kurz entschlossen steige ich in das letzte einsame Taxi, das vor dem Krankenhaus wartet. Das mürrische Gesicht des Fahrers hellt sich auf, als ich das Fahrziel nenne. Die Strandperle in Duhnen ist eine gute Adresse, die Fahrt lohnt sich für ihn.

Das Hotel ist schick und modern und scheint, soweit ich das bei Dunkelheit beurteilen kann, direkt am Strand zu liegen. Der Mann an der Rezeption mustert mich abfällig. Er ist noch jung. Sein Gesicht ist voller Aknenarben und grau vor Müdigkeit. Einen Augenblick lang verlässt mich der Mut, dann reiße ich mich zusammen und versuche, selbstsicher und souverän zu erscheinen, doch meine Stimme spielt nicht mit.

›Guten Abend. Es tut mir leid, dass ich noch so spät hier

hereinplatze. Ich muss mit einem Gast sprechen. Es ist sehr wichtig!‹

Der Mann hinter dem Empfangsschalter hat jetzt ein wissendes und verächtliches Lächeln aufgesetzt. Mein Akzent hilft ihm, mich einzuordnen. *Eine russische Nutte*, denkt er. *Hat sich der Typ mit den Leibwächtern noch bestellt. Sieht aus, als ob sie in dieser Nacht schon einiges hinter sich hat, aber wir sind hier in Cuxhaven und nicht in Wladiwostok.*

›Wissen Sie, wie spät es ist?‹

›Der Herr von der russischen Botschaft, der bei Ihnen wohnt. Ich muss ihn sprechen. Bitte, helfen Sie mir!‹

Ich versuche einen flehentlichen, devoten Ton anzuschlagen, den mir allerdings noch nie jemand abgenommen hat, und auch bei dem Schnösel hinter dem Tresen verfängt er nicht.

›Tu mir einen Gefallen und verpiss dich‹, sagt er, nicht einmal unfreundlich.

Hinter mir in der halbdunklen Hotelhalle höre ich ein scharrendes Geräusch, vielleicht von einem Stuhl, der zurückgeschoben wird, und ich drehe mich um. Ein großer Mann kommt auf mich zu. So wie viele Amerikaner angeblich einen FBI-Agenten auf hundert Meter erkennen, erkenne ich den FSB, der früher einmal KGB hieß. Damals war es *noch* einfacher.

›Was wünschen Sie?‹, fragt er in einwandfreiem Deutsch. Er ist sehr höflich und professionell.

›Ich möchte mit Herrn Grygoriew von der russischen Botschaft sprechen, bitte, es ist sehr wichtig. Er kennt mich. Rufen Sie ihn an, mein Name ist Elena Bakarova. Es ist wirklich sehr wichtig!‹

Der Leibwächter überlegt einen Augenblick, holt sein Handy heraus und wählt eine lange Nummer.

›Sascha hier‹, sagt er auf Russisch, ›ist er noch wach? Gut! Frag ihn, ob er Elena Bakarova sprechen will. … Da? Dann kommen wir jetzt rauf.‹

Wir fahren mit dem Lift in das zweite Obergeschoss und gehen einen schwach erleuchteten Gang bis zum Ende. Vor der letzten Zimmertür stehen noch zwei Bodyguards. Sie sehen kompakter und ruppiger aus als der Mann aus der Hotelhalle, und ich kann die wuchtigen Ausbeulungen unter ihren Achselhöhlen erkennen. Einer lässt mich die Arme hochheben und tastet mich flüchtig nach Waffen ab, klopft darauf an die Tür und Grygoriew macht auf. Er trägt einen Morgenmantel aus karmesinroter Seide, unter dem er aber vollständig bekleidet zu sein scheint, und ganz offensichtlich hat er getrunken. Mit einer lässigen Handbewegung winkt er mich herein, und die Leibwächter schließen von außen die Tür. Ich schaue mich im Zimmer um. Es ist eine sehr große, gediegen in Kapitäns-Blau eingerichtete Suite mit viel maritimem Schnickschnack. Grygoriew geht zu einer Art Anrichte und gießt sich aus einer Kristallkaraffe ein großes Glas Cognac ein. Als er sich wieder umdreht, funkelt er mich zornig an.

›Nun‹, sagt er, ›sind Sie zufrieden?‹

Ich schließe die Augen und bewege die Augäpfel unter den Lidern. Das hat immer funktioniert, bei mir jedenfalls. Als ich sie wieder öffne, sind sie voller Tränen.

›Gowno‹, sage ich weinend und wechsle intuitiv ins Russische, ›wie können Sie so etwas sagen? Achtundzwanzig Seeleute sind auf der Ulan gestorben, die gesamte Besatzung, Russen wie wir! Mehr als einhundertsechzig Tote auf der Fähre, die von brennenden Wrackteilen getroffen wurde, und sechsundzwanzig auf dem Frachter, der in die

Explosion hineinfuhr, und Sie fragen mich, ob ich zufrieden bin?‹

Das Zittern in meiner Stimme ist nicht gespielt, weil meine Empörung über das wahnsinnige Morden echt ist, und Grygoriew scheint das zu spüren. Aber es ändert nichts.

›Sie sind keine Russin!‹

›Weil ich in Lettland geboren bin? Meine Eltern sind Russen, und ich bin es auch. Meine Seele ist russisch. Meinen Sie, wer nicht für die Regierung und den FSB ist, muss deshalb ein Freund von Terroristen sein?‹

›Eine richtige Russin wäre es jedenfalls nicht.‹

Ich schweige scheinbar betroffen und fange wieder an zu weinen. Mit einer absichtlich ungeschickten Bewegung reibe ich meine tränennassen Augen und verteile die Reste des Make-ups auf meinen Wangen. Es muss gespenstisch aussehen. Grygoriew macht mich so wütend, dass meine Emotionen völlig echt sind, auch wenn er sie anders deutet. Bis jetzt war es leicht, der schwierige Teil kommt noch. Ich schlucke die Tränen hinunter.

›Ich bin eine richtige Russin‹, sage ich mit bebender Stimme, ›und deshalb bin ich heute Nacht zu Ihnen gekommen!‹

Grygoriew stutzt, ein breites, wölfisches Lächeln stiehlt sich auf sein Gesicht. Er bewegt sich langsam auf mich zu.

›Das, mein Täubchen‹, sagt er, ›war eine sehr gute Idee.‹

Gütiger Himmel, mit allem habe ich gerechnet, nur damit nicht. Ich weiche zurück, aber da ist die Wand. Meine Gedanken überschlagen sich. Grygoriew kann tun, was er will. Er genießt diplomatische Immunität und hat drei Zeugen, die bestätigen, was immer er sagen wird. *Eine Nutte, die sich unter einem Vorwand Zugang zum Zimmer des Handelsattachés verschafft hat. Offenbar auch Russin. Hat sich plötzlich die Kleider vom Leib gerissen und Geld verlangt.*

Grygoriews Hände umfassen meine Taille, um mich zu sich heranzuziehen, und seine rechte Hand drückt dabei auf den Verband der Stichverletzung. Ich gebe einen ächzenden, kleinen Schmerzenslaut von mir, der ihn überrascht, doch sein Griff lockert sich nicht. Sein Gesicht ist jetzt sehr nahe, und seine Hände gleiten von der Taille nach unten.

›Hören Sie auf!‹, sage ich. Angst und Ekel blockieren meine Stimmbänder, und ich bekomme kaum einen Ton heraus, was ihm zu gefallen scheint.

›Du bist sehr blass‹, sagt er, ›wird Zeit, dass du etwas Farbe bekommst!‹

Seine rechte Hand schiebt sich unter meinen Rock, und verzweifelt drehe ich meinen Kopf zur Zimmertür, hinter der ich die Bodyguards vermute. Grygoriew lächelt amüsiert.

›Wenn du willst, können wir sie dazurufen‹, sagt er, und irgendwie löst dieser dreckige Satz meine Erstarrung.

›Tschjornaja dyrka!‹, schreie ich, was das schlimmste russische Schimpfwort ist, das mir in diesem Augenblick einfällt, ›ich habe ihn gesehen! Den tschetschenischen Killer! Hier in Cuxhaven! Deshalb bin ich gekommen! Verdammt noch mal, hören Sie auf!‹

Grygoriew hat seine Hände überrascht sinken lassen und ist tatsächlich einen Schritt zurückgetreten. Ich weiß, dass ich nur diesen kurzen Augenblick habe.

›Der Mann, der versucht hat, mich umzubringen. Um zu verhindern, dass ich die Behörden vor dem Anschlag warne. Er war hier. Heute Abend habe ich ihn gesehen, in der Innenstadt. Er ist zu Leuten in einen Wagen gestiegen, zwei von denen haben kaukasisch ausgesehen!‹

Die Tür geht auf, und ein Leibwächter steckt seinen Kopf herein. Grygoriew bedeutet ihm, wieder zu verschwinden.

›Hier‹, sage ich und fummle den schon leicht ramponierten Zettel aus meiner Manteltasche, ›ich habe das Kennzeichen. Von dem Auto, in dem diese verdammten Mörder unterwegs sind!‹

Grygoriew nimmt mir den Zettel aus der Hand und wirft einen Blick darauf.

›Belgien?‹, fragt er.

Ich zucke mit den Achseln.

›Ich weiß auch nicht, warum. Viele arabische Organisationen haben gute Kontakte in Brüssel. Vielleicht hatten die Tschetschenen Hilfe von arabischer Seite. Wenn sie Wahhabiten waren, wäre das möglich.‹

Grygoriews lauernder und misstrauischer Blick wandert von dem Zettel zu meinem Gesicht und zurück.

›Es war ein Van‹, sage ich, ›ein schwarzer Toyota. Ziemlich neu!‹

›Warum kommen Sie damit zu mir? Das sind Informationen für die deutschen Behörden!‹

›Nein‹, sage ich und weiß, dass dies der entscheidende Augenblick ist, ›die deutschen Behörden hatten alle Informationen, und was haben sie daraus gemacht? Gar nichts! Ich bin von Ventspils hierher gekommen, habe mein Leben riskiert, und es war alles umsonst. Haben Sie die Bilder in den Nachrichten gesehen? Die Ölpest, das brennende Meer und die verkohlten Leichen? Was meinen Sie, was passiert, wenn diese Wahnsinnigen das Gleiche in Wyssozk oder Primorsk versuchen. Sie wollen von mir wissen, warum ich zu *Ihnen* gekommen bin? Weil ich Russin bin! Ich scheiße auf die deutschen Behörden. Ich will, dass *Sie* etwas unternehmen.‹

Grygoriew schweigt. Schließlich geht er rückwärts zu der Anrichte und gießt sich noch etwas Cognac ein.

›Wollen Sie auch was?‹

›Nein‹, sage ich und freue mich über den selbstsicheren und kalten Klang in meiner Stimme, ›ich will, das Sie Ihre Pflicht tun!‹

Das war der Augenblick, in dem er mir geglaubt hat. Mein Mann Leonid war ein sehr guter Pokerspieler. Er hat mir erzählt, dass man manchmal den winzigen Moment sehen kann, in dem der Gegner den Köder schluckt und der Bluff funktioniert. Genau das habe ich in Grygoriews Augen gesehen. Er hat mich rausgeschickt und angefangen zu telefonieren.«

Elena schwieg erschöpft. Sie hatte meine Hand genommen und angefangen, meine Finger zu massieren. Mein Hals war trocken, und die Narben in meinem Gesicht brannten.

»Warum hat er dir geglaubt?«

»Er hätte es auch genauso gut nicht tun können. Grygoriew war ungeheuer wütend, und plötzlich war ich da und bot ihm eine Möglichkeit, diese Wut auf ein konkretes Ziel zu richten. Er wollte etwas tun. Natürlich war er misstrauisch. Sehr sogar. Aber vor allem war er völlig skrupellos. Wenn meine Informationen falsch waren, starben ein paar Unschuldige. Sollte er sich jedoch deshalb die Chance entgegen lassen, eventuell die Richtigen zu erwischen? Was war, wenn ich die Wahrheit sagte? Ich denke, er *wollte* es glauben. Das Wunschdenken spielt bei Geheimdiensten eine große Rolle. Schau dir die CIA an. Als die Amerikaner die Propaganda für den Irakkrieg vorbereiteten, gab es auf einmal Berichte über Saddams fahrbare Laboratorien für biologische

Waffen. Sie wurden in die Welt gesetzt von einem alkoholkranken irakischen Überläufer, den der BND als Agent führte. Ein notorischer Lügner mit dem Decknamen *Curveball*. Es war einfach so, dass man ihm *glaubte*, weil es so wunderbar *passte*.«

»Ich hätte niemals gedacht, dass sie so weit gehen würden«, sagte ich nach einer Weile.

Elena runzelte erstaunt die Stirn.

»Warum nicht? Liest du keine Zeitungen? Sie haben Anna Politkowskaja in Moskau erschossen und im gleichen Jahr Alexander Litwinenko in London mit Polonium vergiftet. Der frühere bulgarische Geheimdienst war berüchtigt für Attentate auf Regimegegner im Ausland, und der französische hat in den achtziger Jahren ein Schiff von Greenpeace in die Luft gesprengt. Schon vergessen? Die CIA unternahm nachweislich eine Reihe von fantasievollen Versuchen, Fidel Castro umzubringen, und der Mossad schnappt sich die Feinde Israels, wo immer er sie ausmacht. Also, warum nicht in Belgien ein paar Terroristen erledigen?«

»Wie stellst du dir das mit den Granaten vor?«

»Ich habe dir doch erzählt, dass mein Vater ein Waffennarr ist. Er könnte dir wahrscheinlich gleich mehrere Möglichkeiten und Fabrikate nennen. Wenn du willst, rufen wir ihn an. Ich weiß aber, was er empfehlen würde: Nehmen Sie ein MGL Mk-1!«

»Was ist das?«

»Ein sehr leichter, halbautomatischer, schultergestützter Granatwerfer für den Abschuss von 40-Millimeter-Granaten. Ideale Reichweite 250 bis 400 Meter. Passt zusammengeklappt in einen großen Rucksack und wiegt ungeladen etwas mehr als fünf Kilogramm. Die Waffe hat einen Revolvermechanismus mit sechs Kammern und ein Spezialvisier, das ein Zielen mit beiden Augen erlaubt. Reicht dir das?«

Ich nickte. »Ich muss es Anna sagen. Sie hat fürchterliche Angst.«

»Gib ihr die DVD. Sie soll sie anschauen und dann vernichten!«

»Danke«, sagte ich.

»Wofür?«

»Für das, was du getan hast!«

»Ich habe überhaupt nichts getan. Ich habe nicht die geringste Ahnung, wovon du sprichst.«

»Stimmt, das hatte ich vergessen!«

Wir schwiegen beide.

»Ich würde dich jetzt gerne küssen«, sagte sie nach einer Weile, aber ich schüttelte vorsichtig den Kopf. Er war eine einzige Tabuzone.

»Vielleicht nächste Woche«, sagte ich.

»Ich könnte weiter unten anfangen und mich in der Woche nach oben vorarbeiten.«

»Nächste Woche!«

Elena grinste anzüglich, ging in die Küche und kam mit einer Flasche Wodka zurück. Sie füllte zwei Gläser randvoll und drückte mir eines in die Hand.

»Hier, du darfst ja noch nichts Festes zu dir nehmen!«

»Möchtest du feiern?«

»Nein«, sagte sie, »aber ich werde dich ein wenig gefügig machen.«

»Hab Geduld! Du weißt doch, was die *Prawda* sagt: ›Sawtra budet lutschsche!‹«

»Die *Prawda*, die ich meine, gibt es nicht mehr!«
»Schade drum?«
»Net«, sagte Elena, »na sdorowje!«

Achtunddreißig

Am nächsten Morgen fing ich mit dem Training an. Die Nacht mit Elena war nicht ganz schmerzfrei verlaufen, hatte jedoch eine wunderbar vitalisierende Wirkung auf mich entfaltet. *Lieg einfach nur still, und füge dich in das Unvermeidliche*, hatte sie geflüstert, und klug, wie ich war, gehorchte ich.

Ich begann mit längeren Spaziergängen in dem großen Garten, der Meiners' Haus umgab. Elena sah mir von der Veranda aus zu und belohnte mich mit anerkennenden Blicken. Nach drei Tagen wagte ich mich mit ihr in den Ortskern von Duhnen. Mit Genugtuung stellte ich fest, dass ich bereits wieder dreißig Minuten ohne Unterbrechung gehen konnte. Fünf Tage später unternahmen wir unsere erste kleine Strandwanderung. Das Wetter war schon herbstlich kühl. Die Seeluft tat mir gut, aber der Anblick des Watts und der weit draußen liegenden Insel Neuwerk machte mir zu schaffen, weshalb wir auf halber Strecke umkehren mussten. Die Schmerzen im Brustkorb beim Atmen und Lachen waren beinahe verschwunden. Auch im Becken verspürte ich nur noch vereinzelt ein leichtes Ziehen. Meinem Gesicht ging es ebenfalls besser, es war mir gelungen, die Tagesration an Kopfschmerztabletten zu halbieren. Elena besorgte mir ein paar Hanteln, ein Ergometer-Fahrrad und Nordic-Walking-Stöcke, die sich als nützlich erwiesen, obwohl ich mir damit albern vorkam. Langsam hörte ich auf, mich wie ein Patient zu fühlen.

Meine psychische Genesung machte ebenfalls Fortschritte. Die Depression war abgelöst worden von einer beinahe manischen Hochstimmung, die einem erfahrenen Psychiater sicher zu denken gegeben hätte – ich jedoch wusste genau, warum es mir gut ging: Weil Elena mich liebte und Morisaitte tot war. Konnte ein Mensch mehr Glück haben?

Nach wie vor wurde im Fernsehen von den Auswirkungen der Ölpest in der Kadetrinne berichtet, noch immer gab es Bilder von elend verendeten Meerestieren und Meldungen von Opfern, die an den Folgen ihrer schweren Verletzungen gestorben waren, doch wie bei allen Katastrophen gingen die Medien nach und nach zur Tagesordnung über. Es war gelungen, die Fahrrinne zu räumen, und die veröffentlichte Meinung einigte sich darauf, dass mit der Wiederaufnahme des Schiffsverkehrs das Schlimmste überstanden war.

Ich hatte ebenfalls eine merkwürdige emotionale Distanz zu dem Geschehen entwickelt. Ich war raus aus der Sache. Es wurde Zeit, mit allem abzuschließen. Wir hatten uns eingemischt und versucht zu verhindern, was geschehen war, und wir hatten diesen Versuch beinahe mit dem Leben bezahlt. Jetzt war es vorbei. Ich verspürte ein intensives Verlangen nach Alltag, Normalität und Elena Bakarova. Sie hatte den Serotoninspiegel in meinem Hirn so rasant hochgefahren, dass es sich nur noch mit privaten Dingen beschäftigen mochte.

Elena erging es ähnlich – bis auf eine Ausnahme. Wütend und traurig verfolgte sie die Fernsehberichte über die Großoffensive der russischen Armee gegen Rebellen in Tschetschenien und Dagestan. Hunderte von Toten und Verletzten, die vom Kreml mit dem Attentat auf die Ulan und dem Kampf gegen den weltweiten Terror begründet wurden. Ich hörte Elenas russische Flüche und Selbstgespräche, während ich auf dem Ergometer-Fahrrad meine imaginären Runden drehte, und mir wurde klar, dass Cuxhaven und Meiners' Haus uns zunehmend belasteten.

Wir mussten hier weg. Ich weiß nicht mehr, an welchem der gleichförmigen Tage sich dieser Gedanke in meinem Kopf festsetzte, aber als ich eines Morgens aufwachte, wusste ich, wohin ich wollte. Ich dachte an einen Ort meiner Kindheit, an dem ich einmal wider Erwarten eine sehr glückliche Zeit verlebte – im einzigen Urlaub, den meine Eltern nicht an der Schärenküste verbrachten. Nachdem Benja dort ertrunken war, hatte ich mich schlicht geweigert, nach Schweden zu fahren. Da mein Vater auf jeden Fall in Skandinavien Urlaub machen wollte, waren wir auf Fanø gelandet, einer kleinen dänischen Insel im Wattenmeer, mit dem Rücken zu Jütland und die weißen Strände dem Rest der Welt zugewandt. Niedrige strohgedeckte Häuser, üppige Vegetation, weit draußen die Robbenbänke und ein fantastisches Licht. Ich schloss die Augen und sah mich mit meinen Eltern im Watt. Es war Spätherbst, ziemlich neblig. Je weiter wir hinauswanderten, desto mehr zog der Nebel in Richtung Festland. Als er sich am Rande des Watts lichtete, brach die Sonne aus den Wolken hervor, und ein Schwarm wilder Schwäne zog über unsere Köpfe hinweg. Dreizehnjährige haben üblicherweise nicht viel Sinn für Naturschönheiten, doch diesen magischen Moment hatte ich nicht vergessen.

Ich weckte Elena, die kurz die Augen öffnete und sich sofort die Bettdecke über den Kopf zog.

»Wir gehen nach Fanø!«

Elena ließ die Decke etwas sinken.

»Ladno!«, sagte sie.

»Was heißt das?«

»Das heißt *okay*. Wir nehmen Anna mit.«

»Ladno«, sagte ich, aber Elena war schon wieder eingeschlafen.

Neununddreißig

Ich will euch nicht stören.«

»Tust du nicht! Wir würden dich gerne bei uns haben. Lass uns zu dritt noch ein paar Urlaubstage verbringen, bevor wir nach München zurückfahren. Ich will irgendwie einen Strich unter die ganze Sache ziehen. Helen ist tot, Morisaitte ist tot, und das verdammte Schiff ist untergegangen. Aber wir werden weiterleben.«

Die Telefonverbindung war sehr schlecht, es rauschte und knisterte wie bei einem Ferngespräch nach Äquatorialguinea. Ich hatte Anna gleich nach dem Frühstück angerufen, und schon als ich ihre Stimme hörte, wusste ich, dass das eine gute Idee gewesen war.

»Ich komme nicht zurück nach München«, sagte sie.

»Das habe ich mir schon gedacht. Dafür wird Elena zu mir ziehen. Wir können uns ja gegenseitig beim Umzug helfen.«

»Was wird aus dem alten Sergej?«

»Ich weiß es noch nicht. Uns wird etwas einfallen.«

»Sicher«, sagte Anna, »wo liegt denn jetzt deine kleine Insel?«

»An der jütländischen Westküste. Die Fahrt mit der Fähre von Esbjerg aus dauert zwölf Minuten.«

»Wenn wir nach Esbjerg fahren, könnten wir doch Jette Paulsen besuchen.«

»Natürlich. Ich weiß allerdings nicht, ob sie zurzeit überhaupt in Dänemark ist.«

»Ich lass mir von Volker ihre Nummer geben und kläre das.«

»Okay.«

Anna schwieg eine Weile.

»Ich bin sehr froh über deinen Anruf«, sagte sie schließlich. »Volker ist wunderbar, nur, ich halte es hier kaum noch aus. Ich habe in den letzten Wochen so viel Elend gesehen, dass ich nicht mehr richtig schlafen kann. Der schwarze Strand, Tausende verreckter Tiere, verzweifelte Fischer … die Stimmung ist fürchterlich. Als ich mit Volker auf dem Darß unterwegs war, ist eine Leiche angeschwemmt worden. Genau da, wo wir die ölverschmierten Seevögel einsammelten. Es war eine Frau, sie muss seit dem 11. September im Wasser getrieben haben. Ich weiß nicht, warum sie nicht gesunken ist. Es war grauenvoll.«

Annas Stimme brach, und ich hörte, wie sie weinte.

»Komm zu uns nach Cuxhaven – wir fahren zusammen nach Fanø. Du kannst auch Volker mitbringen.«

»Auf den können sie im Institut nicht verzichten. Aber ich werde sein Auto ausleihen. Er benutzt es kaum.«

»Wann kannst du hier sein?«

»Ich spreche mit Volker, wenn er einverstanden ist, fahre ich einfach los. Und wenn er *nicht* einverstanden ist, fahre ich auch!«

Annas Stimme hatte sich noch nicht erholt, doch der schnodderige Tonfall gab Anlass zur Hoffnung. Mit dem schönen Gefühl, etwas richtig gemacht zu haben, legte ich auf.

Spät am Nachmittag kam sie in Cuxhaven an. Wir gingen essen und sprachen die ganze Nacht miteinander. Über uns, über alles, was seit Helens Tod geschehen war – und darüber, dass wir keine Angst mehr haben mussten …

Am nächsten Morgen fuhren wir nach Dänemark.

Vierzig

Zu Beginn des Jahres 1868 kam es in beiden Kammern des dänischen Parlaments zu einer heftigen Debatte, die mit einer für nüchterne und bodenständige Dänen ungewohnten Emotionalität geführt wurde. Grund war ein Gesetzentwurf, der vorsah, in Jütlands wildem Westen – einer Gegend, die aus Kopenhagener Sicht ein ödes, raues und abgelegenes Stück Dänemark war – einen Hafen zu bauen. Die Befürworter setzten sich durch, der Hafen entstand und mit ihm die Stadt Esbjerg. Gegründet in einer Zeit, als neue Industriestädte nach sogenannten Netzplänen mit geraden, sich rechtwinklig kreuzenden Straßen heranwuchsen, entwickelte sich die Stadt zu einer regionalen Metropole, in der sich auch Menschen mit lausigem Orientierungssinn bestens zurechtfinden. Ich war schon oft in Westjütland gewesen, und ich mochte die Stadt, besonders den Hafen.

Wer sich Esbjerg vom Meer her nähert, wird mit einem Anblick konfrontiert, bei dem man sich verwundert die Augen reibt. Es handelt sich um Svend Wiig Hansens neun Meter hohe Monumentalskulptur »Der Mensch am Meer«, die zu einer Art Wahrzeichen der Stadt geworden ist. Man sieht vier Statuen, riesige, schneeweiße, geschlechtsneutrale Menschen, die nebeneinander auf großen Steinen sitzen und mit unergründlich stoischer Miene auf die Nordsee gucken. Sie sind kahlköpfig und unbekleidet und erinnern in ihrer stilisierten Steifheit an die geheimnisvollen Figuren auf den Osterinseln.

Als wir um die Mittagszeit nach Esbjerg hineinfuhren, sahen wir in Höhe des Fischerei- und Seefahrtsmuseums vor uns die Rücken der riesigen Herrschaften aufragen, und Anna trat abrupt auf die Bremse. Obwohl unser Wagen nicht ganz zum Stehen kam, begann hinter uns sofort ein wütendes Hupkonzert.

»Ja-ha«, maulte Anna, »ist ja gut. Was für Burschen sind das denn?«

»Das ist Kunst«, sagte Elena, »das verstehst du nicht. Fahr da rechts auf den Parkplatz!«

Das *Fiskeri- og Søfartsmuseet* in Esbjerg ist ein großer, verschachtelt wirkender Klinkerbau, der zweifellos zu den touristischen Attraktionen der Stadt gehört. Als wir die Stufen zum Eingangsbereich hinaufgingen, passierten wir an der Tür das Skelett eines riesigen Pottwals, das von einer ganzen Schulklasse ehrfürchtig bestaunt wurde; auch im Museum selbst herrschte reger Betrieb.

Jette Paulsen hatte sich am Morgen sehr über Annas Anruf gefreut und uns sogleich eingeladen. Ihr Sabbatical war zu Ende, und so hatten wir uns im Fischereimuseum verabredet.

Wir trafen sie in einem großen Ausstellungsraum, in dem eine Multimedia-Show zum Thema Walfang gezeigt wurde und Kinder kleine Meerestiere, die in flachen Bassins herumschwammen, hautnah erleben konnten. Als wir hereinkamen drückte sie gerade einem kleinen Jungen einen Krebs in die Hand, den dieser mit einem angeekelten Aufschrei wieder ins Wasser plumpsen ließ. Paulsen lachte, winkte eine ihrer Kolleginnen heran und kam uns entgegen.

»Hi!«, sagte sie, »schön, dass ihr gekommen seid. Ich wollte euch schon die ganze Zeit anrufen, aber ich hatte nach dem freien Jahr ziemliche Schwierigkeiten, mich wieder an die Arbeit zu gewöhnen.«

»Ist das dein Job?«, fragte Anna und deutete auf die Bassins und die Schulkinder.

»Nein, ich bin zuständig für das Wasser in den großen Aquarien. Sauberkeit, Temperatur, Salzgehalt und so weiter: Alles muss auf die unterschiedlichen Fischarten speziell abgestimmt und dauernd kontrolliert werden. Doch wenn ich zwischendurch etwas Zeit habe, helfe ich gerne bei den Kindern aus.«

»Wie lange musst du heute Abend arbeiten?«

»Ich kann um 18 Uhr hier weg. Wir treffen uns im Sand's. Ich habe einen Tisch reserviert.«

Anna nickte begeistert. Ich sah ihr an, dass sie im Kopf überschlug, wie lange es bis zum Abendessen noch dauern würde. Dann überließen wir Paulsen den Schulkindern und sahen uns Esbjerg an.

Wir schlenderten durch die *Kongensgade*, die längste Fußgängerzone Dänemarks, bestaunten die architektonische Vielfalt der alten Patrizierhäuser und stiegen auf den Wasserturm, der wie eine mittelalterliche deutsche Burg aussah. Anna und Elena wollten unbedingt die Bernsteinausstellung im Esbjerg Museum anschauen, und da ich in regelmäßigen Abständen eine Pause brauchte, lernten wir auch einige sehr gemütliche Cafés kennen.

»Was heißt gemütlich auf Dänisch?«, fragte Anna.

»Hyggelig!«

Sie sah mich ungläubig an und brach in derart schallendes Gelächter aus, dass sie ihren Milchkaffee verschüttete.

»Wenn wir nachher Jette Paulsen treffen, reißt du dich zusammen«, sagte ich streng. Anna nickte und kicherte weiter.

Als wir um halb sieben im Restaurant ankamen, war Paulsen schon da und winkte uns an einen festlich gedeckten Tisch. Sand's Restauration ist das älteste und ungewöhnlichste Speiselokal in Esbjerg. Es ist vollgestellt mit kuriosen Einrichtungsgegenständen aus den letzten hundert Jahren, die Wände sind mit Bildern aus allen erdenklichen Kunstrichtungen regelrecht gepflastert, und das Essen ist ausgezeichnet. Anna setzte sich und warf einen bewundernden Blick in die Runde.

»Wow«, sagte sie, »das ist verdammt hyggelig hier.« Ihre Mundwinkel zuckten verräterisch. Ich trat unter dem Tisch nach ihrem Bein, verfehlte es aber. Jette Paulsen lächelte erfreut und deutete auf die Speisekarte.

»Der Lachs aus Hjerting ist sehr gut, und ihr müsst Bakskuld probieren. Eine geräucherte und gebratene Scholle. Gibt es nirgendwo besser als hier.«

Es wurde ein höchst vergnüglicher Abend. Wir tranken Chablis zu dänischen Fischspezialitäten und beendeten das Ganze mit Espresso und norwegischem Aquavit. Niemand hatte das Bedürfnis, über die Kadetrinne zu sprechen. Jette Paulsen war eine wunderbare Gastgeberin. Sie verkörperte diese Mischung aus Lässigkeit, Pragmatismus und Weltoffenheit, die ich bei vielen Dänen kennen und schätzen gelernt hatte. Und sie ließ sich durch nichts davon abbringen, die Rechnung zu übernehmen.

»Ich habe ein Haus am Ortsrand von Blåvand, wenn ihr wollt, könnt ihr bei mir übernachten.«

Anna schüttelte den Kopf.

»Das ist sehr nett von dir, doch wir haben Zimmer im Ansgar reserviert. Es ist nicht weit von hier, und morgen wollen wir so früh wie möglich nach Fanø übersetzen.«

»Gut«, sagte Jette, »aber auf der Rückfahrt kommt ihr bei mir vorbei. Ich mache euch *rødgrød med fløde.*« Sie warf Anna einen vielsagenden Blick zu. »Das klingt nicht nur lustig, sondern schmeckt auch gut.«

Anna war rot geworden.

»Ich wette, das tut es«, antwortete sie.

Wir tauschten die Handynummern aus und fuhren zum Hotel. Anna war immer noch verlegen.

»Was ist das jetzt für ein Gericht?«, fragte sie zaghaft.

»Rote Grütze mit Sahne.«

»Mein Gott, ja!«, seufzte sie, »natürlich: *rødgrød med fløde*!«

Dann begann sie wieder zu lachen. Es war die Art von Albernheit, die erst aufhört, wenn alles Adrenalin verbraucht ist. Als wir beschlossen, vor dem Schlafengehen in der Hotelbar vorbeizuschauen, kicherte sie immer noch.

Dort erreichte uns eine Stunde später der Anruf, der dem Lachen ein Ende machte.

Einundvierzig

Ich bins. Habt ihr schon geschlafen?«

Jettes Stimme klang atemlos und belegt, aber nicht ängstlich.

»Wir sind noch in der Bar«, sagte ich.

»Es ist etwas passiert, ich bin hier auf etwas gestoßen, etwas völlig Irrsinniges … könnt ihr zu mir kommen?«

»Jetzt noch? Ich bin hundemüde. Kannst du nicht einfach erzählen …«

»Nein, nicht am Telefon, ihr müsst hierher kommen! Das ist mein Ernst!«

Ihr Ton hatte sich verändert, war jetzt drängend und ungeduldig. Jette schien schlecht Luft zu bekommen.

»Wo steckst du denn eigentlich?«

»Kommt nach Blåvandshuk. Zum Leuchtturm. Bitte, es ist sehr wichtig. Ich warte auf dem Parkplatz.«

Dann legte sie auf.

Ich wusste, wo das war. Blåvandshuk, etwa fünfundvierzig Autominuten von Esbjerg entfernt, ist der westlichste Punkt Dänemarks, ein Küstenstreifen, dessen Wahrzeichen ein hoher, weißer Leuchtturm ist. Er wurde vor mehr als hundert Jahren gebaut, um die Schiffe vor dem Horns Rev zu warnen, einem vierzig Kilometer langen Riff, das die Einheimischen »Djævlens Horn«, Horn des Teufels, nannten und das als extrem gefährlich galt. Der Leuchtturm ist noch in Betrieb, obwohl er für die Schifffahrt keine Bedeutung mehr hat. Auf dem Horns Rev steht heute der größte Offshore-Windpark der Welt.

»Was ist los?«, fragte Anna.

»Jette will sich mit uns treffen. Sie hat es sehr dringend gemacht.«

Elena sah auf ihre Armbanduhr und gähnte demonstrativ: »Es ist schon Viertel vor elf.«

Anna dagegen wirkte unschlüssig und ein wenig besorgt.

»Was sagt dein Bauch?«, fragte sie mich.

»Mein Bauch sagt: Fahr hin!«

Anna nickte.

»Guter Bauch«, sagte sie. »Hol schon mal das Auto. Ich bezahle die Getränke.«

Innerhalb von zehn Minuten waren wir auf der Straße. Gegen halb zwölf fuhren wir durch Blåvand, einen hübschen, herausgeputzten Küstenort, auf dessen Hauptstraße noch jede Menge Betrieb war, und erreichten wenig später Blåvandshuk. Ich bog auf den lang gestreckten, schlauchförmigen Parkplatz ab und schaute mich nach Jette Paulsen um. Sie war nicht schwer zu finden. Es standen nur vier Autos auf dem Parkplatz, und eines von ihnen war ein mit dem Heck zu uns geparkter VW Phaeton, der mit eingeschaltetem Abblendlicht und laufendem Motor vor sich hinschnurrte. Auf dem Fahrersitz sahen wir den Hinterkopf einer Gestalt mit kurzen dunklen Locken, die keinerlei Notiz von uns nahm.

Etwas stimmte nicht.

»Du kannst direkt daneben parken«, sagte Anna, doch ich sah im Rückspiegel, wie Elena den Kopf schüttelte.

Ich wusste nicht, was für ein Auto Jette Paulsen fuhr, und ich hatte nicht die geringste Vorstellung, was eine Ingenieurin im Fischereimuseum der Stadt Esbjerg verdienen mochte, aber für ein 80 000-Euro-Auto würde es vermutlich nicht reichen.

Und da war noch etwas. Elena hatte es ebenfalls gesehen. Ihre Hand krallte sich in meine Schulter, und ihre Stimme war direkt an meinem rechten Ohr.

»Das Nummernschild!«

Sie hatte recht. Die dänische Ingenieurin Jette Paulsen saß in einem deutschen Luxusauto mit einem Berliner Kennzeichen. Und rührte sich nicht.

»Weg hier«, knurrte Anna und klinkte ihren Sicherheitsgurt wieder ein, doch ich zögerte. Wir konnten Jette nicht zurücklassen. Vielleicht war sie verletzt, nein, nicht vielleicht, wer immer sie in dem Phaeton platziert hatte, musste dafür gesorgt haben, dass sie brav dort sitzen blieb, und das war mit Sicherheit nicht durch gutes Zureden geschehen. Andererseits besserte sich ihre Situation keinen Deut dadurch, dass wir ebenfalls … ich legte den Rückwärtsgang ein, und in diesem Moment knallte etwas mit großer Wucht gegen das Seitenfenster auf der Beifahrerseite. Wir fuhren herum und sahen in die Mündung einer riesigen Pistole, auf deren Lauf ein klobiger Schalldämpfer geschraubt war. Er war auf der Scheibe aufgesetzt und zielte auf Annas Kopf.

Direkt neben dem Auto stand Doktor Schiwago. Gespielt von Anatol Grygoriew. *Das ist kein Diplomat, sondern ein Geheimdienstler.* Ich hatte Elenas Worte noch im Ohr. *Wisst ihr, was die Abkürzung GRU bedeutet? Glawnoje raswedywatelnoje uprawlenije. Hauptverwaltung Aufklärung des Generalstabes. Der militärische Nachrichtendienst …* Groß, grau und gut aussehend, mit Lachfalten und Schnurrbart, wirkte er genau so, wie Elena ihn in Cuxhaven charakterisiert hatte: *Er hat diesen Doktor-Schiwago-Charme, auf den man im Westen so abfährt: Mann von Welt mit russischer Seele.*

Mit einem gewinnenden Lächeln bedeutete er mir, die

Scheibe auf der Beifahrerseite herunterzulassen. Ich gehorchte. Grygoriew hätte uns auch problemlos durch das Seitenfenster erschießen können, aber das hatte offenbar noch Zeit. Als das Fenster nach unten glitt, bedeutete er Elena und mir auszusteigen.

»Stellen Sie sich an die hintere Stoßstange. Wenn Sie Lärm machen oder irgendwelche Mätzchen, erschieße ich die junge Dame hier.«

Er verstärkte den Druck des Pistolenlaufes an Annas Schläfe und drückte ihren Kopf so stark zur Seite, dass dieser beinahe die linke Schulter berührte. Ich war sicher, dass ich mir dieses Detail merken würde.

Elena und ich stiegen aus und stellten uns hinter den Wagen. Mein Blick irrte umher, während sich mein Pulsschlag rasant beschleunigte. Das ehemalige Leuchtturmwärterhaus, das heute als Touristeninformation dient, war stockfinster. Auch der Parkplatz war menschenleer und dunkel. Bis auf das Licht, das vom Leuchtturm kam. Einen winzigen Augenblick lang stellte ich mir vor, wie die tonnenschwere Linse sich in ihrem Lager aus Quecksilber bewegte und die 1000 Watt starke Lampe ihr Licht durch sie hindurchschoss. Drei Blinkzeichen jede zwanzigste Sekunde. Ich musste an den Leuchtturm auf der Insel Neuwerk denken und spürte, wie mir schlecht wurde.

In einigen der in den Dünentälern liegenden Ferienhäusern brannte noch Licht, aber sie waren mindestens 400 Meter entfernt, und in unserer jetzigen Situation hätten sie ebenso gut auf der Rückseite des Mondes liegen können.

Grygoriew trat etwas zurück und machte eine unmissverständliche Bewegung mit seiner Pistole. Anna öffnete die Beifahrertür und stieg vorsichtig aus.

»Hände nach hinten«, befahl Grygoriew. Seine Stimme hatte immer noch den verbindlichen Klang eines Diplomaten, doch ich spürte die hinter der Höflichkeit pulsierende Wut. Er zog etwas aus seiner Jackentasche, das ich nicht erkennen konnte, und im nächsten Augenblick hörten wir das trockene Klacken von Handschellen, mit denen Annas Arme auf dem Rücken fixiert wurden.

Mit der Pistole an ihrem Nacken bugsierte er sie zu dem VW Phaeton, griff durch das Seitenfenster und stellte Licht und Motor ab. Dann zog er den Zündschlüssel und ließ ihn in seine Jackentasche gleiten. Als er Anna wieder in unsere Richtung schob, sah ich das Entsetzen in ihren Augen. Der Anblick von Jette Paulsen hatte ihr nicht gutgetan.

»Gehen Sie über die Straße in den Dünenweg«, sagte Grygoriew.

Elena und ich setzten uns in Bewegung, überquerten die zum Parkplatz führende Straße und schlugen uns unterhalb des Leuchtturms, der jetzt links von uns herumgeisterte, in die Dünen. Elena ging voran, Anna, dicht gefolgt von Grygoriew, der ihr seine Pistole in den Rücken drückte, war etwa zwei Meter hinter mir. Niemand sprach. Der Weg war höchstens einen halben Meter breit und mit geschredderten Holzstückchen notdürftig befestigt. Er führte zunächst auf einen Dünenkamm, dann wieder in eine tiefe Senke und wurde links und rechts von Strandhafer, Heidekraut und niedrigen Wildrosenbüschen gesäumt, deren immer noch intensiver Duft sich mit dem Geruch des Meeres verband. Die Luft war ziemlich kühl, dennoch schwitzte ich unaufhörlich, während meine Gedanken wie verrückt um die immer gleiche Frage kreisten. Was wollte Grygoriew? Er hatte herausgefunden, dass Elena ihn belogen und ausgenutzt hatte. Und er war wütend und entschlossen, sich zu rächen. Was genau hatte er vor? Wenn er uns einfach nur erschießen wollte, hätte er das auf dem Parkplatz am Leuchtturm ohne weiteres tun können. Grygoriew war völlig skrupellos. Er würde keinen Augenblick zögern, uns zu töten, wenn er es für richtig und notwendig hielt, vorher jedoch wollte er mit uns sprechen. Aus der Nähe. Ausgiebig und ungestört. Und offenbar wusste er auch genau, wo er das tun würde. Das bedeutete, dass er diesen Ort mindestens einmal aufgesucht haben musste, um sich von dessen Eignung für sein Vorhaben zu überzeugen. Dazu hätte er allerdings wissen müssen, dass wir nach Esbjerg fahren würden. Das alles führte zu nichts. Wichtig war allein, was er in den nächsten dreißig Minuten tun würde.

Wir gingen jetzt wieder bergauf, der Weg schien den Leuchtturm in einem großen Halbkreis zu umrunden. Rechts von mir tauchte eine gelbschwarze Warntafel auf, die an einen dicken Pfosten genagelt und von einer kleinen Lampe beleuchtet war. Sie zeigte ein Piktogramm, das einen Soldaten mit Gewehr darstellen sollte. Der dazugehörige Text war auch ohne dänische Sprachkenntnisse kaum misszuverstehen:

Skydeplads!
Adgang forbudt!
Opsamling af ammunitionsdele
er forbudt og farligt!

Es war eine der zahlreichen Warntafeln, die Dünenwanderer daran erinnerten, sich vom »Schießplatz« der dänischen Armee im Hinterland fernzuhalten und von herumliegenden Munitionsteilen die Finger zu lassen.

Es war nur so, dass herum*liegende* Munitionsteile zurzeit unsere geringste Sorge waren.

Vor mir trat Elena in ein Erdloch, strauchelte und stieß einen erbitterten russischen Fluch aus, den Grygoriew mit leisem Lachen quittierte. Der Weg wurde jetzt breiter, sandiger und endete schließlich einfach am Strand. Es mochten etwa fünfzehn Minuten vergangen sein, seitdem wir den Parkplatz verlassen hatten – und Jette Paulsen. Was immer Grygoriew ihr angetan hatte, war ihr passiert, weil sie zufällig unseren Weg gekreuzt hatte. Weil sie uns hatte helfen wollen. Verzweiflung und Selbstvorwürfe saßen wie ein heißer Pfropfen in meiner Kehle und machten mir das Atmen schwer. Im letzten Jahr war schon einmal eine Frau gestorben, weil sie mir hatte helfen wollen.

Direkt vor uns lag nun der breite Sandstrand von Blåvandshuk, der von Mond und Leuchtturm in ein erstaunlich helles Licht getaucht wurde. Es war Ebbe. Weit draußen in der Nordsee konnte man die Windräder auf dem Horns Rev sehen. Rechts von uns befand sich eine Art nachlässig gebauter Zaun, dessen Pfähle bis zur Wasserlinie in großem Abstand voneinander in den Sand gerammt waren und den Strand dahinter als militärisches Sperrgebiet auswiesen. Genau in diese Richtung deutete jetzt Grygoriews Pistole. Wir gehorchten schweigend.

Nach wenigen Metern tauchte ein großer, grauschwarzer Schatten auf. Er hatte von weitem die Form eines gigantischen Steinquaders, der nicht gerade auf den Strand aufgesetzt, sondern in einer merkwürdigen Schräglage in den Sand eingegraben schien. Das Monstrum war mindestens fünf Meter hoch und dreißig Meter lang. Als wir näher kamen, war zu erkennen, dass es keineswegs das einfache Format eines riesigen Backsteins hatte, sondern eine sehr unregelmäßige geometrische Form aufwies. Bei der zum Meer weisenden Frontseite waren die Ecken abgerundet, und auch die uns zugewandte Seite schien nicht einheitlich strukturiert zu sein. Überall gab es merkwürdige Vorsprünge und Einbuchtungen.

»Was zum Teufel ist das?«, hörte ich Anna fragen, und die Angst in ihrer Stimme ließ den Kloß in meinem Hals anschwellen.

»Atlantikwall«, sagte Elena.

Ich konnte nicht umhin, ihre wirklich umfassende Allgemeinbildung zu bewundern, aber auch ich wusste, was das war. Als Sohn eines Schweden, der 1968 eine Deutsche geheiratet hatte, war ich mit Geschichten über die wenig erfreulichen Aktivitäten deutscher Soldaten in Skandinavien aufgewachsen. Während der Besetzung Dänemarks hatte die deutsche Wehrmacht eine große Anzahl befestigter Stellungen entlang der jütländischen Westküste errichtet. Sie waren Teil des Atlantikwalles, der einen Vorstoß der alliierten Truppen in die von Nazideutschland besetzten Länder stoppen sollte.

Wir marschierten direkt auf einen Bunker aus dem Zweiten Weltkrieg zu. Grygoriew hatte eine dicke Stablampe hervorgeholt, die er jetzt auf den Betonklotz richtete, dessen Wände über und über mit Graffiti besprüht waren.

»Darf ich bitten, der Eingang ist auf der Strandseite.«

Wir folgten dem Strahl von Grygoriews Lampe und sahen nach ein paar Schritten in einen dunklen, muffigen, etwa 18 Quadratmeter großen Raum. Im Unterschied zu anderen Bunkern und Geschützstellungen an der Westküste, die ich von früheren Besuchen her kannte, war hier die Sandverschüttung rückgängig gemacht worden. Jemand hatte den

Sand so weit herausgeschaufelt, dass man bei einer Deckenhöhe von circa 2 Metern aufrecht stehen konnte. In der Mitte des Raumes gab es eine improvisierte Feuerstelle mit verkohltem Treibholz, um die herum fünf große Steine gruppiert waren, die offenbar als Sitzgelegenheit gedient hatten. Die Wände waren mit bizarren Kreidezeichnungen verziert und der Boden mit Zigarettenstummeln, Bierdosen und Kondomen übersät.

»Setzen Sie sich«, befahl Grygoriew, »das wird eine längere Unterhaltung.«

Der Strahl seiner Lampe wanderte über die Steine. Wir hockten uns hin, und auch Grygoriew setzte sich auf einen kleinen Felsblock, blickte wie ein Talkmaster in die Runde und ließ den Lauf seiner Pistole zwanglos von einem zum anderen wandern.

»Was ist das hier?«, fragte Anna, »ein Partyraum für die jütländische Dorfjugend?«

Grygoriew nickte.

»So ungefähr. Früher gab es in diesem Bunker Radaranlagen und eine Jägerleitstation. Heute wird hier nur noch gesoffen und – wie sagt man auf Deutsch – gevögelt? Ist in jedem Fall besser für den Weltfrieden. Aber machen Sie sich keine großen Hoffnungen, dass jemand vorbeikommt. Die Partygäste haben die Stellung aufgegeben. Es ist schon lange niemand mehr hier gewesen.«

Grygoriew schien die Situation zu genießen. Er richtete den Strahl seiner Lampe auf Elena und ließ den Pistolenlauf mitwandern.

»Du bist eine bemerkenswerte Frau, mein Täubchen, aber wieso dachtest du, es wäre eine gute Idee, mich zu verarschen? Hast du nicht gewusst, wer ich bin?«

Elena schien aufgegeben zu haben. Sie hockte auf ihrem Stein, hatte ihre Ellenbogen auf die Knie gestützt und starrte auf die Zigarettenstummel zwischen ihren Füßen. Jetzt hob sie langsam den Kopf und sagte förmlich:

»Ich habe gedacht, Genosse Grygoriew, dass Sie die Sache selbst in die Hand nehmen möchten. Auf Ihre Art.«

Es war eine scheinbar hingeworfene Bemerkung, aber Grygoriew reagierte so vehement, dass ich vor Schreck zusammenfuhr. Er schnellte auf Elena zu, drückte den Pistolenlauf an ihre Schläfe und brachte sein Gesicht ganz nahe an ihres.

»Ich bin nicht dein Genosse, du Miststück, du hast nicht die geringste Ahnung, was dieses Wort bedeutet.«

»Sachte«, sagte Anna beschwörend, »lassen Sie uns alle ruhig bleiben. Sie meint das nicht so. Können Sie uns nicht einfach erklären, was Sie von uns wollen?«

Annas Stimme klang sanft und eindringlich. Ihre Angst schien sich etwas gelegt zu haben, seit wir den Bunker betreten hatten. Grygoriew ließ die Hand mit der Waffe auf seinen Oberschenkel sinken.

»Er ist gekommen, um mir beizubringen, was das Wort ›Genosse‹ bedeutet«, zischte Elena, »so wie sie es Alexander Litwinenko beigebracht haben. Und Anna Politkowskaja!«

Grygoriew zuckte gleichmütig mit den Schultern und fuhr sich mit Daumen und Zeigefinger der rechten Hand über den dicken Schnurrbart. Er hatte sich wieder unter Kontrolle. Es war, als hätte er mit dieser einfachen kleinen Bewegung den Wolf wieder in das Schiwago-Kostüm zurückgestopft.

»Defätisten«, sagte er, »Abschaum und Nestbeschmutzer, die nicht begreifen wollen, worum es im neuen Russland geht. Litwinenko war ein Verräter und die Politkowskaja eine verrückte Schlampe, die mit Terroristen sympathisierte. Nicht weiter wichtig! Heute Abend ist etwas anderes wichtig.«

Der Lauf der Pistole zeigte jetzt wieder auf Elena.

»Du hast mich angelogen. In diesem Scheißhotel in Deutschland. Du hast gesagt, der Kaukasier, der dich angegriffen hat, sei in den schwarzen Van eingestiegen. In den Toyota mit dem belgischen Kennzeichen. Zu den anderen Tschetschenen.«

»Ja«, sagte Elena, »so war es auch.«

Grygoriew schüttelte den Kopf. Er schien wieder wütend zu werden.

»Wir haben den Van angegriffen und zerstört.«

»Ich weiß, wir haben die DVD bekommen. Vielen Dank.«

»In dem Van waren keine Tschetschenen. Nicht ein einziger!«

»Das kann nicht sein.«

Elena schaffte es, ihrer Stimme einen verzweifelten, tonlosen Klang zu geben, aber Grygoriew ging nicht darauf ein.

»Was ich begreife, ist Folgendes: Du wolltest die Männer in dem Van tot sehen. Und du hast gewusst, dass wir sie liquidieren würden, wenn du es schaffst, mir einzureden, dass sie etwas mit dem Attentat in der Kadetrinne zu tun hatten. Du hast mich benutzt, ich verstehe nur nicht, warum.«

»Das ist nicht wahr!«, sagte Elena, die offenbar im Weiterlügen ihre einzige Chance sah, doch es war unverkennbar, dass Grygoriew jetzt drauf und dran war, die Nerven zu verlieren. Sein Gesicht hatte sich gerötet, und der Ton war von Satz zu Satz schärfer geworden. Das Doktor-Schiwago-Kostüm löste sich vor unseren Augen in seine Bestandteile auf, und auch der verbindliche Diplomat war verschwunden. Vor uns saß jetzt der harte Kern von Anatol Grygoriew. Ein russischer Nachrichtenoffizier, Auslandsspion und Verhörspezialist, dessen Karriere in den glorreichen Zeiten der Sowjetunion begonnen hatte und den das moderne Russland nicht weniger gut gebrauchen konnte. Er zielte mit der Pistole auf Anna und deutete dann auf die Feuerstelle.

»Stell dich da drauf!«

Sie stand auf und stellte sich in die Asche. Die Pistole auf Anna gerichtet, deren Hände immer noch auf dem Rücken gefesselt waren, wandte er sich an Elena.

»Du erzählst mir, was genau passiert ist, oder ich schieße deiner Freundin erst ins linke und dann ins rechte Knie.«

»Nein«, flehte Elena, »warten Sie. Bitte! Das ist ein Missverständnis.«

Sie war aufgesprungen und hob beschwörend die Hände. Ihr verzweifeltes, blasses Gesicht war ein heller Fleck im unruhigen Licht von Grygoriews Lampe.

»Setz dich wieder hin!«

»Nein! Sie müssen mir zuhören! Denken Sie nach, das ergibt doch gar keinen Sinn. Warum hätte ich Sie anlügen sollen? Woher wollen Sie überhaupt wissen, dass die Männer in dem Van keine Tschetschenen waren?«

»Du sollst dich setzen«, sagte Grygoriew und schwenkte den Lauf der Waffe in Elenas Richtung. Sie gehorchte und hockte sich wieder auf ihren Stein. Grygoriew seufzte und zog resigniert die Schultern hoch, wie ein Lehrer, der, am Ende seiner Geduld, einem zurückgebliebenen Schüler ein letztes Mal erklärt, warum er verdroschen wird.

»Sie haben mich entlassen – wegen dieser Geschichte. Habe ich das erwähnt? Vierzig Jahre habe ich für das Land gearbeitet … und sie haben mich einfach gefeuert. Aussortiert. Auf den Müll geworfen. Oh, nicht weil es ein paar Tote gegeben hat. Sondern weil es die *falschen* Toten waren. Ich weiß das, weil die Männer in dem Auto *identifiziert* werden konnten. Sie waren sofort tot, aber nicht völlig verstümmelt. Es wurden drei Leichen gefunden, und bei jeder konnte mindestens ein Fingerabdruck gesichert werden. So was kriegt sogar die belgische Polizei hin. Alle drei waren jung, Mitte zwanzig, zwei von ihnen Belgier, der dritte Kosovo-Albaner. Die beiden Belgier waren vorbestraft, der Albaner fand sich in einer Fahndungsdatei von Interpol. Unter den Wrackteilen wurden die Überreste eines Rollstuhls gefunden. Da die Toten nachweislich keine Rollstuhlfahrer waren, musste es also noch einen vierten Mann gegeben haben, der allerdings nicht im Auto war. Als der Van explodierte, saß er im Wartezimmer einer Zahnarztpraxis in Mechelen. Auch er war kein Tschetschene!«

Ich zuckte zusammen, mein Magen machte einen verrückten Satz nach oben, und mir entfuhr ein ächzendes Geräusch, das kaum Ähnlichkeit mit einer menschlichen Lautäußerung hatte. Anna behauptete später, es habe geklungen wie ein Hund, der ein Stück Pansen erbricht. Grygoriew war einen winzigen Augenblick abgelenkt, starrte überrascht und irritiert zu mir hinüber, und Anna hatte Gelegenheit, zu zeigen, dass sechs Monate Kickboxen nicht umsonst gewesen waren. Sie wirbelte herum, ließ ihr rechtes Bein hervorschnellen und erwischte mit einem harten Tritt Grygoriews Hand mit der Waffe. Er hatte sicher nicht damit gerechnet, ausgerechnet von der Person angegriffen zu werden, deren Hände gefesselt waren. Wenn er ebenfalls gestanden hätte, wäre Annas Angriff wahrscheinlich leicht zu parieren gewesen, so jedoch flog die Pistole in einem hohen Bogen durch die Luft und landete im Sand.

Elena warf sich mit einem Hechtsprung zu Boden, rollte sich filmreif herum und kam mit der Waffe wieder hoch. Sie umklammerte sie mit beiden Händen, warf einen kurzen Blick darauf und richtete sie mit ausgestreckten Armen auf Grygoriews Gesicht. Dann lachte sie leise. Ein Lachen, das mir ganz und gar nicht gefiel.

»Eine .44 Desert Eagle Magnum. Wo haben Sie die denn her? Kein Vertrauen mehr zur guten alten Makarow?«

Ihre Stimme klang brüchig, heiser und eindeutig hysterisch. Grygoriew war, die Stablampe in der Linken zum Schlag erhoben, ebenfalls aufgesprungen, ein paar Schritte zurückgewichen und erstarrte jetzt mitten in der Bewegung. Die Entfernung zwischen beiden betrug nicht mehr als vier Meter. Aber er schien keine Angst zu haben. Er starrte Elena aus schmalen Augen an und versuchte offenbar abzuschätzen, wie weit sie gehen würde. Keine leichte Aufgabe. Er hatte sie schon einmal unterschätzt, und die Erinnerung daran machte ihm sicher zu schaffen, aber schließlich war sie nur eine Frau. Sie hatte es geschafft, ihn zu betrügen und auszunutzen, doch sie würde ihn nicht vor Zeugen erschießen. Schon gar nicht mit einer derart riesigen Waffe, die ihr beim Abfeuern wahrscheinlich beide Handgelenke brechen würde. Man konnte förmlich sehen, wie Grygoriew zu seiner alten Überheblichkeit zurückfand. Er lächelte, und die Nasenflügel hoben sich um eine Winzigkeit an, was seinem Gesicht einen gekonnt arroganten Ausdruck verlieh, den er sicher lange geübt hatte.

Ich sah, wie Elenas Finger sich krümmte. Auch *ihr* Gesicht hatte sich verändert. Sie wirkte abwesend, wie in Trance und zugleich auf merkwürdige Weise konzentriert, und sie schien sich von allem um sie herum entfernt zu haben, nichts mehr wahrzunehmen außer Grygoriew, der immer noch überheblich in die Mündung der Pistole grinste und einfach nicht glauben konnte, dass er jetzt sterben sollte.

»Tu. Das. Nicht!«

Elena beachtete mich gar nicht. Sie hätte mich nicht gehört, auch wenn meine Stimme durchdringender gewesen wäre als das jämmerliche Krächzen, das ich herausbrachte. Und dann hörte ich *ihre* Stimme. Plötzlich laut, kräftig und kalt.

»Für Juri Schtschekotschichin!«, sagte sie und zog den Abzug durch. Ich schloss die Augen, weil ich einfach nicht sehen wollte, wie Grygoriew starb. Auf diese Entfernung war er für Elena nicht zu verfehlen. Der Schuss war ein sehr lautes Plopp, ich wagte es nicht, meine Augen wieder zu öffnen, wollte nicht sehen, was die Magnum von seinem Kopf übrig gelassen hatte. Nach endlosen Sekunden hörte ich ihn wimmern. Anatol Grygoriew kniete auf dem Boden, hatte beide Hände in einer fassungslos anklagenden Geste emporgereckt, und sein Gesicht hatte den Ausdruck puren Entsetzens angenommen. Er fing an, auf den Knien rückwärtszurutschen. Elena hatte danebengeschossen. Wie war das möglich auf diese Entfernung? Sie hob die Pistole erneut an.

»Für Anna Politkowskaja«, sagte sie und jagte eine Kugel direkt über Grygoriews Kopf in die Wand hinter ihm. Für das Projektil der Desert Eagle stellte die alte Bunkerwand keinerlei Problem dar. Elena hielt beide Arme ausgestreckt, hatte eine perfekte Körperspannung aufgebaut und schien keine Schwierigkeiten zu haben, den mörderischen Rückstoß der Waffe auszugleichen.

»Nein«, sagte Grygoriew, merkwürdigerweise auf Deutsch, »bitte …!«

»Elena, hör auf damit!«

Annas Schrei, irgendwo hinter mir, erschien mir irrsinnig schrill und durchdringend, aber Elena hatte alle Verbindungen gekappt. Ich sah, wie ihre Nasenflügel bebten und weit wurden, als sie die nach Kordit und Angstschweiß stinkende Luft einsog.

»Alexander Litwinenko«, sagte sie und drückte ab. Grygoriew ließ sich nach links zur Seite fallen, und das war sein Glück, denn obwohl Elena offenbar bis jetzt absichtlich danebengeschossen hatte, war der Abstand zu seinem rechten Ohr dieses Mal denkbar knapp gewesen. Er richtete sich wieder auf und versuchte weiter, auf den Knien rückwärtszurutschen. Seine linke Hand umklammerte immer noch die Stablampe, und in ihrem irrlichternden Schein sahen die Kreidezeichnungen an den Bunkerwänden wie steinzeitliche Höhlenmalereien aus.

»Magomed Jewlojew«, sagte Elena und feuerte eine Kugel direkt zwischen Grygoriews Knie. Das Projektil schlug nicht mehr als zwanzig Zentimeter von seinem Unterleib entfernt in den Sandboden ein. Wäre der Untergrund härter gewesen, hätte ihm ein Querschläger wahrscheinlich die Eingeweide zerfetzt.

»Stanislaw Markelow und Anastassija Baburowa!«

Ihr nächster Schuss schlug dieses Mal weit über Grygoriews Kopf in die Wand hinter ihm ein, und eine feine Wolke von grauem Staub löste sich aus dem Beton und senkte sich auf ihn herab.

Elena setzte sich in Bewegung und machte ein paar Schritte auf ihn zu. Grygoriew wollte weiter rückwärtsrutschen, doch er hatte endgültig die Wand erreicht. Die Waffe war jetzt nur noch Zentimeter von seinem Kopf entfernt, sein Gesicht von Todesangst und Verzweiflung zu einer grotesken Fratze verzerrt, die Pupillen starr und riesig. Der feine Staub aus der Wand hatte Gesicht, Schnurrbart und Haare grau gefärbt.

»Du bist ziemlich blass«, sagte Elena, »wird Zeit, dass du etwas Farbe bekommst!«

Ihre Worte jagten mir einen Schauer über den Rücken. Grygoriew hatte diesen Satz zu ihr gesagt, als er in Cuxhaven versucht hatte, sie zu vergewaltigen. Niemand außer mir wusste davon.

»Wie wäre es mit Rot?«, fragte Elena.

Grygoriew antwortete auf Russisch. Etwas Flehendes, Wimmerndes. Elena stand jetzt direkt vor ihm.

»Natalja Estemirowa!«

Dann senkte sie den Lauf der Waffe und feuerte sie direkt neben Grygoriews linkem Ohr ab. Er schrie, bäumte sich auf – beide Hände an die Ohren gepresst – und sackte zusammen. Elena bückte sich, nahm ihm die Stablampe aus der Hand und richtete sie auf sein Gesicht. Grygoriew war in keiner guten Verfassung. Er zeigte alle Anzeichen eines schweren traumatischen Schocks. Sein Gesicht, mit einer hauchdünnen Staubschicht bedeckt, wirkte völlig abwesend, die Augen waren geweitet und blicklos. An einem Nasenloch hatte sich eine grüngelbe Rotzblase gebildet, die bei jedem Atemzug anschwoll, schrumpfte, wieder anschwoll. Speichel lief ihm aus dem Mund, und im Schritt seiner Hose breitete sich ein großer dunkler Fleck aus.

Elena legte die Pistole in den Sand, fasste in Grygoriews Jackentasche und holte die Schlüssel für die Handschellen und den VW Phaeton heraus. Dabei hatte sie ganz offensichtlich Mühe, das Gleichgewicht zu halten, und als sie mir die Schlüssel zuwarf, schwankte sie wie eine Betrunkene. Ich wollte sie stützen, aber sie schlug meine Hand beiseite. Ihr Gesicht war schweißüberströmt, und um ihren Mund waren zwei scharfe Falten eingegraben, die ich noch nie gesehen hatte.

»Lass mich«, sagte sie, wankte in eine Ecke des Bunkers und übergab sich. Als ich Anna die Handschellen abnahm, spürte ich, dass sie am ganzen Körper zitterte. Sie umarmte mich und starrte schockiert zu Elena hinüber, die sich die Seele aus dem Leib kotzte.

»Wie konnte sie das tun?«

Ich wusste es nicht.

»Gewalt ist keine Lösung – wenn man nur darüber redet!«, sagte sie nachdenklich.

»Wo hast du den Spruch denn her?«

»Aus einem Glückskeks! Die Chinesen sind ein weises Volk. Hast du verstanden, was das Arschloch über den Rollstuhlfahrer im Van gesagt hat?«

»Ja, Morisaitte lebt noch!«

Anna nickte grimmig, und ihr Blick glitt zu der Pistole im Sand. Sie ging ein paar Schritte darauf zu, hob sie auf und gab einen überraschten Laut von sich. Als sie mir die Waffe reichte, verstand ich, was sie meinte. Die Desert Eagle wog etwa zwei Kilo.

»Was für eine Kanone ist das denn?«

»Sie wird in Amerika für die Jagd benutzt«, sagte Elena, die sich aus dem Schatten der Bunkerwand löste und auf uns zukam, »als Fangschusswaffe. Und für Actionfilme. Manche Leute sagen, sie sei extra für Hollywood erfunden worden.«

Sie spuckte in den Sand und wischte sich den Mund mit einem Papiertaschentuch ab. »Ich möchte wissen, wer ihm für das Scheißding einen Schalldämpfer gebaut hat. So was hab ich noch nie gesehen.«

Sie schien immer noch Mühe zu haben, gleichmäßig zu atmen, und die Angst und Anspannung der letzten Viertelstunde hatten ihr Gesicht gezeichnet, aber sie war wieder bei klarem Verstand. Ihr schien erst jetzt wirklich bewusst zu werden, was sie getan hatte. Sie schaute zu Grygoriew hinüber und sah dann mich an.

»So bin ich sonst nicht«, sagte sie mit einem verzerrten Lächeln.

Ich nickte.

»Wir müssen hier weg und uns um Jette kümmern.«

»Sie war bewusstlos, als ich in den Wagen hineingeschaut habe«, sagte Anna, »und ich habe Chloroform gerochen.«

»Hast du sie atmen sehen?«

Anna schüttelte den Kopf und blickte zu Grygoriew.

»Sollen wir den mitnehmen?«

»Nein«, sagte Elena kalt, »der ist absolut in der Lage, allein zu gehen. Bald wird ihm wieder einfallen, wie man das macht.«

»Gut!«, sagte Anna. Sie hielt immer noch die Desert Eagle in der Hand. Ich sah die Faszination in ihren Augen und konnte ihre Gedanken lesen. Jeden einzelnen.

»Eine Waffe für die Jagd«, sagte sie, »eine Fangschusswaffe. Das ist genau das, was wir brauchen!«

Zweiundvierzig

Nein«, sagte Elena und nahm ihr die Pistole aus der Hand, »kein Mensch braucht so ein Ding. Zu groß, zu schwer, zu teuer und nur acht Schuss im Magazin. Ein Spielzeug für Supermachos. Mir werden von dem Rückstoß drei Tage Arme und Schultern weh tun, und wenn der Schalldämpfer nicht gewesen wäre, könnten wir jetzt alle wochenlang nichts mehr hören.«

Sie entlud die Waffe, ließ das Magazin in ihre Jackentasche gleiten, überprüfte zur Sicherheit noch einmal den Lauf und steckte die Pistole schließlich in ihren Hosenbund.

»Hauen wir ab!«, sagte sie.

Ich schaute mich noch einmal nach Grygoriew um. Er hatte sich nicht gerührt, aber Todesangst und Demütigung hatten ihm offenbar mehr zugesetzt, als ich zunächst gedacht hatte. Sein Blick, stumpf und teilnahmslos, schien durch uns hindurchzugehen, und sein Verstand war definitiv an einem anderen Ort. Die Rotzblase an seinem Nasenloch war endlich geplatzt.

Wenn ich später an Anatol Grygoriew dachte, hatte ich dieses Bild vor Augen. Ich habe ihn nie wiedergesehen.

Ich hob seine Stablampe auf und verließ nach Elena und Anna den Bunker. Die Luft draußen war frisch, salzig und unendlich belebend. Wir liefen ein Stück am Strand entlang und fanden problemlos den Dünenweg, auf dem wir gekommen waren. Den Leuchtturm diesmal zu unserer Rechten, hasteten wir den schmalen Pfad zurück zum Parkplatz. Ich hoffte inständig, dass Jette Paulsen noch lebte. Wenn Anna wirklich den Geruch von Chloroform wahrgenommen hatte, bedeutete das vielleicht, dass Grygoriew Jette nur betäubt hatte. Wenn sie noch lebte, mussten wir sie vielleicht auf schnellstem Weg in ein Krankenhaus nach Esbjerg bringen. Wenn wir mit einer verletzten dänischen Staatsbürgerin an Bord in eine Polizeikontrolle gerieten, verbrachten wir die Nacht möglicherweise auf einem Polizeirevier in Esbjerg. Wenn, wenn, wenn …

Als wir den Parkplatz erreichten, sahen wir sofort, was los war. Die Fahrertür des VW Phaeton stand weit offen, und Jette Paulsen war verschwunden.

Dreiundvierzig

Wir entdeckten sie auf der Straße nach Blåvand. Jette Paulsen lief auf dem Seitenstreifen und schwankte wie eine Betrunkene, was womöglich der Grund dafür war, dass keiner der zahlreichen Autofahrer, die noch unterwegs waren, anhielt. Als wir neben ihr abbremsten, schrak sie heftig zusammen und brauchte eine Weile, bis sie uns erkannte. Sie zitterte und machte einen verstörten Eindruck, schien jedoch auf den ersten Blick nicht verletzt zu sein. Wir packten sie zu Elena auf die Rücksitzbank.

»Ist er weg?«

Jettes sonst so fröhliche und spöttische Stimme klang völlig verändert.

»Definitiv«, sagte Elena, »sozusagen auf einem anderen Planeten.«

»Bringt mich bitte nach Hause. Noch einen Kilometer geradeaus und die nächste Straße links. Mir ist furchtbar schlecht.«

Jette Paulsens Haus war ein gemütliches Holzhaus im Blockhausstil, mitten in den Dünen. Wir brachten sie auf die Toilette, wo sie das ganze wunderbare Abendessen wieder von sich gab, und legten sie in Decken gehüllt auf das Sofa. Sie stank nach Chloroform und Erbrochenem, klagte über heftige Kopfschmerzen, wollte aber nicht ins Krankenhaus. Also hielt Elena ihre Hand, während Anna Kamillentee kochte und ich den Kaminofen in Gang setzte. Irgendwann, lange nach Mitternacht, konnten wir mit ihr sprechen, wobei ihr immer wieder die Tränen kamen.

»Es tut mir so leid, er hat mich gezwungen, euch anzurufen, ich konnte überhaupt nichts machen. Er hat vor dem Haus auf mich gewartet. Als ich die Tür aufgeschlossen habe, hat er mir diese riesige Pistole an den Kopf gehalten und mir erklärt, was sie anrichtet. Gleich darauf hat er mich beruhigt, mir gesagt, dass er nur mit euch reden will. Wenn ich meine Sache gut mache, wenn ich überzeugend sei, hat er gesagt, passiere niemandem etwas. Ich habe ihm das nicht geglaubt, weil es Bullshit war, doch ich *wollte* es glauben, weil das, was er sagte, Bullshit hin oder her, eine Überlebenschance bot. Und er hatte diese vertrauliche, aufrichtige Stimme … es war erbärmlich.«

»Nein«, sagte Anna, »das war es nicht. Weil du nichts, aber auch gar nichts anderes hättest tun können. Uns tut es leid, dass wir dich da mit hineingezogen haben.«

»Er ist mit mir zum Leuchtturm gefahren. Ich hatte das

Gefühl, dass er sich in der Gegend gut auskannte, so wie jemand, der schon oft hier war. Auf dem Parkplatz musste ich mich hinter das Lenkrad setzen, er hat mir den Sicherheitsgurt angelegt und das Tuch mit dem Chloroform auf mein Gesicht gedrückt.«

Jette hatte mit dem Weinen aufgehört und schien jetzt sehr müde zu werden.

»Wie seid ihr ihm entkommen?«

»Oh«, sagte Anna und warf Elena einen langen Blick zu, »das ist eine tolle Geschichte. Die erzählen wir morgen.«

Jette Paulsen nickte und schlief ein.

Wir setzten uns an den Kaminofen und starrten ins Feuer. Niemand sprach. Schließlich stand Elena auf, ging in die Küche und kam mit drei Flaschen Tuborg zurück. Sie nahm einen kräftigen Zug aus ihrer Flasche und sah dann Anna und mich nachdenklich an.

»Ich will darüber reden«, sagte sie, »jetzt gleich. Oder es wird immer zwischen uns stehen.«

Ich nickte.

Das Bier war eiskalt und schmeckte fantastisch.

»Ihr fragt euch, warum ich das getan habe. Mit Grygoriew. Ich bin euch unheimlich, nicht wahr? Eine, wie sagt man auf Deutsch … eine Furie? Wie konnte sie so ausrasten? Ihn so quälen? Nicht sehr zivilisiert, oder? Ich will versuchen, es zu erklären, aber ich sage euch gleich, dass es mir nicht leidtut. Es gibt drei Antworten, und es kann sein, dass sie euch nicht gefallen:

Erstens, ich *bin* ausgerastet, und Grygoriew hat es verdient. Klingt das komisch für euch? Überheblich? Für mich nicht. Nicht für jemanden, der in der Sowjetunion aufgewachsen ist. Anatol Grygoriew hat zeit seines Lebens andere

Menschen verfolgt, bespitzelt, gequält und getötet. Erst für die Partei, später für Mütterchen Russland. Und er hat es gerne getan. Es war ihm egal, für welche Regierung er arbeitet. Er hat seine *Arbeit* geliebt. Als die Sowjetunion unterging, haben wir alle gedacht, dass die Zeiten besser würden. *Sawtra budet lutschsche*, nicht wahr? Doch es ist nur anders geworden. Und für diejenigen, die nicht parieren wollen, hat sich nichts geändert. Um die kümmern sich immer noch Typen wie Grygoriew. Ich habe heute Nacht dafür gesorgt, dass er sich die *Namen* dieser Leute merkt.

Allerdings hätte ich das niemals gewagt, wenn der Geheimdienst ihn nicht kaltgestellt hätte. Es war ein großer Fehler von Grygoriew, uns von seiner Entlassung zu erzählen. Verbitterung und Wut sind schlechte Ratgeber. In diesem Augenblick habe ich gewusst, dass er allein dasteht, dass wir es ausschließlich mit ihm zu tun haben. Aber auch das wäre noch gefährlich genug gewesen. Er hätte uns bis ans Ende seiner Tage verfolgt. Wir konnten ihn nicht einfach laufen lassen.

Also, zweitens, um die Sache abzukürzen: Ich habe Anatol Grygoriew misshandelt, um ihn zu brechen. Andernfalls hätte ich ihn erschießen müssen. Als ich die Pistole auf ihn gerichtet habe, wusste ich, dass es nur diese beiden Möglichkeiten gab. Ich wollte ihn nicht erschießen, und ich habe gedacht, dass ihr das auch nicht wollt. Deshalb habe ich ihm so viel Angst gemacht, dass er nie wieder in meine Nähe kommen wird. Ohne seine Typen vom Geheimdienst ist er jetzt ein Nichts.«

Elena trank einen großen Schluck aus ihrer Bierflasche und starrte auf den Fußboden. Nach einer Weile hielt Anna das Schweigen nicht mehr aus.

»Und drittens?«

Elena schaute auf und sah Anna in die Augen.

»Drittens«, sagte sie kalt, »hätte er seine Hand nicht unter meinen Rock schieben sollen.«

Dann stand sie auf und ging ins Bad. Wenig später hörten wir das Rauschen der Dusche.

Vierundvierzig

Das Feuer im Kaminofen war fast heruntergebrannt. Ich stand auf und legte zwei Scheite nach. Die auflodernden Flammen warfen ein warmes Licht auf Annas schmales, angespanntes Gesicht. Mein Blick wanderte durch den Raum und blieb an einer Schachtel Mentholzigaretten hängen, die auf dem Couchtisch lag. Es war die Sorte, die Jette Paulsen auf der Gartenterrasse an der Elbchaussee geraucht hatte. Keine Gefahr. Mentholzigaretten hatte ich schon gehasst, als ich selbst noch rauchte.

Auf dem Sofa hatte Jette Paulsen angefangen, leise zu schnarchen.

»Meinst du, Elena hat recht mit dem, was sie sagt?«, fragte Anna.

»Womit?«

»Das Grygoriew ein gebrochener Mann ist?«

»Ja. Er wird diese Situation immer wieder durchleben. Alpträume, Schweißausbrüche, Schreckhaftigkeit und Depressionen, die ganze Palette. Das, was meine Kollegen in

München eine posttraumatische Belastungsstörung nennen. Wenn er den Geheimdienstapparat und seine alte Machtposition noch hätte, könnte er vielleicht irgendwie damit fertig werden. Aber so nicht. Nicht allein. Und einen Psychotherapeuten wird er nicht aufsuchen.«

Anna nickte.

»Posttraumatische Belastungsstörung«, sagte sie und ließ sich die Worte auf der Zunge zergehen, »was für ein bescheuerter und nichtssagender Ausdruck für das, was da passiert.«

»Mag sein.«

»Soll *ich* dir sagen, was Elena gemacht hat?«

»Klar!«

Anna zögerte einen Augenblick, und dann hörte ich das Lächeln in ihrer Stimme.

»Sie hat seine Seele filetiert.«

Dem war nichts hinzuzufügen.

Ich stellte die Rückenlehne von Jettes Fernsehsessel zurück, streckte mich aus und schloss die Augen. Annas Stimme schien aus großer Entfernung auf mich zuzuschweben.

»Thomas?«

»Ja.«

»Wo ist Morisaitte?«

»Keine Ahnung.«

»Was wird er tun?«

»Ich weiß es nicht.«

Trotz der bulligen Hitze, die Jettes Kaminofen abstrahlte, war mir kalt. Kalt vor Angst. Morisaitte war längst klar, dass ich den Ausflug ins Watt überlebt hatte. Würde er zurückkommen, um die Sache zu beenden? Hatte er den Anschlag auf seinen Van irgendwie mit uns in Verbindung gebracht?

Auf eine vage, abstrakte Weise, die ihn vielleicht eingeschüchtert hatte? Oder ihn zumindest dazu bewegen würde, uns in Ruhe zu lassen? Mit Sicherheit nicht. Wie auch immer er sich den Granatwerfer-Angriff erklären mochte, ich konnte mir nicht vorstellen, dass er uns dafür verantwortlich machte. Einen Psycho-Heini und eine Punkerin. Ich öffnete die Augen und schaute nach rechts. Der Sessel neben mir war leer. Die Punkerin hatte sich ins Bett verzogen.

Morisaitte würde uns finden.

War es wirklich so wichtig, zu versuchen, diesen Mann zu töten? Mir hat es nichts genutzt. Ich dachte an Helens Worte in meinem Kopf, als ich an ihrem Grab stand. Dann sah ich Annas Gesicht vor mir, als sie die Desert Eagle betrachtete: *Eine Waffe für die Jagd. Eine Fangschusswaffe. Genau das, was wir brauchen.*

Anna hatte recht.

Wir würden *ihn* finden.

Anhang

Sie sind noch da? Das ist gut! Wenn Sie so lange durchgehalten haben, können Sie vielleicht ein paar weitere Minuten erübrigen. Müssen Sie aber nicht. Die Geschichte ist definitiv zu Ende. Obwohl – die *ganze* Geschichte nicht: Wenn Sie wissen möchten, wie *die* ausgeht, empfehle ich die Lektüre von Band 3, *Bilanz des Todes*, sobald er dann da ist.

Aber es gibt darüber hinaus ein paar Dinge, die ich gerne loswerden möchte.

Zunächst einmal: Dieses Buch ist ein Roman, also ein von vorn bis hinten fiktionaler Text. Das bedeutet, dass ich die ganze Geschichte *erfunden* habe. Sie ist der zweite Teil einer Trilogie, in der Umweltzerstörung, Frachtschifffahrt, Ölindustrie und maritimer Terrorismus eine Rolle spielen. Alle im Roman vorkommenden Privatpersonen sind Fiktion, eine Ähnlichkeit mit wirklichen oder gar noch lebenden Menschen wäre rein zufällig und unbeabsichtigt.

Andererseits ist die Handlung des Romans eingebettet in eine Reihe von politischen Ereignissen und ökonomischen Abläufen, die sehr real sind und deren Dynamik bis heute ungebrochen ist. Was bisher noch nicht geschah, könnte nach Meinung von Experten jederzeit passieren, und das alles ist entschieden zu wahr, um schön zu sein.

Der Roman spielt im Jahr 2009. Er schildert unter anderem den Versuch der Protagonisten, einen Terroranschlag in dem wohl gefährlichsten und ökologisch empfindlichsten Seegebiet der Ostsee zu verhindern, und zeigt, wenn auch unzureichend, die Folgen einer Ölpest in der Kadetrinne auf. Weitere Themen sind die Mohammed-Karikaturen, tschetschenische Selbstmordkommandos, der Umgang des modernen Russland mit kritischen Journalisten und einige äußerst fragwürdige Praktiken in der Frachtschifffahrt.

Aber natürlich bleibt die Zeit nicht stehen. Wie ein altes Sprichwort treffend bemerkt: »In die Zeitungen von heute wickeln wir morgen den Fisch.« Falls es dann noch welchen gibt, möchte man anfügen.

Während ich in einem gemütlichen dänischen Holzhaus nahe Esbjerg das Manuskript mit diesen Zeilen abschließe und mich dabei auf einen Strand ohne Öl freue, ist das Jahr 2010 in die zweite Halbzeit gegangen, und die politischen Ereignisse und Katastrophen der ersten sechs Monate haben den Roman bereits überholt. Wie sie sich entwickelt haben werden, wenn der Leser dieses Buch in den Händen hält, ist völlig offen.

Das Jahr 2010 wird vielen sicher als das Jahr des Öls in Erinnerung bleiben. Die vielleicht größte ökologische Katastrophe in der Geschichte der USA nahm ihren Lauf, als im Golf von Mexiko die Ölbohrplattform *Deepwater Horizon* explodierte und in 1500 Metern Tiefe versank. Das allein wäre schon unerfreulich genug gewesen, aber leider hörte das Bohrloch dabei keinen Augenblick auf, weiter Öl auszuspucken, vermutlich weil an der neuesten Sicherheitstechnologie gespart worden war.

Es entbehrt nicht einer gewissen Ironie, dass der Urheber des Desasters, der britische Ölmulti BP, seit knapp fünfzehn Jahren mit einer 200 Millionen Dollar teuren PR-Kampagne versucht hat, sich das Image eines ökologischen Saubermannes zuzulegen. Während Exxon noch damit beschäftigt war, Unsummen in pseudowissenschaftliche Studien zu investieren, welche die Erderwärmung als reinen Unfug abtaten, gelobte BP, den Kohlendioxidausstoß des Unternehmens zu senken, sprach sich für das Kyoto-Protokoll aus und legte sich ein neues Logo in freundlichem Gelb und Grün zu. BP sollte auf einmal für »Beyond Petroleum« – »mehr als nur Öl« – stehen, und der ganze Konzern präsentierte sich als enger Freund von Mutter Natur. Die »Spin Doctors« der internationalen PR-Agenturen »drehten« es so hin. Die Realität sah immer anders aus.

Aber ich will Sie nicht mit Dingen langweilen, die Sie auch in der Zeitung nachlesen können. Nur so viel vielleicht, und das gilt für Tanker, Bohrplattformen und Pipelines gleichermaßen: Wenn Ölkonzerne Kosten sparen, wird es für die Umwelt extrem teuer und für den Verbraucher keineswegs billiger. Lassen wir zum Schluss einen ausgewiesenen Kenner der Materie zu Wort kommen, der das Credo der Branche allgemein verständlich zusammenfasst:

»… wenn du einen alten Tanker hast, den du längst ausmustern müsstest, hältst du ihn weiter in Betrieb. Und das heißt, wenn du eine Bohrinsel hast, die außerhalb der Grenzen eines bestimmten Landes liegt, und du Chemikalien im Meer verklappen kannst, dann wirst du es tun. Das bedeutet, wenn du eine Anlage stilllegen musst, die die Umwelt verschmutzt, dann gibst du sie einfach auf, ohne aufzuräumen. Wenn du Angestellte hast, die in einer ungesunden Umgebung arbeiten müssen, in der Schwefeldioxid vorkommt, wirst du nicht zögern. In all diesen Fällen wirst du sagen: ›Das ist nicht mein Problem. Das sind nicht meine Lasten.‹«

Sadad al-Husseini, ehemaliger Leiter der Exploration und Förderung bei Saudi Aramco, heute einer der weltweit angesehensten Ölexperten (Zitiert nach: Peter Maass, *Öl, Das blutige Geschäft*)

Danksagung

Auch bei diesem Roman hatte ich Unterstützung von netten und klugen Leuten, die mir mit Ratschlägen, Hinweisen, Informationsmaterial, Kritik und vielerlei speziellen Kenntnissen auf diversen Fachgebieten geholfen haben. Ich bedanke mich bei den Mitgliedern meiner tapferen Erstleserrunde: T. Pfeiffer, H. Pfeiffer, O. Harlinghaus, U. Groß, R. Raab, W. Olenburg, M. Pittke, S. Lang und Dr. med. C. Rodenhausen, die den Text auch auf Fehler in medizinischen Sachfragen hin durchsah.

Mein Dank gilt auch Yvonne Denne vom Maritimen Sicherheitszentrum im Wasser- und Schifffahrtsamt der Stadt Cuxhaven und ganz besonders Georg Simader von *copywrite*, der auch dieses Manuskript kompetent und freundschaftlich begleitete, förderte und verbesserte, und dem etwas gelang, was ich nicht mehr für möglich gehalten hatte.

Alle Informationen zu den Themen Öltanker, Kadetrinne, maritimer Terrorismus und Tschetschenien stammen aus öffentlichen, allgemein zugänglichen Quellen. Es sind dies in erster Linie die Internetseiten von Greenpeace und anderen Umweltschutzorganisationen und die Online-Ausgaben der großen deutschen Tages- und Wochenzeitungen. Bei dem Komplex »maritimer Terrorismus« habe ich mich neben der allgemeinen Berichterstattung in den Medien besonders auf die Überlegungen und Hypothesen des Terrorismusexperten und stellvertretenden ZDF-Chefredakteurs Elmar Theveßen gestützt, die in zahlreichen Publikationen zu finden sind.

Lesern, die sich mit dem einen oder anderen der hier angesprochenen Themen näher befassen wollen, sei die nachstehende kleine Literaturliste empfohlen.

Literatur

SPIEGEL ONLINE, 29. Februar 2008: »Geld gewinnt die Schlacht um Grosny«

DIE ZEIT, Nr. 19, 6. Mai 2010: »Sammelt euren Sohn ein«

DER SPIEGEL, Nr. 19, 10. Mai 2010: »Der Höllentrip«

FRANKFURTER ALLGEMEINE ZEITUNG, Nr. 206, 2004: »Warum sie morden«

Littell, Jonathan: *Tschetschenien, Jahr III*, Berlin 2009

Maass, Peter: *Öl, Das Blutige Geschäft*, München 2010

Politkowskaja, Anna: *Russisches Tagebuch*, Frankfurt am Main 2008

Politkowskaja, Anna: *Tschetschenien*, Frankfurt am Main 2008

Schellhass, Jens: *Container Screening*, Feature für Mare Radio am 1. September 2009 / Nordwestradio

Theveßen, Elmar: »Bombenstimmung auf See«, in: *mare online*, No. 62, Juni 2007

Weiner, Tim: *CIA, Die ganze Geschichte*, Frankfurt am Main 2009